NARCOSE

Jean-François Coatmeur est né à Pouldavid-sur-Mer, près de Douarnenez (Finistère). Il vit actuellement à Brest. Licence ès lettres. Diplôme d'études supérieures de lettres. C.A.E.C. lettres classiques. Professeur dans divers établissements de France et à Abidjan (Côte-d'Ivoire). Il a écrit une quinzaine de romans dont *La Bavure* (prix Mystère de la Critique), *Les Sirènes de minuit* (grand prix de Littérature policière), *La Nuit rouge, Yesterday, La Danse des Masques.*

Paru dans Le Livre de Poche :

LA BAVURE.
LA NUIT ROUGE.
LES SIRÈNES DE MINUIT.
YESTERDAY.

JEAN-FRANÇOIS COATMEUR

Narcose

ROMAN

ALBIN MICHEL

À mes parents,
en affectueux au revoir.

PROLOGUE

Comme chaque samedi, dès l'ouverture des portes, il effectuait sa séance de jogging dans les allées de l'Agora antique. Pas encore de visiteurs à cette heure matinale, le champ de ruines était pour lui seul et il évoluait librement entre les soubassements de marbre et les fragments de chapiteaux éparpillés dans la verdure, d'où il chassait parfois quelque chat famélique qui y avait élu domicile. Le moment était agréable, chargé de senteurs de cyprès et de myrtes. Un soleil déjà vigoureux, réchauffant les pierres mortes, polissait les cannelures dorées des six colonnes du temple d'Héphaïstos, au-dessus de lui. Le sable sous ses chaussures grésillait, gorgé de rosée.

Il entamait son deuxième parcours et se trouvait à la hauteur du Portique des Géants, quand il entendit avec surprise les battements d'une autre foulée dans son dos, le souffle rythmé d'un coureur qui approchait rapidement.

– Robin?

Il s'arrêta, saisi, se retourna. L'homme s'immobilisa devant lui. Jeune, blond, bien découplé, visage amène, vêtu d'un survêtement canari dont le blouson s'ornait d'un écusson fleurdelisé. Il gonfla ses pectoraux, expulsa l'air avec bruit.

– Je débarque de France, spécialement pour vous voir. On marche un peu?

Ils longèrent sans un mot le Gymnase, prirent à droite le chemin des Panathénées. Le premier, Robin attaqua :

– Qu'est-ce que vous me voulez encore? Vassili a pourtant dû vous prévenir? Même le bluff avec moi ça ne marche plus!

L'homme cueillit un rameau de myrte et s'en éventa le visage.

– Nous avons vraiment besoin de vous, Robin. Il faut que vous prolongiez votre séjour à Athènes. Je suis ici pour qu'on en discute, sans passion, amicalement.

– Exclu : je rentre!

Ils s'immobilisèrent. Face à face, la figure également suante et rougie par l'effort, ils se défiaient.

– Je crains que ce ne soit pas possible, Robin.

– Vous croyez ça?

Robin eut une moue amusée.

– Je peux savoir ce qui vous fait sourire?

– Rien... Je pensais à la tête de mon bon ami Anton lorsqu'il apprendra de ma bouche la place exacte que j'ai si longtemps occupée auprès de lui! Attendez.

Il fouilla dans les poches de son pantalon, en retira son ticket d'entrée à l'Agora.

– Vous n'auriez pas un crayon?

L'homme détacha le stylobille agrafé à la poche ventrale de son blouson et le tendit en silence. Robin écrivit quelques mots sur le papier étalé au creux de sa main.

– Tenez.

L'homme y jeta un coup d'œil.

– C'est quoi?

– Vous voyez, des noms, des références téléphoniques. Gardez le ticket : ça intéressera certainement les gens qui vous envoient. Bien entendu, j'en ai en réserve beaucoup d'autres... là!

Il se toucha le front. L'homme hocha la tête :

– Casse-cou, mon vieux! Vous savez comment ça s'appelle, ce petit jeu?

– Tout à fait. Puisque c'est aussi le vôtre! J'ai énormément appris chez vous!

L'homme glissa le ticket dans la poche de son blouson. Il examina son interlocuteur avec curiosité, tout en humant sa branchette parfumée.

– Vous vous conduisez comme un enfant, Robin. Je suis sincèrement désolé. Ça fait mal de voir un enfant qui se suicide!

Il désigna le champ des fouilles :

– Je crois qu'on s'est tout dit. On le reprend ce footing?

Robin tendit le bras vers la lampe de chevet, alluma. 1 h 10. Sur la couverture le livre était étalé, qu'il était en train de lire quand le sommeil l'avait terrassé, un sommeil très bref, et il se réveillait à l'instant, le cœur étreint, la gorge sèche.

Il s'assit, resta un moment passif, les yeux posés sur la jaquette du volume, fac-similé d'un manuscrit représentant une diablerie moyenâgeuse : « Umberto Eco – Le nom de la rose ». Il ressentait un malaise indéfinissable. Séquelle de mauvais rêve provoqué par sa lecture? Le silence, les stupides soubresauts de son cœur. Oui, il devait être encore sous l'influence du livre, poursuivi par l'atmosphère étrange de cette histoire de moines fous.

Il repoussa l'ouvrage, se leva, enfila ses mules. Il

alla boire une gorgée d'eau au robinet du cabinet de toilette, pénétra dans la salle. Il enflamma une gitane au briquet, écouta. Rien, bien évidemment. Il fit glisser le panneau de séparation et s'avança sur la terrasse. La fraîcheur du dehors lui donna la chair de poule, il remonta le col de son pyjama. L'immeuble était situé rue Christou-Lada, non loin de l'Académie. De son neuvième étage, Robin bénéficiait d'un très beau panorama incluant la partie antique de la capitale, les deux agoras et la face nord de l'Acropole. Mais la nuit maintenant encerclait la bâtisse, la ville avait soufflé ses lumières et les projecteurs, là-bas, n'éclairaient plus la colonnade du Parthénon. Seule demeurait visible la trame blanche matérialisant les grandes artères. Pourtant le « Tanagra » au-dessous n'avait pas encore fermé ses portes et Robin perçut distinctement dans le silence la sarabande d'un sirtaki montant de la salle de plein air dans les jardins. Il songea, à plus d'une heure ils devraient avoir remisé leurs instruments, les règlements municipaux stipulent...

Il se retourna. Il avait cru entendre un bruit, un choc sourd, assez loin, venant du fond de l'appartement, aurait-il dit. Il constata aussi avec étonnement que le séjour était dans l'obscurité. Il réfléchit, essaya de se remémorer chacun de ses gestes quelques minutes plus tôt, le paquet de gitanes qu'il attrapait sur la table ovale du salon et la flamme du briquet jaillissant à son poing. Il avait d'abord allumé la lampe basse, obligatoirement. Et il ne se voyait pas peser sur l'interrupteur avant de passer sur la terrasse. Pourquoi l'aurait-il fait ?

Il jeta sa cigarette, réintégra le séjour. Son pied buta contre un fauteuil, il jura, se pencha à l'estime vers la lampe, dont il devinait vaguement la tache pâle de l'abat-jour. Quelque chose lui écrasa les épaules, le fit basculer et choir sur les genoux, une masse de chair, d'os et de nerfs, qui sentait la sueur fauve, le tabac oriental. Une griffe chercha sa gorge, serra, tandis qu'une autre poigne par-derrière lui plaquait les deux bras et le paralysait. L'assaillant s'était soudé comme une pieuvre au dos de sa victime. Robin recevait contre sa nuque la chaleur d'une haleine fétide. A moitié étranglé, il avait pourtant réussi à libérer un de ses bras et s'efforçait de décramponner l'un après l'autre de sa gorge les doigts de l'agresseur.

Il parvint à se dégager suffisamment pour aspirer une goulée d'air. Il amorça une torsion du buste, balança son coude violemment. Un « hon » mat, les pinces s'écartaient. Robin plongea, roula, cognant au passage du front un guéridon et sa potiche, qui se pulvérisa sur le dallage. Il se remit sur pied, fit front, avant-bras tendus, jambes fléchies, en position de « close-combat ».

Il le discernait assez mal, rien qu'une forme à présent immobile, à un mètre environ, du côté de la terrasse. Ils s'épièrent quelques secondes, sans un mot, leurs deux respirations se répondaient dans le silence.

Il y eut un déclic métallique, le reflet d'une arme, très bas. Et aussitôt l'inconnu attaqua, la lame d'un couteau dessina une ellipse. Robin s'effaça, saisit au vol le poignet, le bloqua de la main gauche, et d'une droite tranchante il cisailla le biceps de son adversaire. Nouveau hoquet de douleur, l'arme s'échappa et dégringola en rebondissant sur un meuble. Robin sentit venir le crochet, mais il ne put qu'incomplètement esquiver le choc contre sa pommette. Il accusa le coup, chancela, tint bon toutefois, réagit vite. Il n'avait pas lâché le poignet de l'homme. Un retournement, une prise éclair, et il lui ramenait le bras dans le dos. De l'arête de l'autre main il frappa à la hauteur du rachis cervical. Un craquement, un râle très court. Le corps s'abandonnait, glissait comme une anguille et s'écroulait dans un fracas de faïence brisée.

La lampe au cours de la lutte avait rendu l'esprit. Robin alluma l'une des appliques du séjour. Il rechaussa ses mules qu'il avait perdues dans l'engagement, s'approcha de la forme étendue sur le ventre, immobile, non loin du couteau-poignard. Il la retourna, eut une grimace de répulsion en voyant le rictus des lèvres retroussées sur des dents jaunes de carnassier, la fixité minérale du regard. Une vieille connaissance : Lazlo Palech, un des hommes de Zacharias Vassili.

Il s'écarta. Des éclats de verre et d'émail craquaient sous ses mules. Il avait des élancements à sa pommette meurtrie, du sang suintait de ses narines jusqu'à sa bouche. Il fit quelques pas, irrésolu. Puis il décrocha le téléphone, composa un numéro, attendit. Du dehors arrivaient encore les trilles du bouzouki.

La nuit était très noire, sans étoiles. Au loin, les feux du Pirée n'étaient plus qu'une frise pâle et discontinue.

Le grognement du moteur ralentit, s'éteignit, la barque courut encore plusieurs mètres sur son erre avant de s'immobiliser. L'homme qui tenait la barre se redressa et dit avec un fort accent germanique à son compagnon assis à l'avant, enveloppé dans un « K-way » dont il avait remonté la capuche :

– Dépêchons. Je crois que le temps se gâte.

Le vent forcissait, des vagues courtes claquaient sans discontinuer contre la coque, et la petite embarcation, libérée, commençait à piquer du nez. L'obscurité autour d'eux était traversée de traînées blêmes.

Robin se leva, s'arc-bouta aux membrures. Le corps gisait à fond de cale sous un amoncellement de cordages, ficelé dans une toile de bâche. Ils le dégagèrent, l'empoignèrent aux deux extrémités, lui imprimèrent un ample mouvement de pendule. La momie retomba sur le plat-bord et roula, amerrit dans un jaillissement d'écume, cependant que l'esquif, déséquilibré, embarquait un épais paquet de mer. Quelques remous, un frétillement de friture, un dernier reflet, et ce fut tout.

Robin tamponna ses joues ruisselantes d'eau salée et de sueur. Presque aussitôt il poussa une exclamation, désigna de la main des lucioles jaunes qui scintillaient au large. Son voisin regarda dans la direction indiquée.

– Des pêcheurs de « sardelas », dit-il. Vous tracassez pas : ils ne s'occupent pas de nous. Et ce poisson-ci ils risquent pas de le prendre dans leurs filets !

Il eut un petit rire. Robin retomba sur le banc.

– Mettez en route, Hans. Excusez-moi, je crois que je vais vomir !

Le balancement désordonné de l'embarcation lui chavirait l'estomac. Hans relança le moteur.

– Vous excusez pas, vieux. Je sais ce qui vous arrive : moi aussi j'ai connu ça, la première fois...

Il donna les gaz, mit le cap sur la côte. En toussotant le hors-bord repartit face au vent, s'éloigna, se fondit dans les ténèbres.

PREMIÈRE PARTIE

Les demi-veuves

1

19 octobre. – Toulon

Le bal de la Marine, à Toulon, jouissait d'une flatteuse réputation, et *Var-Matin* qui l'annonçait ce samedi 9 octobre pouvait titrer sans flagornerie : « L'ÉVÉNEMENT MONDAIN DE LA RENTRÉE. » Depuis 21 heures, au Cercle naval, c'était la fièvre des grandes réceptions, le ballet des voitures, avenue Jean-Moulin, le défilé des invités en tenue de gala, marins et civils, qui foulaient le tapis bronze tendu sur les six marches de marbre menant au premier niveau. A chacun des paliers de l'escalier monumental, au pied des immenses fresques naïves glorifiant les riches heures de la Royale, des pompons rouges montaient une garde d'honneur bon enfant.

Dans la salle des fêtes au premier étage, les couples tournoyaient sur le parquet à chevrons, soutenus par les huit membres détachés de la Musique des Equipages. L'orchestre interprétait « Légendes de la forêt viennoise », une danse opportune qui mettait en valeur la richesse des costumes, les distingués spencers côtoyant l'habit noir classique et le somptueux bouquet des robes du soir. Ceux qui ne dansaient pas étaient assis aux petites tables du pourtour ou se promenaient à la périphérie et dans les salons adjacents, ou encore regardaient, appuyés à la rambarde de la galerie en mezzanine qui surplombait toute la longueur de la pièce.

Patricia valsait avec le médecin-général Roland Moutier. A son arrivée, Moutier s'était exclamé qu'elle n'avait jamais été aussi jolie, et ce n'était pas l'une des galanteries familières du vieil homme, qui adorait la femme de son filleul : la beauté de Patricia ce soir était une évidence, cette forme de beauté irradiante qui est une des expressions du bonheur. Elle l'avait dit à Alain, qui avait tant hésité à venir à la fête :

– J'ai l'impression de vivre ma première grande sortie de jeune fille ! Tu te rappelles la Natacha de *Guerre et Paix* ? Je suis comme Natacha à Pétersbourg, au bal du nouvel an !

Elle n'avait pas honte d'afficher son sentiment. Quand Patricia était heureuse, on le remarquait. Le contraire aussi.

La danse venait de s'achever. Moutier tapotait avec un mouchoir ses tempes blanchies. Il s'excusait :

– J'ai péché par outrecuidance, ma chère Patricia. Pardonnez-moi d'avoir été un si piètre cavalier !

– Vous attendez des compliments, monsieur Moutier, dit Patricia en souriant. Vous savez très bien que vous êtes un excellent valseur.

– Mais non, mais non ! protesta Moutier. Autrefois, oui, je me défendais, mais... Disons que je suis à court d'entraînement ! Je vieillis, ma chère petite. Songez qu'il y a deux ans encore, je me tapais mes cinquante bornes à vélo, au rallye des Borrels! Hélas...

Ils traversèrent la salle en papotant, dans le brouhaha des voix et des rires. Moutier fit un signe à un monsieur âgé qui passait :

– Mon cher Président, un instant, veux-tu?

L'homme s'avança, petit, sec, fine moustache grise clairsemée, l'allure compassée d'un robin de province.

– Pat, que je vous présente le Président Desfossés, un vieil ami du temps de la France combattante, exilé dans les Bouches-du-Rhône. Le Président me fait le plaisir d'une visite ce soir. Julien, c'est Patricia, la femme d'Alain Ménestrol.

Ils échangèrent baisemains et formules consacrées.

– Exil très relatif tout de même, corrigea Desfossés, Peyrolles n'est pas la terre Adélie!

Alain s'approchait, élégant dans l'uniforme ajusté qui soulignait l'équilibre de son corps d'athlète.

– Ah! voici mon filleul! dit Moutier.

Alain et Desfossés se serrèrent cordialement la main.

Trompette et saxos annonçaient un rock très rapide. Alain enleva Patricia, tandis que Moutier et Desfossés s'esquivaient et faisaient quelques pas dans le couloir extérieur. La piste s'était garnie en un clin d'œil.

– Sapristi, fit Desfossés, ma bonne Marguerite qui se lance! Ma femme a des talents que je ne soupçonnais pas!

– Et du goût, dit Moutier. Ce petit sous-préfet ne manque pas d'allure, tu ne trouves pas?

– Sans doute, dit Desfossés d'un ton distrait.

Il suivait des yeux Alain et Patricia qu'on apercevait se démantibulant au creux d'un océan démonté.

– Le joli couple ! dit-il. Mme Ménestrol est étrangère ? J'ai cru noter un accent anglais.

– Oui. Vieille famille catholique – ça existe ! – implantée dans le Cumberland. Le père de Patricia est Michael Pembroke, un parlementaire assez en vue au Royaume-Uni.

– Pembroke ? dit Desfossés. N'est-ce pas lui qui vient de rapporter ce projet de restructuration des mines de charbon britanniques ?

– En effet.

Desfossés continuait d'observer les évolutions des danseurs.

– Tout à fait charmante. Elle est plus jeune que son mari ?

– Nettement, mais... Une sacrée petite bonne femme ! Alain ne pouvait pas mieux tomber.

– J'ai un peu perdu le fil, dit Desfossés. Je croyais Ménestrol en poste à Athènes ?

– Il est rentré fin juillet. Il vient de terminer son stage réglementaire au Centre d'entraînement de la Flotte et passe deux semaines en famille avant son embarquement. Oui, il repart bientôt sur la *Jeanne.* Je t'avoue que j'en suis heureux pour lui : un marin c'est fait pour naviguer ! Tiens, quand on parle du loup...

L'intéressé venait vers eux en s'épongeant les joues. La danse se poursuivait.

– Je meurs de soif ! dit Alain.

– Et tu abandonnes ta femme ? s'étonna Moutier.

On distinguait dans une trouée Patricia manipulée par un escogriffe tout en guibolles, à la luxuriante tignasse rousse. Alain rit :

– Avec le père Gabel, je suis tranquille ! Je vous offre un scotch ?

– Merci, dit Desfossés. Je vois que ma rockeuse rejoint notre table ! A tout à l'heure.

Il s'éloigna. Alain et Moutier se dirigèrent vers le bar. Ils se firent servir, revinrent à pas lents, verre en main, en direction de la salle.

– Ravi de te voir ici ce soir, dit Moutier. Tu nous as bien négligés depuis ton retour d'Athènes !

Il sourit malicieusement :

– Ceci dit, que notre petite Patricia ait de quoi absorber les loisirs d'un mari amoureux, la vieille bête que je suis est encore capable de l'imaginer !

– Oui, dit Alain, avec Pat je ne m'ennuie jamais.

Sa figure s'était assombrie. Ils s'arrêtèrent. Moutier qui observait son filleul demanda :

– Quelque chose qui ne va pas ?

– Mais non.

Il ne quittait pas du regard la piste, où le rouquin sans faiblir secouait sa partenaire. Patricia riait. Ses cheveux d'or battaient contre ses épaules nues.

– La *Jeanne* part dans deux semaines, dit Ménestrol d'une voix tendue.

– Mais c'est ta vie, mon garçon ! une vie que tu as choisie !

– C'est vrai...

Il tourna le visage vers Moutier. Ses yeux avaient l'air de supplier.

– J'ai besoin d'elle, Roland ! Si je perdais Patricia...

Son menton tremblait. Moutier le regardait, muet, décontenancé par ce gauche désarroi. Alain reprit, avec effort :

– Je voudrais être sûr que pendant mon absence

quelqu'un sera toujours là, un ami capable de veiller sur elle et le gosse. Roland, je peux compter sur toi ?

– La belle question ! Alain, qu'est-ce qui te turlupine ?

Ménestrol ne répondit pas. Un coup de cymbales ponctuait la fin du rock. Applaudissements, hourras. Sur la piste les danseurs s'essuyaient le visage, se congratulaient. Des groupes cinglaient vers le bar, on se bousculait.

– L'amiral se taille ! fit une voix jeune. Ça devient sympa !

Des rires lui firent écho.

– Nous reparlerons de tout cela plus tard, dit Moutier. La voilà. Va vite la retrouver.

Ils reprenaient des forces, assis à leur table, tous les quatre : le couple Ménestrol, Gabel et son amie Poupy. Gabel avait commandé une nouvelle bouteille de champagne et remplissait les verres. Il se mit au garde-à-vous, porta cérémonieusement la flûte pleine à ses lèvres, à sa poitrine et à sa braguette :

– A notre amitié !

Les deux femmes riaient.

– Arrête tes pitreries, Gil, dit Alain. Le chef du protocole nous reluque. Tu vas me faire regretter de t'avoir invité !

Gabel se rassit, trempa ses lèvres :

– Protocole, mon cul, sauf le respect que je vous dois, mes jolies ! J'ai pas à dorloter mes ficelles, moi !

Gilbert Gabel était un ami de plus de vingt ans. Il était arrivé à Toulon en 62, venant du Nord. Il n'avait pas de père – il n'en avait jamais eu pour l'état civil – mais Ménestrol se rappelait bien

Mme Gabel, une modeste empaqueteuse à la Biscuiterie des Iles, qui se saignait pour les études de son gosse. Alain lui-même avait perdu son père alors qu'il avait sept ans. Cette commune condition d'orphelin avait peut-être contribué à créer la sympathie initiale : ils étaient vite devenus inséparables. A la fin du lycée, leurs vies s'étaient dissociées. Alain préparait Navale à « Stan ». Gabel, après avoir tardé à trouver sa voie, s'orientait vers la profession de plongeur sous-marin et y faisait carrière. Depuis plusieurs années il travaillait dans une société toulonnaise, la CREDO (Compagnie de recherches et d'exploitation du domaine océanique), qui l'expédiait aux quatre coins de la planète. Gabel aimait cette vie de mouvement. Sa mère étant décédée, il n'avait plus d'attaches familiales. Il restait fidèle pourtant à sa ville d'adoption, il y avait acquis une garçonnière, dans le quartier d'Aguillon, qu'il retrouvait à chacun de ses congés, comme en ce moment : il rentrait de l'île d'Egine, où la CREDO avait ouvert un chantier, et y retournerait au terme de ses vacances, fin novembre. Ainsi le hasard avait bien fait les choses, en rapprochant un temps les deux amis, qui avaient pu se voir plusieurs fois au cours de leur séjour simultané en Grèce.

Ménestrol et Gabel continuèrent à se taquiner. Patricia n'y prêtait plus attention, elle causait chiffons avec Poupy, la dernière conquête de Gabel. Aussi fine de traits que lui était rude, Poupy offrait un amusant minois, avec un nez retroussé et des yeux en amande aux longs cils soignés. Elle avait vingt-huit ans, deux ans de plus que Patricia, avait déjà fait une brève expérience conjugale. Depuis peu, elle avait en gérance un salon d'esthétique au Pont du Las. Patricia qui ne la connaissait guère lui découvrait ce soir beaucoup de naturel et de charme.

L'orchestre maintenant jouait une rumba. Patricia aperçut Xavière Chaumette, son ancienne partenaire au tennis, qui se déhanchait, collée au ventre d'un enseigne de vaisseau à la face congestionnée. Elle lui adressa un clin d'œil de complicité et s'absorba dans son massage. Patricia croisa le regard d'Alain, qui lui aussi avait remarqué l'exhibition du couple.

– Je ne pensais pas la voir aujourd'hui, dit-elle. Son mari n'est pas en mer?

– Il l'est, dit Alain. Mais quoi, tu la connais!

Xavière ne faisait pas mystère de ses options de femme « libérée » et il était notoire qu'elle menait par la jugulaire son époux, personnage assez falot, amateur de Scrabble et de petits plats.

Mis au courant de la situation du ménage Chaumette, Gabel s'esclaffait :

– Quand le chat est sur l'eau, que fait la souris?

– Tu peux parler, toi! intervint Poupy. Comme prof de morale on trouverait mieux!

Gabel paraissait aux anges.

– Une fille dans chaque port, c'est la devise de la mer, la mienne donc!

– Salaud! dit doucement Poupy.

Plus que l'injure triviale l'âpreté du ton surprit Patricia. Elle regarda sa voisine, mais Poupy fumait calmement un cigarillo, le visage lisse.

– Xavière est un cas, dit Alain, qui flairait l'incident. Nos femmes dans leur immense majorité sont des épouses fidèles.

– On l'aurait pas dit, mon grand! s'entêta Gabel, qui avait trop bu. A voir la gueule que tu tirais à Athènes, loin de la tienne d'épouse! Et depuis ton retour, paraîtrait que tu la cloîtres ? Qu'est-ce que vous avez fait tous les deux, hein, durant ces deux mois et demi ?

– L'amour, *of course,* dit Alain. A distance quand ç'a été nécessaire, pendant mon stage au CEF ! T'es content, patate ?

Patricia les écoutait, amusée. La vie renaissait, ces prises de bec aussi en faisaient partie. Elle était heureuse ce soir d'être là, avec Alain, à sa vraie place comme avant, à bavarder avec des amis.

Les lampes s'éteignaient. Seules éclairaient la salle les languettes jaunes des chandelles torsadées qui garnissaient les tables. Des accords de piano dessinaient le tempo d'un boston. Patricia chercha les yeux de son mari :

– *La Berceuse* de Brahms...

– Eh bien, c'est pour nous, dit Alain.

... Ils se balançaient au centre de la piste, protégés par les autres couples autour d'eux et la pénombre. Patricia avait fermé les yeux. Les bras fermes d'Alain contre sa taille, la fièvre de sa main sur la sienne, leur sang qui battait et courait d'un cœur à l'autre... Elle repensait avec émotion à la petite Natacha de Tolstoï, elle avait la poitrine si gonflée de bonheur qu'elle en aurait pleuré.

Alain posa ses lèvres contre son oreille :

– On rentre ?

Elle rouvrit les yeux.

– Qu'as-tu dit, Alain ?

– J'aimerais m'en aller maintenant. J'ai envie d'être avec toi. Avec toi seule.

Elle l'écoutait surprise, dégrisée, contrariée. Il n'était qu'1 heure 30 ! Elle repérait la crinière ardente de Gabel, un peu plus loin, lui aussi dansant avec Poupy. A l'une des tables elle devinait dans le clair-obscur Roland Moutier qui discutait avec ses amis Desfossés.

– Ils ne voudront pas nous laisser partir.

– On se passera de leur avis. Je t'enlève! Profitons de l'ombre. Poupy te rapportera ton sac.

Elle ne résista pas. Depuis son retour d'Athènes, elle était accoutumée à de tels caprices. Et puis, tout bien pesé, l'initiative d'Alain l'excitait assez.

Tout en continuant à tourner, insensiblement, ils progressèrent vers l'extrémité de la salle.

Alain était en train d'ouvrir la porte de l'appartement avec des précautions de Sioux qui mirent Patricia en joie.

– A quoi penses-tu? On ne risque pas de réveiller notre bonhomme!

Ils avaient confié Nicolas pour la nuit à Mme Ménestrol.

– La force de l'habitude, fit Alain, avec bonne humeur.

Ils entrèrent dans le hall. Pendant que son mari tournait la clé et tirait le verrou, Patricia, accroupie, délaçait les barrettes de ses escarpins en fredonnant la mélodie de Brahms.

– Chut! dit Alain.

Elle releva la tête.

– Tu entends? Grizzly appelle.

Patricia se redressa, ses chaussures en main. C'était vrai, on percevait la plainte du chat.

– Curieux, remarqua-t-elle, qu'il ne soit pas venu à notre rencontre. Il est peut-être malade?

Ils pénétrèrent dans le séjour, Alain donna de la lumière.

– Grizzly! Grizzly! appela Patricia. Où diable est-il passé?

Elle se retourna vers son mari qui s'était arrêté

derrière elle. Elle fut frappée par son expression de gravité.

– Alain, qu'est-ce que tu as ?

Il ne répondit pas. Il se dirigea vers la porte-fenêtre, écarta les doubles rideaux. Une forme glissait au bas du panneau, des pattes griffaient la vitre. Alain ouvrit et Grizzly d'une détente s'infiltra dans la pièce. Il courut vers Patricia, se frotta en feulant contre le mollet de sa maîtresse. Alain refermait la fenêtre.

– Tu l'as oublié sur le balcon.

– Ah non ! dit Patricia.

Elle se rappelait leur départ pour le bal, elle gardait une image très précise en tête. Elle se trouvait dans le hall, Nicolas sur le bras, qu'elle s'apprêtait à déposer en passant chez sa belle-mère. Le bébé, surexcité, poussait de petits cris et tendait le bras vers la porte ouverte de la cuisine, désignant le chat qui dégustait sa platée de croquettes.

– Il était à l'intérieur quand je suis sortie.

– Tu en es certaine ?

– Absolument.

Elle observait le visage crispé, qui éveillait en elle beaucoup de mauvais souvenirs.

– Dans ce cas..., commença-t-il.

Un silence. Alain réfléchissait, toujours concentré.

– C'est moi qui ai refermé la porte-fenêtre, raisonna-t-il à mi-voix, et tiré les rideaux. Il se sera faufilé dehors à mon insu.

Il changea de ton :

– Sacré Grizzly ! Une vraie anguille !

L'explication, pourtant peu probante, lui suffisait, il souriait à nouveau. C'était incroyable, la mobilité de son visage! Il se décrispait, ses yeux pétillaient. Il étreignit sa femme.

– Ouille! dit Patricia en lâchant ses escarpins. Tu m'écrases les orteils!

Elle se détendait à son tour, acceptait l'asile tiède de sa poitrine. Elle n'avait pas vraiment envie ce soir de se poser des questions.

Ils marchèrent vers la chambre, enlacés.

Ils avaient fait l'amour, leurs corps s'apaisaient. Patricia écoutait mourir les dernières trémulations de la jouissance. Du coin de l'œil elle épia son mari, nota son visage absorbé.

– A quoi penses-tu?

Les paupières d'Alain battirent.

– A toi, à nous... Je me dis que dans quinze jours je t'abandonne à nouveau.

– Tu es jaloux?

Sa question à peine formulée lui parut mièvre et elle en eut honte. Mais il entrait dans le jeu :

– Comme un tigre! Dans l'état d'âme, à peu près, des barons partant pour la Croisade! Tu sais de quelle manière, avant de quitter leur dame, ils s'assuraient la paix de l'esprit?

– Oui. Mais redis-le-moi.

Il l'embrassa.

– Je serai moins barbare. Je te place sous la garde de Nicolas!

Elle se mit à rire. Peu à peu pourtant elle s'assombrit elle aussi. La perspective de la prochaine séparation évoquée par Alain lui serrait le cœur.

Il s'en aperçut. Il se pencha sur elle, sa main empauma le sexe encore moite d'amour, dans un geste de possession.

– Nous ne serons jamais loin l'un de l'autre, ma

chérie ! Il y aura nos lettres, l'attente de nos lettres, à chaque escale. Et au printemps, un beau jour d'avril, quand la *Jeanne* s'avancera en rade, tu seras là, sur le remorqueur des familles. De très loin je t'apercevrai, je ne verrai que toi !

Leurs lèvres s'étaient jointes, ils se caressaient, leurs corps à nouveau se cherchaient.

Il y eut un choc assourdi, du côté du séjour. Patricia sentit sous ses doigts la crispation du corps d'Alain. Il se détacha, écouta, à demi redressé sur un coude. Une galopade, qui stoppait net, tout près, un grattement contre la porte. Alain bougonna :

– Encore cet abruti de Grizzly ! Il n'y a pas que moi dans la baraque à être jaloux !

Il rit. Elle aurait dû partager sa gaieté. Elle ne put se hausser au diapason. Quelque chose dans l'attitude d'Alain la gênait. Et, elle ne savait pourquoi, elle se dit que son rire sonnait faux.

2

1er novembre. – Ancenis

Ils s'extrayaient d'Ancenis, quand Alain désigna du menton la pancarte que les phares arrachaient à la nuit, annonçant un motel à deux kilomètres :

– « Les Rois Mages », le joli nom ! Si on leur demandait l'hospitalité ? Qu'est-ce que t'en dis, Pat ?

– Je croyais que tu voulais rallier Brest ce soir ?

– Quatre cents kilomètres encore. Ça nous mène là-bas à quelle heure ? J'en ai ma claque, pas toi ?

Elle fut sur le point de lui rétorquer que ces incessants changements de programme lui donnaient le tournis, qu'elle ne s'y retrouvait plus. Mais elle était saturée de discussions et brisée autant de corps que l'esprit. Ils avaient quitté Toulon tôt le matin, avaient roulé pratiquement sans discontinuer – juste trois quarts d'heure de halte à un relais du côté de Brive. Elle dit :

– D'accord. Oui, je suis assez flapie.

L'Audi remonta l'allée centrale entre les peupliers nus, traversa l'esplanade et vint s'arrêter dans un créneau libre à droite de la double porte d'accès au motel. Alain coupa le moteur, inspecta les lieux d'un œil critique :

– Il y a de la bagnole. C'est bon signe, et en même temps inquiétant. Reste là, je vais voir s'ils ont encore de la place.

Il sortit, disparut à l'intérieur de l'établissement.

Affalée sur le siège, Patricia suivait d'un œil vague les évolutions de la camionnette du motel qui manœuvrait en marche arrière devant l'entrée. Elle n'essayait plus d'aligner deux pensées cohérentes, n'aspirant qu'à la douche tiède qui lui fouetterait le sang.

Alain revenait.

– On est vernis! Une défection de dernière minute, la maison affichait complet. Je ne déplace pas l'Audi : cette zone va être éclairée toute la nuit, on pourra dormir tranquilles.

Il ouvrit le coffre. Patricia sortit à son tour.

Elle finissait de se farder les paupières. Elle avait déjà meilleur moral. La douche parfumée l'avait requinquée, emportant une bonne part des fatigues et des soucis du voyage. Elle mit la touche dernière à son maquillage et sortit de la salle de bains. Alain s'était rasé, recoiffé et avait revêtu un costume de ville gris et une cravate club. Il l'attendait dans la chambre, debout devant le téléviseur allumé. Ce devait être le début du journal. Un reporter commentait la fête du jour, on voyait les étals garnis des fleuristes et les gens qui se pressaient aux portes des cimetières, chargés de leurs pots de chrysanthèmes.

Alain détourna la tête, montra l'écran :

– La Toussaint. Maman était seule encore aujourd'hui à fleurir la tombe.

Sans transition il évoqua la mémoire de son père. Il parlait très rarement à Patricia du défunt qu'il n'avait guère connu, et elle en fut impressionnée. Il n'avait que sept ans, rappela-t-il, quand la nouvelle était arrivée à l'amirauté : le capitaine de frégate Raphaël Ménestrol avait trouvé la mort en Algérie, victime d'un attentat au port d'Oran. Alain était donc encore très jeune à l'époque et pourtant, disait-il, il se souvenait très bien des obsèques : le cercueil recouvert du drapeau, l'escorte d'honneur des matelots et la musique des Equipages de la Flotte interprétant une marche funèbre. Il revoyait sa mère devant lui, très droite, très digne, le visage déformé par les larmes de Roland Moutier et la petite main gantée de sa sœur Cathy qui étreignait la sienne.

Alain referma le poste, qui évoquait maintenant la récente flambée de violences à Johannesburg. Il murmura, sans se retourner :

– Pauvre maman ! Cathy est loin, et moi... J'aurais bien aimé être avec elle tout à l'heure. Finalement c'est ça l'odieux de ce métier : on vit en marge, exclu de tout ce qui est vrai – des sortes de parias de luxe !

Sa dernière phrase exsudait une telle amertume que Patricia fit un pas vers lui, poussée par le besoin de le consoler.

– Quelqu'un, dit-elle, a écrit : « La vraie tombe des disparus est le cœur de ceux qui les ont aimés. »

Il se retourna, la regarda, un peu absent :

– Oui, il faut y croire.

Son visage s'éclaira. Il cligna des yeux comme s'il revenait à la lumière, il eut l'air de la découvrir :

– Patricia, ma chérie, cette robe te va à ravir : tu es splendide !

La salle de restaurant avait de faux airs d'auberge rustique : poutres apparentes, petites tables rondes, habillées de cretonne, et, occupant tout un pan, à droite de l'entrée, une cheminée de schiste jointoyé où des rondins flambaient. La musique assourdie des conversations, le frôlement des pas des serveurs sur le tapis au poil ras, le crépitement des bûches entretenaient une atmosphère d'intimité quasi familiale.

Alain en consultant la carte avait proposé un repas au champagne. Ils burent leur première coupe en apéritif, restèrent un moment silencieux. Les garçons se déplaçaient d'une table à l'autre, discrets; ils avaient l'air de danser sur un nuage. Les bûches craquaient. Patricia apercevait derrière Alain les flammes rouges du foyer. Elle avait gardé pour les feux de bois une ferveur de gosse. Elle contemplait le brasier, fascinée. Des images de son enfance défilaient devant ses yeux : l'immense hotte en granit sculpté d'un écusson, à « Burnt House », leur maison de campagne du Cumberland, les premières flambées de l'automne, quand le vieux Gregory rassemblait dans l'âtre un faisceau de souches de chêne, les saupoudrait de fins copeaux et craquait l'allumette... Une autre vision se superposait, plus récente : le chalet en Suisse où elle avait passé une semaine à la neige avec Alain, l'hiver précédant leur mariage. Elle revivait la scène avec une précision étonnante, la salle dans la pénombre, encombrée de vieux meubles cirés, le reflet cuivré du battant de l'horloge, le rougeoiement des tisons dans la cheminée... Ils rentraient des pistes, portaient encore leurs chauds vêtements fourrés et leurs chaussures d'après-ski. Ils chauffaient au foyer leurs mains engourdies. Il y avait un transistor posé sur un coin du buffet, on entendait une rengaine de Waldteufel. Alain se retournait vers sa compagne :

– Madame Ménestrol, m'accordez-vous cette valse ?

Elle riait :

– Il me semble que vous brûlez les étapes ! Je ne suis que votre fiancée !

Il l'enlaçait, ils dansaient en habits de neige, lourdement. La lumière du foyer mordorait le visage heureux d'Alain.

– A quoi rêves-tu, Pat ?

Le même visage, tout près, souriant au-dessus de la coupe pleine qu'il tenait à hauteur des lèvres. Elle avait l'impression qu'il avait lu en elle.

– A des feux de bois autrefois... A ce séjour à la montagne, à la charmante dame qui nous logeait...

– La chère Mme Humbrecht !

– Tu te rappelles, Alain, le matin de notre départ ? Je crois qu'elle a pleuré...

– Et nous lui avons dit que nous reviendrions.

Il choqua sa coupe contre la sienne.

– Il faut toujours tenir ses promesses, Pat. Nous reviendrons !

Ils attaquèrent l'entrée, un gratin de Saint-Jacques. Alain veillait à ce que le verre de Patricia ne fût jamais vide. Elle buvait, sans complexes : elle avouait avoir un faible pour le vin de Champagne. Le plaisir rosissait ses joues.

Ils causaient à bâtons rompus, de tout, de Gabel et de sa liaison orageuse avec Poupy, de la bronchite qui avait récemment tenu au lit la mère de Patricia, de Nicolas qui serait un vrai petit homme quand son père reviendrait en avril, de la vie à bord de la *Jeanne*, et des escales. Abidjan, Sainte-Hélène, Porto Rico, Veracruz, San Francisco... les noms chantaient aux oreilles de Patricia, chargés des parfums de l'aventure.

– Tu sais, dit-elle, à quoi je pense? Si je te rejoignais à l'une des escales? Veracruz, par exemple, c'est après les fêtes, début janvier. Je pourrais même amener Nicolas?

Il s'assombrit.

– Ce ne serait pas raisonnable.

– Pourquoi? Des quantités de femmes de marins le font régulièrement. Xavière Chaumette me disait même...

– Laisse donc Xavière, tu veux? coupa-t-il avec humeur.

La sécheresse de l'intervention la laissa pantoise. Il reprit, d'une voix radoucie :

– Nicolas est beaucoup trop jeune pour qu'on lui inflige une pareille expédition.

– Ta mère le garderait avec plaisir.

– Non, dit-il d'un ton sans réplique, ces escales sont courtes, avec pour nous des tas de contraintes : j'aurais en fin de compte peu de temps à te consacrer. Franchement le jeu n'en vaut pas la chandelle.

– Comme tu voudras, dit-elle.

Il vit sa déception et s'ingénia à la lui faire oublier. Il fut charmeur, il plaisanta, raconta des anecdotes désopilantes. Elle sembla y trouver de l'intérêt.

On venait d'apporter le plat commandé, un magret de canard au poivre vert, ils s'étaient servis et savouraient les premières bouchées.

Le maître d'hôtel cingla vers leur table.

– Monsieur Ménestrol? On vous demande au téléphone.

Alain fit une grimace d'incrédulité.

– C'est impossible, vous devez faire erreur.

– Ah, je ne crois pas, monsieur.

L'homme consultait un papier au creux de sa main.

– Monsieur Ménestrol c'est bien vous?

– Qui m'appelle?

– Je ne sais pas, monsieur.

Les yeux d'Alain effectuèrent durant quelques secondes la navette du maître d'hôtel à Patricia, elle aussi stupéfaite.

– Personne, murmura-t-il, ne pouvait savoir que nous étions ici...

Il essuya ses lèvres, se leva :

– Je reviens, Pat.

Les deux hommes s'éloignèrent ensemble.

Patricia mangeait mécaniquement, les yeux fixés sur le bouquet vivant dans l'âtre. Elle repensait au chat Grizzly, qu'ils avaient retrouvé en rentrant du bal, inexplicablement oublié sur le balcon. Il lui paraissait que le destin depuis quelque temps n'arrêtait pas de lui adresser des messages, une sorte de code qu'elle ne déchiffrait pas.

Elle n'avait plus faim. Elle reposa son couvert, alluma une Craven, se laissa aller contre le dossier du siège. Elle repassait dans sa tête les deux semaines qu'elle venait de vivre. Après l'embellie de la soirée au Cercle naval, ç'avait été la pire période depuis qu'Alain était rentré de Grèce. Il ne quittait plus l'appartement, passait des heures en robe de chambre à lire ou écouter du jazz. Il répugnait à l'accompagner aux courses ou au Jardin d'acclimatation, quand elle promenait Nicolas. Les indispensables formalités d'avant le départ, il les avait accomplies au pas de charge et manifestement à contrecœur. Il ne voulait voir personne. Dès le lendemain du bal, il avait envoyé promener assez grossièrement Gilbert Gabel venu boulevard Cunéo rapporter le sac de Patricia et qui proposait une sortie-cinéma dans la semaine, avec Poupy. Le soir où Roland Moutier s'était invité chez eux, il avait à peine desserré les lèvres.

Patricia avait eu l'impression que même la présence de son parrain lui pesait. Elle le lui avait dit et lui avait aussi reproché de négliger sa propre mère. Avait recommencé le temps des frictions, des dialogues de sourds, des dérobades.

Alain est malade, se dit-elle, en tirant trop vite sur sa cigarette. Quelque chose le ronge. Je ne peux pas le laisser s'en aller dans cet état, je ne vivrais plus, je dois essayer de savoir...

Il ne fut absent que quelques minutes. Lorsqu'il réapparut, elle remarqua son expression amusée.

– Une histoire de fous!

Il s'assit, étala sa serviette sur ses genoux.

– Il y avait évidemment une erreur. Une confusion de noms ahurissante! Un correspondant demandait un certain Brénéol ou Ménéol – pas bien saisi, le type avait un accent épouvantable! A la réception ils ont pensé que ça pouvait être moi. Voilà.

Patricia fixait le panache bleuté de sa cigarette.

– Ils avaient ton nom à l'hôtel?

– Oui. J'ai réglé la nuit d'avance, par chèque. C'est l'usage dans ces motels. Mange, Patricia, ça va être froid et ce serait dommage : ce canard est délicieux.

Patricia écrasa son mégot dans le cendrier, lentement.

– Une chose pareille, ça ne pouvait arriver qu'à nous, tu ne crois pas?

– Ça veut dire quoi, Pat? articula Alain, la bouche pleine.

– Ça veut dire que le hasard doit avoir ses têtes de Turc.

– Une bien jolie formule. Mais je ne comprends toujours pas.

Elle se pencha un peu.

– Alain, c'est notre dernière soirée ensemble avant longtemps. Le moment peut-être de tout mettre sur la table, non? Alain, qu'est-ce que tu me caches?

Il soupira avec exaspération. Il avait repris son expression fermée.

– On ne va pas encore se chamailler ce soir? Je t'ai dit que j'avais mes problèmes, mais...

– Mais tu ne me trouves pas digne de les partager? Moi je n'ai pas de secrets pour toi.

Il sourit.

– Ta vie est si limpide, Pat!

– Pas la tienne?

Elle le regardait intensément, essayant de passer de l'autre côté du masque dont il se protégeait.

Il eut une moue mélancolique.

– Ma vie a déjà reçu son lot de coups de griffes, tu sais. Et cela fait quelquefois de vilaines plaies, qui suppurent longtemps. Pardonne-moi, Pat, je n'aime pas exhiber mes vieilles blessures!

Elle pensa qu'il faisait allusion à un moment difficile de son passé récent, ces années avant son mariage dévorées par le goût du jeu, qui l'avaient si durement marqué. C'était un sujet qu'ils n'abordaient presque jamais de front et elle eut scrupule à prolonger l'interrogatoire. Elle rabaissa le nez sur son assiette, se remit à mastiquer son canard.

– Pat ?

Elle releva les yeux.

– Oui ?

– Je tiens à te dire... Tous ces petits accrocs entre nous depuis quelque temps... Nous ne nous étions jamais disputés avant !

– C'est vrai, Alain.

– Oublie ces bêtises. Je veux que tu saches, je...

Il hésita.

– Je ne t'ai jamais autant aimée, Pat !

Elle le savait. A aucun moment ils n'avaient mis en doute la force de leurs sentiments, ni l'un ni l'autre.

Mais malgré l'amour ils étaient séparés. Avant même la séparation ! De toute son âme elle aurait voulu l'aider, et elle restait à la porte. Elle se contentait de le regarder en reniflant, de l'eau plein les yeux, un peu ridicule avec son filet de viande piqué aux dents de la fourchette dressée, le cœur lourd de son inutilité, malheureuse...

Ils devaient repartir de bonne heure, et ils ne s'attardèrent pas après le dîner. Mais à peine dans la chambre, Alain redescendit chercher la carte routière qu'il avait laissée dans la voiture et qu'il souhaitait consulter avant de se coucher.

– En passant, je tâcherai de piquer une gazette au salon.

Patricia, qui commençait à se déshabiller, voulut s'offrir une cigarette et constata que le paquet de Craven était vide. Elle fumait très irrégulièrement, davantage dans les moments de tension nerveuse. Idiot qu'elle n'ait pas pensé à demander à Alain de s'en procurer à l'accueil. Il était peut-être encore au rez-de-chaussée, pour ses journaux? Elle fit le numéro de la réception.

– Bonsoir, monsieur. Mon mari est chez vous? M. Ménestrol.

– En effet, madame. Il téléphone.

– Il téléphone? Ah... Vous pourriez lui dire de m'acheter un paquet de blondes? Des Craven.

– Nous n'avons pas de Craven, madame. Des Marlboro, si vous voulez, des Dunhill...

– Des Dunhill, ça ira. Merci, monsieur.

Elle finit de se dévêtir, entra dans la salle de bains.

Alain revint peu après et annonça qu'il avait *Match* et *Le Figaro-Magazine.*

– Voilà tes cigarettes.

Il les posa sur le chevet.

– Merci.

Elle était en train de se nettoyer le visage devant la glace.

– Tu as téléphoné?

Il marqua un temps.

– Oui, dit-il. J'ai eu Bonenfant.

Il s'approcha, s'arrêta dans l'embrasure de la salle de bains. Il avait en main la carte routière.

– Tu te rappelles Bonenfant? Le collègue qui m'a remplacé à bord ces quinze jours? Tu sais qu'il a épousé une Bretonne, ils résident à Brest depuis trois ou quatre ans.

Non, elle ignorait que son mari eût un « remplaçant » sur la *Jeanne* pendant la dernière période passée à Toulon. Elle savait seulement que Bonenfant était un bon camarade de l'époque où Alain, après avoir échoué à l'oral de Navale, suivait les cours de l'EMF (Ecole militaire de la Flotte), et qu'il s'était réjoui de le retrouver sur le porte-hélicoptères.

Il agita sa carte :

– On a encore trois cent cinquante bornes à se farcir. Bonenfant me conseille de ne pas trop tirer sur la ficelle, quand même ! Songe que, normalement, j'aurais dû être au poste dès aujourd'hui ! Il faudrait que je me pointe vers les 10 heures.

Il rentra dans la chambre. Patricia qui poursuivait sa toilette l'entendit régler le réveil automatique en calculant tout haut :

– 6 heures, ça devrait aller...

Il la rejoignit, l'embrassa dans le cou.

– On va être sages ce soir, d'accord ? Je suis crevé. Toi aussi, ma chérie : il faut qu'on dorme tous les deux.

Elle ouvrit les yeux. Sa main glissa sur le drap tiède, tâtonna, recherchant un contact familier : la place était vide. A ce moment, Patricia perçut un frémissement d'étoffe et elle devina dans l'obscurité de la chambre la forme immobile, à l'angle de la fenêtre.

Elle alluma une des lampes de chevet. Alain avait endossé son peignoir de voyage en soie violine. Il tenait entre deux doigts la lisière du rideau et regardait dehors.

– Alain, qu'est-ce que tu fabriques ?

Il tourna la tête, sans lâcher la tenture.

– Ah ? Tu es réveillée, Pat. Je n'arrivais pas à dormir.

Il posa à nouveau le front dans l'échancrure.

– La brume commence à tomber, on dirait.

Patricia se retourna et, les paupières collées de sommeil, déchiffra l'heure au bloc-réveil :

– Une heure et demie ! Viens vite te recoucher !

Elle se rallongea. Il mit du temps à se détacher

de la fenêtre. Elle remarqua la pâleur de son visage. Mais peut-être était-ce un effet de lumière? Elle voyait mal.

– Je réfléchissais, Pat. On pourrait éventuellement lever l'ancre?

– Quoi, lever l'ancre? Maintenant, tu veux dire?

– Oui. Puisqu'on est tous les deux réveillés. Au besoin tu dormiras dans la voiture?

– C'est délirant! Non, je ne bouge pas!

Elle vira sur le flanc, lui présenta rageusement sa croupe.

Il fit quelques pas autour du lit.

– Essaie donc un peu de comprendre, Pat. Je te dis qu'on va avoir de la brume. Suppose un pépin mécanique. Notre marge est très courte, tu sais.

– A qui la faute? répliqua-t-elle aigrement.

Elle faisait une claire allusion aux conditions extravagantes de ce voyage : la date de départ avancée, puis retardée sous de fumeux prétextes, l'itinéraire retaillé dix fois, modifié même en cours de route...

Il ne releva pas la critique. Peu après, elle entendit le frou-frou de la robe de chambre qu'il délaçait et posait sur un siège. Son pas fit craquer une des lames du parquet sous le revêtement. Une ferrure de porte gémit. D'autres froissements d'étoffe, un tintement métallique. Elle se replaça sur le dos. Il avait déjà endossé sa chemise et enfilait son pantalon. Il secoua la tête avec une expression de regret :

– On part, Pat.

Elle s'assit, se frotta les yeux. Elle était saoule de fatigue et révoltée. Elle rumina sa rancœur, prépara une remarque cinglante. Y renonça. A quoi bon? La lugubre farce continuait et elle n'y pouvait rien. Elle se répéta, il est vraiment malade. Elle sortit les jambes du lit, se redressa en bâillant, murmura :

– Mon pauvre Alain...

Il n'eut pas l'air d'entendre. Elle se traîna jusqu'à la salle de bains.

3

Ils passèrent la porte des « Rois Mages » un peu avant deux heures. La nuit était froide et humide. Grelottante, Patricia se pelotonna au creux du siège. Alain, après avoir logé le bagage dans le coffre, mit le moteur en marche et actionna le ventilateur du chauffage, puis il rentra dans le motel régler la facture du dîner.

Il revint en disant que le veilleur confirmait sa propre estimation : l'itinéraire par le centre-Bretagne était plus court. Patricia qui avait renoncé à comprendre ne fit aucun commentaire.

Ils partirent. Ils roulèrent à bonne allure, malgré les bancs de brume qu'ils rencontraient ici et là, stagnant dans les bas-fonds. L'habitacle était maintenant tiède. Les muscles de Patricia se relâchaient, elle se décrispait, s'abandonnait à la sensation de bien-être qui l'envahissait. Ils ne se parlaient pas. De temps en temps, Alain tournait la tête :

– Dors, ma chérie.

Elle réussit à se maintenir dans un état d'agréable engourdissement, bercée par le balancement de la voiture, la chanson du moteur, le couinement cadencé des essuie-glaces. Quand elle écartait les paupières, elle apercevait la tranchée blême que les lanternes ouvraient devant eux, la fuite éperdue des arbustes décharnés sur les talus.

Ils traversèrent des villages morts, des noms surgirent sur des panneaux, qu'elle photographia sans les lire. Parfois la brume s'épaississait, devenait une pâte grumeleuse et sale que les feux trouaient difficilement. Alain en ronchonnant levait le pied, jouait du levier de vitesse. Le moteur lâchait un bref jappement et reprenait sa complainte monotone.

Elle dut dormir. A travers un voile, elle se rendit compte que la voiture ralentissait. Les pneus crépitaient sur un revêtement différent, des lueurs s'infiltrèrent sous ses paupières. Elle ouvrit les yeux. L'Audi roulait au pas sur une aire de station-service et stoppait au niveau des pompes. Alain coupa le moteur, sortit, décrocha la lance. Le préposé observait, debout derrière la porte de verre du bureau éclairé, il tenait en laisse un berger allemand. Sur la vitrine une affiche verte annonçait un moto-cross.

Elle referma les yeux, écouta, dans une demi-léthargie, le chuintement du liquide qui bouillonnait dans le réservoir. Alain sifflotait l'ouverture de *l'Arlésienne,* elle pensa à l'enseigne du motel « Les Rois Mages ».

Il raccrocha la lance, verrouilla le bouchon du réservoir. En passant, d'un tour de clé, il condamna les portières. Elle entendit le « clac » caractéristique, son esprit l'enregistra passivement, dans l'ordre, parmi les autres bruits, elle ne s'en alarma pas. Ce n'est que beaucoup plus tard, quand elle eut à réfléchir sur cet étonnant voyage, qu'elle repensa à la précaution inouïe d'Alain et qu'elle se demanda pourquoi il avait jugé nécessaire de l'enfermer à clé dans la voiture durant les deux minutes où il était occupé avec le pompiste, à quelques mètres.

Ils redémarrèrent. Très vite, Patricia replongea dans son assoupissement. Elle ne dormait pas, elle était consciente de certains bruits, même ténus, le souffle du moteur, la pulsation molle des essuie-glaces, un frou-frou d'étoffe parfois, quand Alain, pour se délasser, se décollait du siège. Elle flottait sur une mer de vapeur inconsistante, le corps à l'aise, calfeutrée dans cette étroite nacelle de métal qui trouait la nuit, et simultanément, elle était ailleurs. Sa pensée s'étirait, gommait l'espace et le temps. Elle se voyait chez elle, dans le Cumberland, avec Alain. Ils se promenaient à cheval à travers le bocage. Elle lui criait quelque chose, sans doute un défi, et elle piquait des deux. Il la rattrapait vite, ils riaient, ils trottaient côte à côte. Gregory apparaissait au détour d'un sentier, poussant une brouette chargée de tourbe. Il lâchait ses brancards et les saluait en brandissant son bonnet de laine à pompon.

Le vieux serviteur était toujours présent, mais le film sans préavis avait sauté quelques années. C'était dans le parc de « Burnt House », une pelouse, de grands cèdres bleus. Patricia était assise sur une balancelle rouge, Nicolas au creux du giron. Près d'eux la nounou Sarah secouait un canard en peluche blanche. Mais le bébé restait imperturbable et la vieille s'évertuait. Alors Gregory s'avançait. Il avait toujours son bonnet de laine écrue, il tirait la longe d'un poney placide. Patricia soulevait le petit à bout de bras :

– Look, my little Nick! Look at our friend Brownie[1]!

1. Regarde, mon petit Nicolas! Regarde notre ami Brownie!

Le visage enfantin et la longue tête poilue tout proches. Nicolas battait des mains et riait de bonheur. Soudain le bébé ouvrait la bouche, ses pupilles se dilataient comme devant une vision d'effroi, il poussait un cri déchirant, auquel en écho répondait le cri de Patricia.

Elle se redressa, pantelante, elle rencontra le regard doux d'Alain :

– Pat, ma chérie...

Elle retomba en arrière, de la sueur au front.

– J'ai dû avoir un cauchemar.

Elle se cala contre le dossier, un peu honteuse, écouta s'apaiser les saccades de son cœur.

A présent bien éveillée, Patricia fixait la route sinueuse, encombrée de paquets de coton sale que les phares dissipaient tant bien que mal. De chaque côté de la voie elle devinait un paysage désolé de landes, quelques arbustes rabougris, pareils à des squelettes. La montre de bord indiquait 5 heures 25.

– Où est-on? demanda-t-elle.

– On a passé Le Huelgoat, le prochain bled s'appelle La Feuillée. On tient le bon bout, d'ici à une heure on devrait être rendus à destination. Sauf imprévu : tu imagines une panne dans cette steppe paumée? Je n'aurais jamais cru, reprit-il après un silence, que le parcours était si accidenté. Quant à la visibilité, tu constates toi-même...

Il tourna le bouton de la radio, pianota sur les touches, sélectionna une musique d'ambiance, dont il régla le volume au plus bas.

Alain conduisait avec autorité, aussi vite que le lui permettaient le temps et le profil tourmenté de la route. Depuis un bon moment, on grimpait régulièrement.

– Les monts d'Arrée, dit Alain. Le plus haut

sommet de Bretagne est dans les parages, je crois.

Il n'était jamais venu ici, mais Patricia savait que depuis plusieurs jours à Toulon il piochait dans les guides et les itinéraires, et encore tout à l'heure à l'instant du départ il avait examiné la carte.

A mesure que le terme du voyage se précisait, il était clair qu'Alain se décontractait. Il demanda à Patricia de lui allumer une cigarette. Elle s'exécuta, lui tendit la Dunhill. L'opération durant une seconde lui fit perdre le contrôle de la direction, et l'Audi se déporta légèrement vers la berme.

– Attention, Alain!

Il corrigea la trajectoire avec un rire insouciant et aspira sa cigarette. Au poste, Goldman et Jones chantaient « Je te donne ». Alain renforça le son, fredonna la mélodie en sourdine.

Une portion de route à peu près rectiligne se présentait, et la voiture accélérait aussitôt, escaladait voracement la pente. De part et d'autre de la coulée opaque, les talus hérissés d'ajoncs roussis filaient à une vitesse vertigineuse.

Ce fut brutal, imprévisible. Il n'y eut pas d'appel de phares, le véhicule, comme s'il les attendait, tapi à l'affût, gicla du dos-d'âne alors qu'ils ne se trouvaient plus très loin du sommet. Des lampes puissantes épinglèrent l'Audi, la ligotèrent dans une résille flamboyante. Aveuglée, Patricia poussa un hurlement et se protégea le visage. Elle perçut le cri d'Alain :

– Les salauds!

Stridence de pneus qui râpaient l'asphalte, choc violent, fracas du verre pilé, plainte d'un autre moteur poussé à fond, qui s'éloignait. L'Audi zigzaguait, déséquilibrée, d'une berme à l'autre, des objets dans la voiture dégringolaient avec bruit. A travers ses doigts, Patricia vit qu'Alain tentait désespérément de reprendre la machine en main. Le pare-chocs rabota l'échine d'un talus, des épineux griffèrent la carrosserie. L'Audi fit mine de revenir sur la route, chassa, repiqua vers le bas-côté. Horrifiée, Patricia aperçut le mur de terre qui grossissait, tout rouge. Et l'explosion, énorme, le coup d'arrêt de la ceinture qui lui écrasait la poitrine. Sa tête comme une balle ricocha contre un corps dur. Elle perdit connaissance.

Les feux rouges avaient fondu dans la brume. Après quelques secondes d'hébétude, Alain se penchait sur le corps de sa femme, rapetissée contre la portière, les yeux clos, le visage blanc, comme morte, et il l'appelait, d'une voix que l'angoisse rendait grêle :

– Pat ! Pat ! Réponds-moi ! Pat, je t'en prie !

Il essaya de débloquer la ceinture de sécurité de la passagère, s'y cassa les ongles sans résultat. Patricia réagissait, poussait un gémissement de douleur. Le coffret des premiers secours, vite, que je fasse quelque chose... Il fureta au fond des tablettes de bord, dans la boîte à gants. Il ne trouvait pas ce qu'il cherchait, s'affolait, ne songeait même pas à allumer le plafonnier. Dans le heurt, les vide-poches avaient vomi une bonne part de leur contenu. Il tâtonna sur le tapis, sous les sièges.

Il se redressa. Le vrombissement d'une voiture, derrière. Il ne la distinguait pas encore, mais le bruit s'amplifiait, elle arrivait vite. Il posa la main sur la poignée, ouvrit, se détacha du siège, retomba. Ses jambes lui refusaient tout service, ankylosées, comme frappées de paralysie. Il referma la portière. Claquant des dents, il vit dans le rétroviseur deux phares en code vrillant le tapis sale. La voiture stoppa derrière l'Audi. Un double claquement de portières. Des silhouettes couraient dans la brume, comme des spectres.

Alain s'agita à nouveau, palpa ses poches, chercha autour de lui un objet qui pût lui servir d'arme.

Quelqu'un ouvrit la portière, se pencha :

– Pas de bobo ?

La voix chaude, fraternelle. Alain regarda l'homme. Barbu, très jeune, massif dans le pull jacquard au col roulé. Derrière lui, une femme en fuseaux et anorak de ski, jeune aussi, le visage inquiet. Il murmura :

– Ma femme. Un médecin, vite !

Il eut un étourdissement. Dans un état second, il entendit l'exclamation apitoyée de la dame :

– La pauvre ! Ne la touche pas, Bruno ! File à Carhaix et ramène une ambulance. Je prends la trousse.

La voiture repartit, s'effaça dans le dos-d'âne.

– Vous êtes blessé, monsieur, dit la jeune femme. Bougez pas, je vous arrange ça.

Passivement, il se laissa panser les doigts de la main gauche, que des éclats de verre avaient écorchés. Elle referma sa trousse.

– Elle, j'aime mieux pas la tripoter, dit-elle, on ne sait jamais...

Elle corrigea aussitôt :

– Ça ne sera rien, vous allez voir. Dans quelques minutes le toubib sera là.

Elle s'installa sur la banquette arrière, après avoir écarté les débris de glace qui la jonchaient.

– C'est quand même un monde, hein, monsieur ! Vous avez vu ces cinglés ? Les gens de l'autre bagnole qui se sont tirés ?

– Non, dit Alain, je n'ai rien vu.

Elle fut très étonnée, elle se dit que c'était le choc, qu'il déraillait encore. Elle remonta le col de son anorak, attendit. Devant elle la blessée s'agitait et émettait une plainte continue, pareille à un vagissement.

4

2 novembre. – Brest

Les deux matelots venaient de déverrouiller la manille et remontaient à bord du petit remorqueur, qui se décollait aussitôt du coffre de mouillage. La *Jeanne*, libérée, émit un triple beuglement et commença sa manœuvre d'appareillage, en marche arrière.

Sur la plage avant, Ménestrol regardait s'éloigner Brest. Le chapeau tonkinois de la Tour-Tanguy s'effaçait derrière les hauts immeubles de Recouvrance. Dans la luminosité mouillée de cet après-midi de novembre, la ville étalait ses masses déjà voilées, sur lesquelles se détachaient encore les deux piles du pont levant, l'enceinte trapue du château et, en fond de tableau, émergeant d'un fouillis de toits barbelés d'antennes, les clochers des églises Saint-Louis et Saint-Martin.

Deux nouveaux appels de corne. Entourés des hélicoptères d'escorte, la *Jeanne* et le *Commandant-Bourdais*, son compère de croisière, appuyaient vers la passe. À perte de vue la rade moutonnait. Le ciel se chargeait par l'ouest. Enrobées dans des nuées de suie, les falaises de la

Pointe des Espagnols se délitaient peu à peu comme du sucre trempé.

Ils avaient contourné la balise de la jetée et mettaient cap au large, encadrés par les voiles blanches des goélettes de l'Ecole Navale, *L'Etoile* et *La Belle-Poule,* qui tiraient bord sur bord pour maintenir la route. Les haubans sifflaient, la flamme tricolore au sommet du mât ondulait, horizontale. Tout près, à bâbord, le remorqueur des familles pataugeait d'un creux à l'autre. On apercevait les passagers agglutinés contre les garde-corps, des mains s'agitaient, les jumelles, les appareils photo jetaient des éclairs. Sur le grand pont du navire-école la clique du bord jouait depuis le départ, les caprices du vent dispersaient des effilochures de « Sambre-et-Meuse ».

– Alors?

La garde à la mer terminée, Bonenfant accourait aux nouvelles.

– Ça va, dit Alain. J'ai eu l'hôpital il y a une demi-heure. Elle est encore sous le choc, mais ils excluent tout risque de complication. Rien de sérieux, à part ces vertèbres déplacées.

– Une sacrée chance, vieux, dit Bonenfant. Et la bagnole?

– Je ne sais pas. On devait la remorquer sur Landerneau. Récupérable, en principe.

Ils longeaient la Grande-Rivière. Des mouettes dansaient sur l'eau entre les vaisseaux gris au mouillage. Une petite vedette de l'arsenal sautait dans la houle, on distinguait les marins gîtés à fond de cale, pompons rouges et gradé serrés les uns contre les autres, se tenant chaud. Les six hélicoptères d'escorte ronflaient au-dessus de leurs têtes, si exactement accordés à la marche du navire qu'ils ressemblaient à d'énormes araignées immobiles, accrochées au plafond bas par un fil invisible.

Duigou, le gros bosco, qui passait coudes au corps, pila à leur hauteur.

– Des ennuis, capitaine? dit-il en désignant la main gauche de Ménestrol dégantée, dont l'index et le majeur étaient enveloppés d'un pansement.

– Non, dit-il sèchement. Je me suis brûlé hier, trois fois rien.

– Ah bon? fit Duigou.

Il attendit un complément d'information, mais Ménestrol contemplait la côte, très intéressé subitement par les longs bâtiments gris du Centre d'instruction navale, et Duigou n'eut pas l'outrecuidance de s'incruster. Il repartit, se balançant sur ses larges poteaux.

– Pourquoi cette histoire? dit Bonenfant.

– Je déteste pleurnicher sur mes problèmes.

Bonenfant observait son camarade avec perplexité.

– Ça paraîtra dans la presse, forcément.

– Mais on sera loin. À propos, je n'ai parlé à personne de l'accident, sauf à toi.

– Donc motus? O.K. Si c'est ton idée.

On se trouvait par le travers de Sainte-Anne du Portzic. Le navire-école ralentissait pour annoncer l'instant de la séparation. Le remorqueur, message reçu, poussait un âpre sanglot de sirène, les bras et les mouchoirs croisaient leurs signaux. Sur la plage avant des mains saluaient avec retenue. La *Jeanne* reprit de la vitesse, creusa rapidement l'écart.

Bonenfant suivait des yeux le remorqueur qui fuyait, minuscule et noir sous la coiffe fuligineuse du ciel.

– Ta femme était là? demanda Ménestrol.

– Non. Elle a eu peur d'être malade, on s'est

quittés sur le quai d'armement. C'est beaucoup mieux ainsi.

Il accorda un dernier regard à la tache indécise de la ville, dont on devinait encore pourtant la flèche pâlichonne de l'église Saint-Martin :

– Au revoir, Brest, à dans six mois !

– Six mois, murmura Ménestrol. Tu crois ?

La remarque était si curieuse que Bonenfant après réflexion pensa avoir mal entendu. Il se retourna. Mais Ménestrol s'éloignait en direction du bosco.

Il était 15 heures 35. La *Jeanne-d'Arc* cinglait vers la haute mer.

5

Le glapissement d'une sirène transperça sa nuit. Ou bien ce fut le flap-flap d'un hélicoptère glissant au ras des toits, ou simplement un rire en cascade, quelque part, ou encore la longue plainte d'un animal martyrisé.

Elle resta plusieurs secondes sans décoller les paupières, le cœur battant, méfiante, elle s'enroula dans cette sorte de cocon fœtal qui la protégeait, le vide en elle, rassurant, la nuit hospitalière derrière ses paupières serties.

L'autre monde pourtant venait à elle et l'investissait. Ses narines frémirent, agressées par une odeur étrangère. Elle essaya de l'analyser, n'y parvint pas. Elle se résigna à en savoir plus. Elle souleva les paupières, les rabattit aussitôt, brûlée par la lumière dure et la blancheur du mur devant elle.

– Comment ça va? dit la voix.

Elle ignorait si la question s'adressait à elle. Elle consentit un gros effort pour garder les yeux ouverts, se heurta de nouveau à la pâleur violente de la muraille, découvrit la ligne de crête d'une couverture blanche devant elle, la barrière chromée d'un lit étroit. Où était-elle ? Elle ne connaissait pas cette chambre.

Elle voulut tourner la tête, s'émut à la révélation d'une gangue pesante enserrant sa nuque. Elle fut prise de panique. Quelque chose se déplaçait lentement autour d'elle, un pas, un « frou-frou » de velours froissé. Elle l'aperçut enfin. Immense dans sa blouse blanche boutonnée jusqu'au col, visage d'ivoire jauni, un cercle de cheveux gris pareil à la couronne tonsurée d'un chartreux. Il s'était arrêté à son chevet et riait silencieusement.

– Qui êtes-vous ? dit-elle. Où suis-je ?

– En très bonnes mains, affirma l'homme. Eh bien, on s'en est donné, hein ? Oui, un sacré roupillon que vous vous êtes payé, ma petite dame !

Il avait l'air de beaucoup s'amuser et cela agaçait Patricia. L'odeur, toute proche, qu'elle identifiait à présent : une odeur de salle d'opération. C'était lui, il sentait l'éther, sa blouse en était imprégnée et sa peau, l'exhalaison écœurante déferlait à chacun de ses gestes. Elle était donc à l'hôpital ? Alors, ce carcan qui lui bloquait le cou, c'était quoi ?

Elle y porta la main, ses doigts glissèrent sur un corps grenu, remontèrent, palpèrent le moelleux d'une étoffe épaisse emprisonnant sa chevelure. Elle eut très peur.

– Je suis blessée ? Défigurée ?

– Mais non, ma petite dame, mais non !

– Je veux voir mon visage !

– Bien sûr ! dit-il gaiement.

Il sortit une petite glace d'une des poches de sa blouse, souffla dessus, lustra le verre en frottant avec son coude, la lui tendit.

– Vous êtes toutes les mêmes! Tant que vous n'avez pas admiré votre binette!

Elle s'observa, ne se reconnut pas dans cette momie blafarde et enturbannée.

– Ça vous va pas mal, vous savez! commenta l'homme en blanc.

Il lui tapait sur les nerfs, celui-là, avec sa face d'auguste, il avait un côté copain-copain qui lui déplaisait, l'inquiétait aussi. Elle reposa la glace, évalua pour la seconde fois du doigt la rigidité du corps étranger collé à sa nuque.

– Un petit plâtre, dit l'homme. Le temps que tout se remette en place. Rien de méchant.

– Qu'est-ce qui m'est arrivé?

– Pas de souvenirs, vraiment? Ça vous reviendra. Bon. Vous étiez en voiture avec votre mari, la bagnole a quitté la route.

Elle poussa une exclamation. Un voile se déchirait : le pare-brise embrasé, l'éclatement des vitres, la muraille rouge devant elle, Alain...

– Alain! dit-elle, la voix étranglée. Il est mort?

– Cette bonne blague! fit l'homme. Votre mari se porte comme un charme!

– Vous mentez! Pourquoi n'est-il pas ici? Je veux le voir!

– Difficile, oui, bougrement difficile! rigola le type en blanc.

Il consulta sa montre-bracelet.

– 18 heures 10. La *Jeanne* est déjà au diable vert! Mais tout n'est pas perdu. Si on est bien sage...

Une enveloppe jaillissait au bout de ses doigts et il la secouait au-dessus du lit, comme le sucre qu'on fait miroiter au toutou.

– Il nous a fait parvenir cette lettre avant son départ tout à l'heure. Tenez, c'est pour vous.

Elle saisit l'enveloppe, entreprit de la décacheter, la laissa vite retomber sur le drap : cette modeste dépense physique la mettait en nage, sa tête tournait.

– Lisez-la pour moi.

Il minauda :

– Je ne sais pas si j'oserai!

– Puisque je vous le demande! fit-elle d'un ton impatient.

Il ouvrit la lettre, chaussa des lunettes et lut haut le texte, avec des mines gourmandes :

« Ma chérie, juste ces quelques mots au moment d'embarquer. J'aurais bien aimé pouvoir te serrer contre moi avant de partir. Cela n'a pas été possible. Mais je suis heureux pourtant et rassuré, après toutes ces alarmes. Guéris vite, ma Pat chérie. Je te laisse notre Nicolas à choyer. Au revoir, mon amour, ne m'oublie pas. Je t'aime.

– Alain. »

L'homme replia le feuillet, l'inséra dans l'enveloppe, qu'il plaça sur la table de chevet.

– Le mort se porte pas mal, dites donc!

Patricia demeurait sombre. Une nouvelle angoisse cheminait dans ses yeux. Elle commença à s'agiter, ses doigts chiffonnaient la lisière du drap. Elle haletait, le regard fou :

– Nicolas...

Elle voulut se soulever.

– Où est Nicolas? Vous me cachez mon fils!

Il se courba, pesa sur ses épaules :

– Mais non, madame, calmez-vous, allons, calmez-vous!

Elle ne l'écoutait pas, elle se débattait, possédée par une terreur sauvage, griffant les longues mains aux ongles marbrés de nicotine. Sa voix se hissait jusqu'au cri, retrouvant dans le paroxysme l'idiome maternel :

– My child! Give me back my boy! I want my little Nicolas[1]!

Attirée par le tapage, une fille de salle accourut, mamelles lourdes et épaules de docker. De ses larges battoirs rouges elle plaqua la malade contre l'oreiller, l'y maintint solidement, insensible à ses hurlements. Patricia sentit à peine le contact de l'aiguille à son avant-bras. Le mur se mit à danser devant elle, devint une énorme girandole éblouissante, tandis que les traits grossiers de la femme se désagrégeaient, se fondaient dans un grand disque blanc qui tournait, de plus en plus vite...

8 novembre.

La chambre était abondamment fleurie. La veille, les parents de Patricia avaient d'Angleterre fait livrer par « Interflora » une corbeille d'orchidées. Et Mme Ménestrol en se présentant quelques instants plus tôt apportait un gros bouquet de roses carmin.

– Tout le monde ici est aux petits soins pour moi, dit Patricia, on ne sait quoi inventer pour m'être agréable.

Elle était assise en robe de chambre devant la fenêtre, près de sa belle-mère. On lui avait ôté ses bandelettes, elle ne gardait plus qu'une coquille de soutien au bas de la nuque. Le désordre de ses cheveux longtemps écrasés par les pansements

1. Mon enfant! Rendez-moi mon enfant! Je veux voir mon petit Nicolas!

relevait d'une touche de fantaisie la sévérité du visage émacié.

Elle passa ses doigts en fourche à travers les mèches blondes enchevêtrées.

– Je n'ai pas encore réussi à me faire un shampooing. Je dois être affreuse!

Les yeux de Mme Ménestrol brillèrent :

– Même le crâne rasé, Pat, je suis certaine que vous seriez charmante!

Patricia eut un sourire pâlot. Elle se pencha pour humer une rose.

– Vous avez fait des folies, mammy!

Mme Ménestrol regardait sa belle-fille avec affection. Elle n'était là que depuis peu, elle avait encore le manteau en lainage noir au col d'astrakan, le petit chapeau de feutre désuet et les gants de peau qu'elle portait en descendant du taxi.

– Si j'avais été pratiquante, dit-elle d'une voix qui s'essoufflait, j'aurais fait brûler un cierge à sainte Rita! J'ai préféré des fleurs. Il fallait bien fêter ce miracle! De simples égratignures pour Alain, et vous-même, Pat, à part ce déboîtement de vertèbres et la commotion... Quelques semaines encore, et ce ne sera plus qu'un très vilain souvenir.

Patricia approuva sans un mot. Elle restait pleine de réserve, très en retrait par rapport à sa belle-mère, dont la bonne humeur ne manquait pas de lui apparaître un peu forcée. Elle n'arrêtait pas de se frotter frileusement les avant-bras. Un tic nerveux, songeait Mme Ménestrol qui ne perdait de vue aucun de ses mouvements.

– Vous avez des nouvelles pour la voiture? demanda-t-elle.

– Oui, dit Patricia, ils l'ont remorquée sur Landerneau, chez le concessionnaire. L'assureur m'a dit au téléphone qu'elle était tout à fait réparable. La partie mécanique n'a presque pas souffert.

– L'attitude de ce chauffard est inqualifiable, dit Mme Ménestrol. J'espère qu'on lui mettra la main dessus.

– J'en doute, dit Patricia avec lassitude. C'est hélas une pratique assez courante... Dans le journal ils n'en faisaient même pas état!

Elle n'avait pas lu l'article, c'était Croguennoc, l'infirmier hilare – un très brave homme au demeurant –, qui lui avait dit que la presse régionale avait traité l'accident en quelques lignes très générales.

Mme Ménestrol émit des considérations pessimistes sur l'abaissement dans le pays du sens moral. Puis le silence tomba entre elles, nourri de bruits feutrés de pas et de chuchotements dans les couloirs de l'hôpital, de la rumeur de la vie dehors, piaillements de moineaux, roulements de voitures, un klaxon intempestif, l'appel d'un cargo. Avec bonne volonté Mme Ménestrol tenta de renouer le fil :

– Comme je vous le disais, Patricia, j'ai eu votre maman au téléphone. Elle est bien remise maintenant de sa bronchite. Votre père est toujours très pris par son travail aux Communes. Ils se faisaient un sang d'encre, bien sûr, mais j'ai pu les rassurer.

– Papa m'a appelée hier, dit Patricia. Oui, ils ont eu très peur eux aussi.

– Tout le monde vous envoie ses amitiés, poursuivit Mme Ménestrol, Roland Moutier, Gilbert, votre voisine d'immeuble, Mme Vanoli, que j'ai rencontrée par hasard juste avant de partir. Quant à Nicolas, il est en pleine forme. Il se languit de sa maman.

Elle crut noter une ombre d'inquiétude dans le regard de sa belle-fille et s'empressa d'ajouter :

– Soyez tranquille, Patricia, Mme Carmona s'en occupe à la perfection. Et il est si peu difficile, si sociable ! Un bébé adorable ! Savez-vous que l'autre soir, oui, ça devait être avant-hier, il a fait tout seul le tour de son parc ? Ceci dit, notre loustic n'a pas l'air spécialement pressé de marcher ! Comme son père : Alain avait près de quinze mois quand il a fait ses premiers pas !

La jeune femme ne se déridait pas, l'esprit manifestement ailleurs. Mme Ménestrol ramassa son sac, posé au bout du lit, elle fit mine de se préparer à repartir :

– Je vous fatigue, Patricia, je vais vous laisser vous reposer.

– Mais non, mammy, vous venez à peine d'arriver. Restez.

Un nouveau silence. Le grondement lointain de la circulation, en basse continue. Une ambulance à grands sons de trompe filait sur le boulevard voisin.

– Il vous écrira bientôt, dit Mme Ménestrol. La première escale est Dakar, n'est-ce pas ?

– Oui.

Patricia tendit le bras, attrapa sur le chevet un calendrier ouvert. Son index s'immobilisa :

– Dans trois jours.

– Trois jours, Pat, cela passera vite. Et après...

– Après j'attendrai, dit Patricia sourdement.

Mme Ménestrol la regarda, interdite.

– Comme toutes les femmes de marin, oui, mon enfant. C'est vrai, c'est notre lot commun : nous sommes celles qui attendent.

Elle attendit. Trois jours de confusion et de fièvre, les alarmes démentes des aubes poisseuses, le songe et le réel emboîtés l'un dans l'autre. Trois jours et trois nuits de solitude.

Mme Ménestrol demeura quarante-huit heures à Brest. A 10 heures, ponctuelle, elle arrivait à l'hôpital, avec un petit cadeau pour Patricia : un bouquet de violettes, un parfum... Elle s'asseyait près de la fenêtre, toute rouge et la poitrine palpitante d'avoir escaladé les deux étages, toujours à pied, car elle ne se fiait pas aux ascenseurs. Et la conversation commençait, un semi-monologue plutôt de la visiteuse, Patricia se lassant vite de ces parlotes qui caviardaient les questions essentielles. Vers midi, Mme Ménestrol allait déjeuner : elle avait déniché un petit restaurant à la cuisine familiale, dans le quartier de Saint-Louis, tout près. Elle revenait avant 14 heures et assistait sa bru jusqu'à 17 heures, moment où elle rejoignait son hôtel, rue de Lyon, à deux pas de l'hôpital.

Patricia avait beaucoup d'estime pour la mère d'Alain, sa présence la réconfortait et d'une certaine manière la rassurait. Mais trop de choses séparaient les deux femmes, le tempérament, l'âge, l'origine, l'éducation, et, bien que chacune en son for intérieur le déplorât, il n'y avait jamais eu entre elles de véritable intimité : leurs échanges demeuraient de surface.

Mme Ménestrol regagna Toulon. On ne pouvait pas abandonner indéfiniment Nicolas à la garde dévouée de Mme Carmona, l'employée piémontaise qui avait accepté pour quelques jours de prendre le bébé chez elle. Patricia fut soulagée de savoir Mme Ménestrol auprès de l'enfant.

Les dernières heures précédant l'escale de la *Jeanne* à Dakar, elle les traversa dans un état de surexcitation grandissante, qui n'échappa pas au personnel de l'hôpital militaire. Elle se leva tôt le matin du 11 novembre, elle s'habilla, se maquilla avec minutie.

– A croire que vous avez un rancard aujourd'hui, madame Ménestrol! remarqua finement l'infirmier Croguennoc.

A 17 heures, le grelot du téléphone résonna comme un appel de trompette. La voix complice du standardiste :

– On vous parle de Dakar.

Et elle était dans ses bras, elle s'épanchait – un trop-plein de tendresse inquiète qui coulait à flots, sans jamais pourtant déborder, car Patricia avait d'avance balisé ses effusions. Ne pas lui poser les vraies questions, ces questions qui jour et nuit ont torturé mes moments de veille! Ne pas lui montrer surtout que je suis préoccupée! Je dois rire et plaisanter, il rit lui aussi, il a l'air détendu, comme moi-même. Lequel de nous deux triche le mieux? Il ne s'est rien passé, on ne s'est d'ailleurs même pas quittés, il est là, dans la chambre, je sens son odeur, je te sens, mon amour. Oui, tu vois, je suis sur pied, presque guérie. Je marche un peu dans les corridors, demain l'infirmier m'a promis que je pourrai mettre le nez dans le jardin. Je vais retenir une chambre d'hôtel où je résiderai jusqu'à ce que la voiture soit réparée. Ta mère est repartie. Et toi, Alain?... C'est vrai? Tu me jures que tu vas bien?... Oui, notre Nicolas est en pleine forme, dit mammy. Comment?... Mais bien sûr que je vais le retrouver bientôt! Pourquoi veux-tu... Non, Alain chéri, je ne t'oublie pas, pas une minute, pas une seconde ! Je t'aime, my love, my dear love, je t'aime, je t'aime...

Alain raccrocha le combiné. A travers la vitre poussiéreuse, il épia la perspective vide des quais. Où donc était passé Bonenfant ? Ils avaient quitté le bord ensemble. Bonenfant s'était discrètement éloigné pendant que son collègue s'isolait dans la cabine téléphonique, il devait musarder un peu plus loin, parmi les docks assoupis.

La nuit s'abattait, sans crépuscule. Sur l'esplanade déserte, un grand Noir en djellaba et bonnet de laine déambulait lentement. Ménestrol suivit d'un œil critique sa progression heurtée. Le Noir ralentit encore et s'immobilisa, regarda dans sa direction. L'avait-il remarqué ? Alain ne bougeait pas. Ses mains plaquées contre la paroi de verre étaient grasses de transpiration. Le Noir repartit, reprit son allure nonchalante, sa haute silhouette s'estompa et s'effaça dans la pâleur du soir.

Ménestrol poussa la porte de la guérite, fit trois pas. Il s'arrêta, les poumons écrasés par la touffeur de l'air. L'angoisse... Ces masses floues autour de lui, quelques mètres de ciment blafard à franchir. Son cœur palpitait comme à l'approche d'un inconnu redoutable. Certitude d'un danger diffus, embusqué quelque part, au bout de ce quai, à la corne du hangar là-bas, sous la robe grise de ce promeneur indolent. L'angoisse à chaque pas, le sentiment qu'il n'était plus jamais seul, lui, le consumé de solitude, qu'on l'avait pris en charge, qu'on photographiait chacun de ses gestes, qu'on pénétrait même au plus secret de ses pensées, et qu'on attendait l'heure... L'angoisse tyrannique, obsessionnelle, collée à sa peau. Même sur la

Jeanne... Je n'ai plus le droit d'être tranquille. Ni pour moi ni pour eux. Plus jamais.

On cria son prénom. Il distingua la chemisette claire de Bonenfant, qui débouchait à l'angle d'un entrepôt. Ménestrol se remit en route, il accéléra, courut presque à la rencontre de son camarade.

6

12 novembre. – Paris

Mlle Plume pénétra dans l'appartement sans avoir sonné, car elle avait son trousseau de clés personnel. En général, quand elle se présentait boulevard Voltaire à 10 heures pour son service hebdomadaire, Benoît était cloîtré dans son bureau, au bout du logement, et ne se manifestait pas. Il se passait une heure quelquefois avant qu'il ne quittât son repaire. Il lui adressait un « Bonjour, mademoiselle Plume » distrait, s'éclipsait promptement, le visage ténébreux : il avait l'air de toujours remuer dans sa tête de vastes problèmes.

Aujourd'hui Benoît n'était pas dans son bureau. A peine dans le hall, alors qu'elle posait son sac et ses gants sur la crédence, elle l'entendit tousser, tout près. La porte du corridor intérieur était entrebâillée. Mlle Plume la poussa et l'aperçut debout dans la chambre, en train de remplir une grande valise jaune à soufflets posée sur le lit. Il avait son complet de ville tourterelle à larges raies, dont les jambes étroites lui recouvraient à peine les chevilles.

– Vous partez, monsieur Benoît?

Il tourna la tête, l'examina comme si elle débarquait de Mars. Dans ces moments-là, il éveillait immanquablement l'image d'un oiseau de nuit lâché dans la lumière.

– Oui, mademoiselle Plume, mon travail m'appelle loin de Paris.

Il se remit à entasser son linge.

Elle passa dans la chambre et d'autorité lui enleva des mains la pile de serviettes-éponges :

– Laissez-moi faire. Vous n'avez jamais été fichu de préparer une valise!

Il la regarda un moment travailler en silence. Tout en s'activant, Mlle Plume tentait d'amorcer la conversation :

– Vous avez vu la cérémonie hier, à l'Arc de triomphe? Superbe, hein, vraiment émotionnant!

– Je ne regarde guère la télévision, dit Benoît. Du reste, ces parades m'ennuient.

Elle ne fut pas surprise par sa réaction. Elle s'interrogea sur ce qui pouvait l'intéresser, en dehors de son travail. La lecture, sans doute, il avait des quantités d'ouvrages aux titres sérieux alignés sur des étagères de pin verni dans sa chambre, il devait y passer ses soirées à bouquiner très tard, en écoutant de la musique classique sur le vieux Teppaz posé sur l'un des rayonnages de la bibliothèque.

– Vous serez longtemps absent?

Autre question dépourvue de réalisme, elle en était bien consciente.

– Je ne sais pas, ça dépendra de mes affaires.

Il quitta la chambre sur cette réplique lapidaire, elle l'entendit qui refermait la porte du bureau.

Elle continua de ranger la valise. Depuis près de deux ans qu'elle était au service de Benoît, le scénario se répétait, immuable. De temps en temps sans crier gare il quittait Paris. Il restait absent deux mois, trois mois, parfois moins, parfois plus, et revenait de façon aussi cavalière qu'il s'en était allé. Mlle Plume ne se fatiguait plus à essayer de savoir où il se rendait, elle ignorait même en quoi au juste consistaient ses « affaires ».

– J'effectue des recherches d'ordre scientifique, avait-il consenti à expliquer une fois pour toutes, dans les débuts.

Il n'avait pas précisé la nature de ces recherches, il s'agissait d'un sujet sur lequel, d'évidence, il ne souhaitait pas s'étendre. Ni sur aucun autre à la vérité. Un être secret, compliqué.

Elle finit de disposer le linge dans la valise. Elle accrocha à la patère du hall son manteau dont elle n'avait pas pris le temps de se défaire, elle passa dans la cuisine, enfila le tablier de peine. Quelques pièces de vaisselle sale traînaient dans l'évier, le bol du petit déjeuner, une assiette, un couvert, un verre à pied maculé d'une pellicule crémeuse. Benoît mangeait comme un oiseau. Mlle Plume avait l'impression qu'il se nourrissait essentiellement de lait : il y avait en permanence une impressionnante pyramide de packs en carton adossée au frigo. Il avait lâché qu'il avait des problèmes avec son estomac et que le lait lui était recommandé.

Benoît réapparut alors qu'elle logeait bol et assiette dans le buffet. Il portait deux valises, qu'il posa au milieu du hall. Il avait endossé son austère pardessus noir étriqué, qui lui moulait les omoplates et dont le drap lustré luisait aux coudes. Il s'avança et lui tendit une enveloppe coquille d'œuf sur laquelle il avait écrit son nom :

– Vos bulletins de salaire et vos gages. Je vous ai réglé trois mois d'avance.

– Merci, monsieur.

Il reprit ses deux valises dans le hall.

– Voilà, dit-il. A une prochaine fois. Vous passerez toutes les semaines, naturellement, pour aérer. N'oubliez pas le cissus.

– Comptez sur moi, monsieur Benoît.

Il sortit de l'appartement.

Le téléphone sonna peu après. Mlle Plume courut sur le palier, mais Benoît n'était déjà plus dans l'escalier. Elle revint dans la cuisine, écouta songeuse la sonnerie qui se prolongeait. Tant pis, c'est à lui qu'on téléphonait, non à elle, et de toute façon l'appareil se trouvait dans le bureau, sous clé. Elle se répéta que Benoît était une personne peu ordinaire, elle y rêva quelques secondes. L'appel se tut. Mlle Plume soupira, elle ouvrit un placard, dégagea l'aspirateur.

7

13 novembre. – Brest

Elle prit pension à « L'Atlantide » en fin de matinée, après avoir obtenu le feu vert du directeur de l'hôpital : tout était en ordre. La légère raideur qu'elle ressentait encore devrait s'estomper très vite. S'il n'y avait eu le problème de la voiture, toujours sur le banc, à Landerneau, elle aurait pu reprendre la route de Toulon.

« L'Atlantide » était une belle réalisation très récente, située rue de Siam, dans le cœur historique de la ville. Sa chambre était spacieuse, de conception moderne et copieusement pourvue en doubles parois, molletons et tapis qui filtraient efficacement les turbulences extérieures.

Elle finissait de se mettre dans ses meubles lorsque Le Doaré, l'assureur qui suivait le dossier de l'Audi, lui téléphona. Il souhaitait la voir, si elle n'était pas trop fatiguée, pour faire avec elle le point de la situation.

Ils se retrouvèrent en début d'après-midi dans un des salons de l'hôtel. Le Doaré était grand, voûté, avec des yeux blessés qui tremblaient comme une gelée derrière de grosses lunettes de myope. Il délaça les boutons de son manteau de mouton retourné, se carra dans le fauteuil design. D'un même mouvement du menton et des lèvres il prit à témoin le luxe ambiant :

– Vous allez être bien ici, madame Ménestrol!

– Oui, ma chambre est très confortable. Mais j'aimerais ne pas en profiter trop longtemps!

– Je vous comprends. Ça va, on dirait? Tout à fait rétablie?

– Oui. La bonne femme a été plus aisée à retaper que la bagnole!

Il rit.

– Soyez sans crainte, madame Ménestrol. Le garage met les bouchées doubles. Votre mari ayant pu me passer ses ordres avant d'embarquer, j'ai traité ce dossier en priorité, comme s'il s'était agi de ma propre voiture.

Il fit glisser les deux boutons-pression d'un attaché-case qu'il avait posé sur ses cuisses, il en retira une grande enveloppe brune.

– Ils ont récupéré ces papiers au garage. Ça a dû tomber sous les sièges au moment de la collision.

Elle en compulsa le contenu. Rien d'important, de ces choses qu'on fourre dans les vide-poches, prospectus, tickets-primes de stations d'essence, notices diverses, celle, par exemple, d'utilisation de l'autoradio. Elle remarqua aussi la dernière facture réglée par Alain la nuit où ils avaient quitté « Les Rois Mages », un beau papier bleuté orné d'une vignette aux enluminures soulignées d'or, qui représentait les trois princes et leurs trésors.

Elle referma l'enveloppe. Le Doaré avait déployé une chemise cartonnée à sangle et pointait des notes au crayon-mine.

– Ils ont fait diligence pour l'expertise. Tout le monde a été très compréhensif.

Il dégagea une mince liasse de feuillets dactylographiés où elle entrevoyait d'interminables colonnes de chiffres en rouge et en noir.

– Le montant du devis estimatif...

Il dut sentir que le sujet ne la passionnait guère, qu'elle l'écoutait à peine.

– Vous ne tenez peut-être pas à ce que je vous bombarde de comptes ?

D'un battement des paupières elle lui confirma qu'effectivement ces tripotages numériques l'assommaient. Il en prit élégamment son parti, il rengaina ses notes.

– L'essentiel, voyez-vous, remarqua-t-il, est l'assurance que je puis vous donner aujourd'hui que vous n'y laisserez pas de plumes, en dépit de la responsabilité encourue par le conducteur, sinon un correctif vraisemblablement en fin d'année, au moment de la révision du bonus, ce qui, avouons-le...

Il s'interrompit, voyant son expression intriguée.

– La responsabilité encourue ? fit-elle. Comment l'entendez-vous ?

– Mais oui, chère madame. Nous n'avons pas d'adversaire ! L'accident s'est produit en rase campagne, sans que personne...

– Mais... mais l'autre voiture ?

A son tour d'écarquiller les paupières derrière ses verres épais.

– De quelle voiture parlez-vous ? A ma connaissance il n'en a jamais été fait état par qui que ce soit ?

Quelque chose dans l'attitude de son interlocutrice l'avait troublé, car il éprouva le besoin de ressortir ses pièces à conviction. Il fit derechef jouer les fermoirs de l'attaché-case, tapota les paperasses :

– J'ai là l'essentiel du dossier. M. Ménestrol invoque une perte de contrôle imputable aux conditions atmosphériques autant qu'à la fatigue. Voulez-vous, madame, que je vous lise la copie de la déclaration de votre époux aux gendarmes de Sizun ?

Elle s'était ressaisie. Elle lui sourit :

– Non, ce n'est pas utile. Excusez-moi, monsieur Le Doaré, je mélange tout. La preuve, n'est-ce pas, que ma pauvre tête n'a pas encore totalement récupéré !

Il l'avait quittée depuis quelques minutes. Elle demeurait incrustée dans le fond du fauteuil, sans réaction. Des clients passaient la porte extérieure à tourniquet et se dirigeaient vers l'accueil ou les ascenseurs. Ils avaient la roideur d'allure et la mine compassée des gens qui ont de lourds budgets à gérer et des soucis en proportion. La moquette buvait leurs pas, on aurait dit des spectres replets glissant sur un banc d'ouate.

Dans sa tête ça se calmait un peu, ça se décantait, et elle se décerna un bon point : elle avait réussi à ne pas étaler son émotion devant Le Doaré. Il fallait croire qu'il existait un entraînement aussi à encaisser les mauvais coups ! La révélation apportée par Le Doaré en fait avait été préparée. Déjà en écoutant Croguennoc, l'infirmier, elle avait relevé que les journaux n'avaient fait aucune référence à la seconde voiture, mais elle avait imputé cette lacune à une négligence. Elle se dit qu'il serait intéressant qu'elle retrouve ce compte rendu de presse.

Elle s'approcha de l'accueil.

– Madame ?

Légèrement incliné, déférent, le réceptionniste était à l'écoute.

– Vous n'auriez pas gardé les journaux des semaines écoulées? Les quotidiens régionaux. Je voudrais contrôler quelque chose.

– Mais certainement, madame. Y aurait-il une période particulière qui vous intéresse?

– Oui.

Elle calcula.

– Le 3 novembre. Disons les 3 et 4 novembre.

– Je vais voir, madame, un instant, s'il vous plaît.

Il disparut à gauche du comptoir. Deux minutes s'écoulèrent, et il était à nouveau devant elle, il lui tendait un petit paquet :

– Voilà les quotidiens, *Le Télégramme* et *Ouest-France*. Ah! je n'ai pas pu mettre la main sur le numéro d'*Ouest-France* du 3.

– Ça ira. Je vous remercie infiniment.

– À votre service, madame.

Elle revint s'asseoir au salon. Elle tourna les pages, « Chronique régionale », « 24 heures en Bretagne »... Elle y était! Le titre gras avait ferré son regard :

« IL RALLIAIT LA *JEANNE* – EN PLEINE NUIT SA VOITURE PERCUTE UN TALUS : UNE BLESSÉE »

Suivaient quelques lignes :

« Hier matin, vers 5 h 30, sur la départementale 764, une Audi 100 pilotée par le lieutenant de vaisseau Alain Ménestrol, qui venait s'embarquer sur la *Jeanne* à Brest et était accompagné de son épouse, a quitté la route pour une raison mal déterminée et s'est encastrée dans un talus, quelques kilomètres avant La Feuillée, à l'endroit appelé « Run-an-Touseg ». L'alerte a été donnée par un couple d'automobilistes arrivés sur les lieux peu après l'accident et les secours ont pu être promptement organisés. Le conducteur était indemne, mais Mme Ménestrol blessée à la tête et fortement commotionnée a dû être dirigée sur l'hôpital des Forces armées à Brest. Les dégâts matériels sont importants. La gendarmerie de Sizun a procédé à l'enquête d'usage. »

L'autre quotidien manquait donc à la date du 3 novembre et il ne lui fut pas loisible de confronter les deux feuilles dans leur présentation des faits, mais elle se doutait qu'elle avait dû être similaire, les informations étant en général fournies aux correspondants de presse locaux par la gendarmerie.

Par acquit de conscience elle parcourut quand même les faits divers du lendemain, sans profit : l'événement était trop mince pour occuper l'actualité deux jours de suite. Elle restait sur sa faim.

Elle éplucha le texte, le tourna et retourna dans sa tête. Curieux sentiment de décalage : c'était bien d'elle dont il était question, et elle avait l'impression de lire la mésaventure survenue à une étrangère. Les deux phares monstrueux surgissant dans le dos-d'âne étaient ceux d'une auto fantôme! Le cri d'Alain : « Les salauds! » avait traversé un songe! Aucune trace de leur authentique histoire, la page avait été arrachée. « Pour une raison mal déterminée... » Et Alain, d'après Le Doaré, avait allégué les conditions atmosphériques... Mais les témoins? Il y avait des témoins, ces Bons Samaritains qui étaient sur les lieux peu de temps après l'accident? Ils avaient vu quelque chose, ils avaient parlé à Alain, donc...

En partant, Le Doaré lui avait laissé sa carte. Elle s'isola dans une des stalles du hall, composa l'indicatif de l'assureur.

– Une petite précision, monsieur Le Doaré. Ce couple d'automobilistes qui nous a porté assistance, vous savez qui c'est ? J'aimerais les remercier personnellement.

Le Doaré avait le renseignement, qui figurait au procès-verbal de la gendarmerie de Sizun. Une chance : M. Morel, leur sauveteur, résidait à Brest. Le Doaré lui livra l'adresse du couple, en lui conseillant toutefois d'essayer plutôt de joindre la femme à son lieu de travail, car le monsieur, représentant en machines agricoles, risquait de ne pas être au logis. Il lui dicta les coordonnées professionnelles de la dame, qui avait un cours de danse classique, avenue Foch, « L'Académie Myriam ».

Elle remercia l'assureur et fit aussitôt le numéro de « L'Académie Myriam ». Quelques secondes d'attente, et on se manifestait. Une musique très rythmée emplit d'abord l'écouteur, puis une voix de femme, énergique, essoufflée :

– Allô ! oui ?

– Bonjour, madame. Je me trouvais dans l'Audi accidentée le 2 novembre, sur la départementale 764. Mme Ménestrol.

– Ah oui ! Comment allez-vous, madame Ménestrol ?

– Bien, maintenant. Je tenais à vous exprimer ma gratitude.

– Je vous en prie, c'était on ne peut plus naturel.

– Madame, est-ce que... Est-ce qu'il vous serait possible de me recevoir un moment ? J'ai besoin de vous parler.

– Me parler ? C'est-à-dire... Je suis avec mes... Bon, d'accord, je m'arrange. Oui, venez, je vous attends.

– Merci, madame.

« L'Académie Myriam » avait trouvé refuge dans une des baraques lépreuses qui enlaidissaient l'avenue Foch. Patricia s'y introduisit, enfila des couloirs, guidée par des sonorités grossissantes d'orchestre. Elle entra, comme prescrit, sans frapper. Une grande salle, où un essaim de fillettes en justaucorps blancs ou noirs alternaient pointes et entrechats sous la direction de leur professeur. Elle l'avait aperçue et arrêtait le disque.

– Vous reprenez le dernier mouvement, mes filles, et vous le travaillez, séparément. Je reviens.

Elle s'avança à la rencontre de Patricia. Elle était très jeune, très élancée, elle avait le visage net et la poignée de main ferme des amoureux du sport.

– Myriam Coutureau, enchantée. Diable! Vous avez meilleur aspect que l'autre nuit! Je vous avoue que mon ami et moi avons eu très peur. Votre mari, ça va?

– Tout à fait, merci. Dites-moi, madame, comment ça s'est déroulé? Vous êtes arrivés quand?

– Quelques secondes, je suppose, après l'accident. On avait passé la Toussaint chez les parents de Bruno, à Saint-Herbot. Vous savez la tradition, les chrysanthèmes, la visite au cimetière... Ils n'ont pas voulu qu'on rentre le soir même. Mais Bruno avait un rendez-vous important en début de matinée, il a bien fallu repartir très tôt.

Elles se mirent à faire lentement le tour de la salle, parmi les petits groupes de gamines qui s'entraînaient ou s'accordaient une pause.

– Donc, enchaîna la jeune femme, on stoppe derrière l'Audi, en nous disant pardonnez-moi, qu'on allait y trouver des morts! Et on aperçoit votre mari qui nous regardait approcher, encore groggy, mais pratiquement pas blessé, quelques écorchures. Vous, par contre, vous n'aviez pas belle apparence ! Je suis restée auprès de vous, pendant que Bruno courait prévenir. L'ambulance est venue très vite, précédant de peu les gendarmes.

Patricia ne perdait pas de vue l'objet de sa visite.

– Mon mari vous a parlé ? Quand vous attendiez ?

– Bien sûr.

– Il vous a expliqué comment ça s'était passé ?

– Oui, il avait dû fermer les yeux une seconde, la fatigue, la tension nerveuse. Vous vous rappelez, le temps épouvantable, un brouillard à couper au couteau... Vous rouliez depuis longtemps, je crois ?

– On venait de Toulon.

– De Toulon ? Bigre ! Ça, il ne me l'a pas dit !

Elle avait l'air très étonnée.

– Directement ?

– Oui, à part une halte près d'Ancenis, quelques heures...

Myriam s'arrêta pour rectifier la pose d'une de ses petites élèves. Elle reprit sa promenade.

– Et vous aviez choisi cet itinéraire ? Le vrai chemin des écoliers, dites donc ! Ça n'est sûrement pas la route la plus courte pour rallier Brest, venant du Sud-Est, ni la plus commode ! De sacrés virages, hein !

Patricia ne répliqua pas. Cette réflexion sur les bizarreries de leur trajet, elle se l'était faite bien des fois aussi depuis leur départ de Toulon. Elle renonça à tourner autour du pot :

– Mon mari vous a-t-il parlé de l'autre véhicule ? Celui qui venait en face ?

Myriam posait sur elle un regard intéressé :
– Ainsi vous l'avez vu vous aussi ? C'est d'ailleurs ce qu'on s'était dit, Bruno et moi, puisqu'on s'était croisés juste avant de vous découvrir.
– Vous n'avez pas pu identifier la voiture ?
– Non. Ça s'est fait si vite, elle roulait comme un bolide de rallye ! De vrais débiles ! Et le profil de la route, le brouillard...
Elle fit une nouvelle halte, fronça les sourcils, frappée par une évidence :
– Attendez. Vous avez donc vu la bagnole *avant* l'accident ? Forcément avant, à un moment où vous étiez encore consciente ?
– Oui, dit Patricia, ce sont ses phares qui ont ébloui le conducteur.
– Dans ce cas... lui, votre mari, pourquoi a-t-il dit qu'il ne se rappelait pas avoir croisé la fameuse voiture ? Il m'a même demandé de ne pas en parler aux enquêteurs, il disait que c'était du temps perdu pour tous, qu'il ne pouvait pas se permettre de louper son embarquement. Mais puisqu'il y avait un chauffard dans le coup, pourquoi ce silence ?
Si je le savais, gentille Myriam ! songea Patricia. Elle abrita son désarroi sous un sourire :
– Pour la raison même qu'il vous a donnée, sans aucun doute : il était réellement très pressé.
Elle lui tendit la main pour prendre congé :
– Merci encore, madame, merci pour tout. Et excusez-moi d'avoir perturbé votre travail.
– Si peu ! Mes poussins auront apprécié le temps mort ! Je suis ravie de vous voir tirée d'affaire, madame Ménestrol !
– Merci.
Patricia gagna la porte.

Elle dépassa « L'Atlantide », continua à descendre la rue de Siam. Le ciel était encombré d'une débandade de nuées ventrues qui accouraient depuis la zone plus pâle au-dessus du goulet. Le vent teigneux soufflant de l'ouest faisait claquer comme des voilures les auvents des magasins. L'air rugueux lui fit du bien. Elle regarda les étalages des boutiques, joua à n'être qu'une flâneuse désœuvrée, disponible.

Au bas de l'artère, elle atteignit la mer. Appuyée à la rambarde du pont levant, puis contre le mur d'enceinte de l'arsenal, elle observa les navires de guerre à l'ancre. Sur sa gauche, les imposantes fortifications du Château, la première houle de l'océan à ses pieds, verdâtre, boursouflé jusqu'à perte de vue de cloques livides, l'entassement gris à droite des maisons de Recouvrance, au ciel les mouettes qui buvaient le vent, ailes déployées.

Elle n'avait jamais vu Brest et elle se rendait compte que ces lieux lui étaient déjà familiers. Plusieurs fois Alain lui avait décrit le départ de la *Jeanne,* la foule des parents amassés dans les remorqueurs, le ballet des *Alouettes*, la pyramide des *midships* étagés sur les plates-formes, les cœurs serrés, l'adieu des sirènes. Alain s'était détaché d'un de ces quais au-dessous d'elle, onze jours plus tôt, et pour lui il n'y avait eu personne à agiter son mouchoir. Serait-elle sur le bateau des familles dans cinq mois et demi, quand le grand voyageur rallierait le port ?

Elle avait oublié le temps, elle se sentait bien, le front fouetté par la bise, le cerveau lavé, en communion avec le ciel sauvage, la crécelle des mouettes, les parfums âpres de l'océan. Elle était une fille du grand vent et des brumes, elle aurait pu vivre ici. « Ma Princesse du Nord », disait Alain.

Sous les nuages là-bas le soleil accélérait sa plongée dans la mer. L'air se faisait plus vif, elle commençait à avoir froid. Elle se réfugia dans un des cafés qui ceinturaient la place, elle commanda un thé à la bergamote et deux tranches de cake. La salle était tiède. Des groupes de jeunes gens aux tables autour d'elle parlaient haut et riaient. Non loin, un couple lèvres à lèvres s'enivrait d'éternité. Le garçon avait la peau tavelée et les duvets ingrats des adolescents en mue, la fille portait des nattes sages d'écolière. Elle les regarda se caresser avec la grâce malhabile de jeunes animaux affolés. Elle eut soudain très mal à la poitrine, elle régla l'addition, repartit, regagna « L'Atlantide ».

Le soir tombait vite et elle dut allumer dans la chambre. Elle s'assit au bord du lit, mit en route le poste à la télécommande, l'éteignit presque aussitôt. Besoin du silence, peur du silence. Sa chambre était comme un caveau ouaté. Sur la courtepointe était posée l'enveloppe brune que lui avait remise Le Doaré. Elle l'ouvrit, en répertoria à nouveau les très banales pièces. « Les Rois Mages. » Elle revoyait Alain s'extrayant du motel dans la nuit froide, alors qu'elle attendait sur le siège de l'Audi, transie, et que le ventilateur ronflait. Il avait en main la facture, il la jetait dans le vide-poches, et ils partaient. Elle admira les coloris délicats de la figurine, son dessin précieux. Les trois Rois étaient présentés de face, côte à côte, égaux en majesté. Balthazar, Melchior, Gaspard. Lequel était le Noir ? Elle ne l'avait jamais su.

Elle examina de plus près le papier bleu pâle. Elle s'était certainement trompée, elle se força à relire le détail de l'addition :

1 chambre double
2 dîners
1 téléphone.

En dessous, une ligne : arrhes versées, et un chiffre.

Elle releva les yeux. Il y avait une erreur, bien entendu, une erreur grossière, inconvenante. Elle ne pouvait laisser passer cela, elle exigeait rectification !

Elle attrapa le téléphone, composa le numéro du motel.

– « Les Rois Mages », à votre service.

– Bonsoir, monsieur. Mme Ménestrol à l'appareil. Nous avons séjourné chez vous une nuit, la nuit du 1er au 2 novembre. Je viens de revoir votre note, je crois relever une petite erreur. En votre défaveur, je précise.

– Ah ? Ne quittez pas, je sors votre fiche. Ménestrol, vous dites ?... Voilà, je l'ai. Qu'est-ce qui ne va pas, madame ?

– Les arrhes. Nous ne vous avons pas versé d'arrhes ?

– Ah ! mais oui, madame ! Par chèque tiré sur la Société Générale, du 27 octobre.

– Mais... mais c'est impossible ! Nous ne connaissions pas votre établissement ! Nous sommes tombés dessus sur la route, par hasard !

– Par hasard ?

Un silence embarrassé au bout. On pressentait un mini-drame conjugal, sans en discerner la nature.

– Je ne vous suis pas très bien, madame. C'est sûrement un malentendu, car... Comment la personne aurait-elle su que...

– Quelle personne ?

– Oui, je m'en souviens parfaitement, quelqu'un

a téléphoné en fin d'après-midi, avant votre arrivée au motel. Il m'a prié de demander à M. Ménestrol de l'appeler après 21 heures. Ce que j'ai fait, dès que votre mari s'est présenté à la réception.

– Qui était-ce ?

– Il n'a pas donné son nom, il m'a assuré que M. Ménestrol comprendrait. Il a d'ailleurs rappelé au cours du repas, vous vous en souvenez peut-être ?

C'était à elle maintenant de rester muette. Et l'homme de plus belle s'inquiétait :

– Allô, madame ? Vous êtes toujours en ligne ? Je suis contrarié, je ne voudrais pas que...

– Merci, monsieur. Excusez-moi.

Elle raccrocha. Un rideau noir passait devant ses yeux. Elle se rassit, les jambes en flanelle. La voix d'Alain résonnait lointaine à travers le silence de crypte :

« Si on leur demandait l'hospitalité ?... Reste là, je vais voir s'ils ont encore de la place... »

Il l'avait menée en bateau : dès le 27 octobre il avait décidé qu'ils s'octroieraient cette halte. Pourquoi ? Qui y attendait-il ? Dix détails ressortaient de l'ombre, qu'elle tentait d'ajuster dans une ligne cohérente. Cet appel au téléphone pendant le repas, l'air ébahi d'Alain, et quand il était revenu un instant plus tard tout souriant, son commentaire : « Une erreur ahurissante ! » Le mensonge à son usage, organisé, systématique. Depuis quand la trompait-il ? Que lui restait-il de sûr, de non trafiqué ? Le soir, par exemple, au motel, quand il était descendu téléphoner... Il avait prétendu avoir questionné son collègue Bonenfant. Vrai ? Faux ?

Elle se leva. Ça du moins elle pouvait le contrôler ! Un mini-annuaire du département était posé à côté du bloc-téléphone. Elle tourna les pages.

Bonenfant, son nom devrait y figurer, puisqu'il résidait à Brest. Enfin c'était du moins ce qu'Alain avait affirmé. Encore une de ses inventions ? Non, son ongle soulignait un Bonenfant Edmond, rue de La Frégate La Belle Poule. Etait-ce le bon ?

Elle décrocha, pianota sur les touches. Une femme se présentait à l'appel.

– Je suis Mme Ménestrol, l'épouse du lieutenant de vaisseau Alain Ménestrol...

– Ah oui, bien sûr ! Comment allez-vous, madame Ménestrol ? J'ai appris l'accident de voiture qui...

– Ça va bien, merci. Madame Bonenfant, j'ai un petit problème. Vous vous rappelez le coup de fil que mon mari a passé au vôtre le 1er novembre, vers les 10 heures du soir ?

– Attendez... Le 1er novembre, vous dites ? Donc la veille du départ de la *Jeanne* ? Ah mais non ! ce n'est pas possible ! Edmond était de service à bord. Ça m'avait d'ailleurs flanqué le cafard, de ne pas l'avoir à moi pour sa dernière soirée, et j'ai rendu visite à ma sœur à Plougastel. Vous dites que M. Ménestrol aurait téléphoné à la maison ?

La pénombre. Seule l'applique murale est allumée. Dans la chambre grise le sous-main sur la petite table est comme un îlot ardent. Patricia écrit au stylo, la page est déjà chargée de lignes bleues au dessin appliqué. La main court, la plume crisse : « ... Et j'ai eu beaucoup de plaisir à traîner par les rues de la ville, à contempler les vaisseaux à quai. Peut-être parce que ces lieux évoquaient pour moi une scène des jours derniers et que je les sentais encore chauds de toi... La voiture sera bientôt réparée, je vais pouvoir regagner Toulon. Oui, il me tarde de revoir Nicolas, de le choyer pour deux, comme tu me l'as dit à l'escale de Dakar. Alain, je voudrais aussi te demander pourquoi... »

Elle relève le stylo, redresse la tête, réfléchit en suçotant le capuchon. Elle se met debout, allume une Craven, marche dans la chambre. Elle écarte le rideau opaque de la fenêtre. La rue de Siam est déjà presque déserte, la plupart des magasins ont éteint leurs vitrines. Quelques passants qui se hâtent en rasant les murs, sans doute vers la dernière séance du cinéma voisin. En face, le vent agite la hampe du lampadaire. Une enseigne s'entête à jeter un message bicolore que personne ne recevra.

Patricia revient s'asseoir. Elle relit son texte. Doit-elle continuer la phrase interrompue? Une seule question, et c'est la porte ouverte, le flot va rouler, charriant les mises en demeure, les reproches, les accusations, l'amertume. En ai-je le droit? Je le connais, il ne m'a pas menti pour me faire du mal, au contraire. Il avait un motif, un puissant motif...

L'esprit de Patricia remonte très haut, bien en amont de ce voyage à Brest. Ce 28 juillet où elle est allée l'attendre à l'aéroport d'Hyères avec Nicolas, où elle a tout de suite compris que l'Alain qu'elle retrouvait n'était pas exactement celui qui avait quitté Toulon deux ans plus tôt. Et après... Je n'ai pas le droit, se répète-t-elle. Pas dans une lettre, avec des mots qui frappent comme des lames, des mots qui resteront plantés. Plus tard, quand nous serons face à face... Je lui dirai, Alain, pourquoi m'avoir monté cette déplaisante comédie? Et il m'expliquera tout.

Elle regrette à présent son impatience. Une crainte superstitieuse l'envahit, qu'avec sa petite crise d'agitation elle ait réveillé quelque force maléfique. Comme ces cancers endormis qu'on secoue, et qui sortent leurs crocs.

Elle rature avec soin les quatre derniers mots, elle enchaîne : « ... je voudrais te dire que je t'aime de toutes mes forces et que je compte les jours, déjà... Reviens-moi vite, mon cher amour. Je t'attends. »

8

12 novembre. – Abidjan

La résidence de l'ambassadeur de France en Côte-d'Ivoire était ce soir d'accès difficile, et Kouamé N'Cho Motto fut obligé de garer son taxi Peugeot 305 SR sur la pente, à une cinquantaine de mètres de la grille qui protégeait la propriété.

Agile comme une panthère, il se faufila entre les voitures abandonnées de part et d'autre de la route dans une pagaille très africaine. Il perçut bientôt des accords orchestraux. Des effluves de grillades lui titillèrent les narines. Entre les feuillages des bougainvillées qui doublaient la clôture grillagée, des lumières brillaient. On devinait la rumeur de conversations d'une assemblée nombreuse, éparpillée à la belle étoile sur les pelouses.

Kouamé avait le rythme dans le sang et il franchit les derniers mètres de montée en se désarticulant, bras écartés, ses longues jambes torses moulées dans le jean blanc soulignant le tempo de la musique.

Derrière la grille, Pierre-Aristide, le factionnaire noir de l'ambassade, le regardait venir, impassible, sanglé comme un mamelouk dans l'uniforme kaki enrichi de la fourragère d'honneur. Il leva énergiquement le bras :

– Stop ! Où tu vas ?

Kouamé suspendit sa chorégraphie.

– On a demandé un taxi à l'ambassade. Je peux entrer, mon frère ?

Il fit un pas vers la grille.

– Non, dit Pierre-Aristide, sans rectifier la position. T'es pas invité, mon vieux, t'attends dehors. Je fais prévenir.

Il ôta l'un de ses gants blancs, claqua pouce et index avec autorité. On accourut. Kouamé expectora un jet de jus jaunâtre sans lâcher le bâton de bétel qu'il avait fiché au coin de ses lèvres et tourna le dos au factionnaire :

– Raciste, maugréa-t-il, sale raciste de nègre !

Ménestrol s'était assis sur un banc, à l'écart des invités et regardait distraitement les petits groupes qui passaient en devisant entre les massifs fleuris.

Edmond Bonenfant s'approcha.

– Le carrosse est avancé. On se taille pianissimo. J'alerte Furic.

Les trois officiers se retrouvèrent quelques instants plus tard à la sortie du parc.

– Nous nous esbignons comme des ploucs, remarqua Furic. Vous ne voulez vraiment pas que nous prenions congé de nos hôtes ?

– Vaut mieux pas, dit Bonenfant. Il est à peine 22 heures 30. Notre hâte à sécher la garden-party risquerait de les vexer.

– Qu'en penses-tu, Alain ? dit Furic.

– Alain ne pense rien, dit Bonenfant, Alain pense à sa femme, nuance.

– Change de disque, fit Ménestrol, tu m'épuises. Oui, filons, avant l'esclandre.

Ils traversèrent les locaux de la résidence, qui grouillaient d'employés affairés et criaillants.

– Il paraît que c'est chaque fois pareil, dit Furic. Les sauteries de l'ambassade sont réputées dans la colonie européenne pour leur esprit spartiate.

– L'ambassadeur est sans doute un ascète, dit Bonenfant. Une espèce estimable, en voie d'extinction.

– C'est une des servitudes du métier de marin, affirma Ménestrol, gagné par la verve caustique de ses amis. Nous n'étions pas ici ce soir pour nous empiffrer, mais en service commandé. Pour la plus grande gloire de la Royale, messieurs !

– Ce qui ne m'empêche pas d'avoir la dalle, fit Furic.

Ils débouchèrent sur la terrasse, descendirent les marches. Pierre-Aristide s'avançait vers eux, se figeait dans un garde-à-vous impeccable.

– Repos, mon brave, dit Furic. Où est le char ?

D'un geste plein de prestance, Pierre-Aristide désigna la grille, qu'il s'en fut décadenasser. Les marins sortirent.

Kouamé avait prestement remisé son bâtonnet de bétel dans la pochette de sa chemisette fleurie et souriait aux beaux militaires en uniformes blancs.

– On est trois, dit Bonenfant. Ça ira ?

– La bagnole est costaud, répliqua Kouamé. Et trois pourboires c'est mieux qu'un seul !

Les lèvres du Noir se retroussèrent dans un large rire espiègle, dégageant sa denture de neige jusqu'aux limites des gencives rose éteint.

– Tu me bottes, mon gars, dit Bonenfant. Allez, on te confie nos vies !

La 305 s'extirpa du créneau et alla effectuer sa manœuvre devant la grille de l'ambassade. Elle se lança dans la longue descente sinueuse qui menait du quartier résidentiel au niveau de la lagune. Ménestrol était assis à côté du chauffeur, ses deux collègues avaient pris place derrière.

– Eh bien, messeigneurs, on décide quoi? dit Bonenfant.

– On va bouffer, dit Furic. Priorité. Il paraît qu'il y a une nouvelle auberge à poissons vers Port-Bouet, pas loin de l'aéroport, la tambouille y serait consommable. Le « Tarpon » ça s'appelle. Tu vois où ça se trouve? demanda-t-il au chauffeur.

– Oui, patron. Le « Tarpon » je connais « trop » bien! Je te conduis, si tu veux?

– Alain, ça te va? dit Bonenfant.

– Bien sûr. J'ouvre un peu : on crève.

Il abaissa la vitre. L'air chargé de la nuit s'engouffra dans l'habitacle et fit voler des papiers posés sur la tablette.

Kouamé pilotait sa machine en chantonnant une mélopée aigrelette, le coude et l'épaule débordant largement de la portière. Ils abordaient à belle allure une série de virages en épingle à cheveux.

– T'emballe pas, hé, mon gars, conseilla Furic.

Kouamé rit à nouveau :

– Faut pas avoir la trouille, patron. Je la connais, cette putain de route! Je te jure que je peux conduire les yeux fermés!

– Vaut mieux pas, dit Furic. Le pays a encore besoin de nous.

Ils s'arrachèrent de la dernière courbe, la 305 accéléra.

Soudainement, le chauffeur poussa une exclamation :

– Putain de merde!

Il freina aussitôt des quatre fers.

– Qu'est-ce qui ne va pas? dit Ménestrol.

Kouamé piqua de l'index un des cadrans au tableau de bord :

– La flotte. T'as vu, patron? La flotte elle doit bouiller!

– Bouillir, corrigea Bonenfant. T'aurais pu t'en aviser plus tôt, non?

– Le voyant il est cassé, avoua Kouamé assez piteusement. Y a qu'à arrêter.

Il contrôla dans le rétroviseur, coupa la voie et dirigea le véhicule sur une petite esplanade de terre rouge, un peu au-dessous du niveau de la route. Il coupa le moteur, déverrouilla le capot, sortit.

– La poisse, dit Furic. Notre mâchon qui se carapate vitesse grand V, on dirait! Où est-ce qu'on se trouve? On est loin du centre d'Abidjan?

– Ça m'a tout l'air d'un parc à billes, dit Ménestrol qui flairait des odeurs de tanin. Il y en a toute une flopée dans le secteur.

A la lueur des lanternes ils entrevoyaient des chaînes, à quatre-vingts centimètres du sol, une plaque interdisant le passage et de l'autre côté la masse des troncs superposés. La lagune était juste derrière, qui poussait jusqu'à eux des miasmes écœurants de vase et de pourriture.

– On sera aussi bien dehors, dit Ménestrol.

Il ouvrit la portière, mit le pied sur la terre spongieuse, imité par ses deux compagnons. Un rat obèse jaillit presque sous sa chaussure avec un petit cri, ses prunelles dans la réverbération jetèrent une phosphorescence. Il fila vers l'eau, se fondit dans l'obscurité du parc. Les trois marins encadrèrent le Noir enfoncé sous le capot.

– La courroie du ventilo elle a pété, dit l'homme. Je comprends pas, patron. Au nom de Dieu, je te jure, elle était neuve!

– T'en as une de rechange? dit Furic.
– Je vais voir, dit-il d'un ton peu convaincu.
Il alla ouvrir le coffre. Ils l'entendirent déplacer des objets avec des imprécations.
– Nous n'avons plus qu'à attendre la prochaine fournée de collègues, dit Ménestrol.
Il s'assit sur le bord du siège du conducteur, le genou maintenant la portière ouverte.
Une forme traversa la partie d'esplanade éclairée. C'était un grand Noir enveloppé jusqu'aux chevilles dans une gandoura sombre et tenant à la main un long bâton de pèlerin. Ils ne l'avaient pas entendu venir, ils eurent l'impression qu'il était sorti du parc à billes. Un gardien, peut-être?
– L'auto elle est en panne? cria l'homme dès qu'il fut à portée. On peut aider?
Sans attendre de réponse, il agita son bâton au-dessus de sa tête. Comme par magie, une, deux, trois, quatre silhouettes surgirent de la nuit, toutes issues elles aussi de la zone du parc. Elles portaient la même robe couleur de terre. Elles glissèrent en silence, entourèrent la voiture. Ménestrol entendit le cri étouffé du chauffeur :
– Les voleurs!
Et aussitôt le Noir prit ses jambes à son cou et cingla vers l'avenue. Il disparut.
Ménestrol s'était redressé.
– Vite, souffla-t-il à ses compagnons, rapprochez-vous de moi. Adossons-nous à la bagnole.
Bonenfant contourna la voiture par l'arrière et plongeant la main dans le coffre resté ouvert il attrapa le cric avant de prendre sa place. Furic et Ménestrol n'avaient que leurs mains nues à opposer aux agresseurs.
– Qu'est-ce qu'on fait? dit Furic. Ils sont cinq.
Les Noirs s'étaient arrêtés en demi-cercle, à

quelques mètres. Le chef laissa tomber sa houlette et avec un synchronisme parfait cinq lames de machette scintillèrent au bas des bras plaqués contre les cuisses.

– On n'a aucune chance, murmura Bonenfant. On leur refile notre fric ?

– Non, dit Alain, ce n'est pas ce qu'ils cherchent.

– C'est quoi ?

Par-dessus son épaule Ménestrol lorgnait vers la route sur laquelle des voitures passaient très vite, on entendait la plainte des pneus dérapant au premier virage.

– Ils ne nous aperçoivent pas, constata-t-il, nous sommes trop en contrebas pour qu'ils nous voient. Si nous pouvions remonter un peu vers l'avenue...

Un traquenard, songea-t-il, la panne figurait au scénario, le chauffeur était dans le coup.

– Qu'est-ce qu'ils veulent ? reprit Bonenfant.

– Moi, dit Alain. Attention.

Il se cala contre la portière, tendit les avant-bras, banda ses muscles. Les cinq Noirs s'étaient remis en mouvement.

9

29 novembre. – Toulon

– Xavière Chaumette rentre de voyage, dit Mme Ménestrol. Je l'ai rencontrée hier matin à la poste. Elle n'était pas au courant de vos ennuis.

– Je sais, dit Patricia. Elle m'a téléphoné dans l'après-midi. Son mari aussi a terminé sa campagne.

Les deux femmes étaient debout sur la terrasse de l'appartement, appuyées à la rambarde. Un beau soleil automnal éclairait le grand immeuble blanc qui exposait ses douze niveaux à l'entrée du boulevard Docteur-Cunéo, en retrait de la corniche du Mourillon. A leurs pieds, le port rassemblait sa flottille de petits plaisanciers blottis au bas du Fort Saint-Louis dont le drapeau se convulsait sous la brise. Par-delà les frondaisons cossues de La Mitre, les toits rouges de Saint-Mandrier frappés de plein fouet flambaient parmi les pins. La transparence de l'atmosphère ce matin était remarquable, les pointes de Carqueiranne et d'Escampobariou paraissaient toutes proches et l'on devinait même dans les lointains le contour dentelé de Porquerolles.

L'air était vif malgré le soleil et Mme Ménestrol, arrivée un bon moment plus tôt, avait gardé sa tenue de sortie, le manteau noir à col d'astrakan et les gants de peau aux doigts ajourés. Elle portait un petit chapeau-cloche mauve foncé, assez pittoresque. Les chapeaux étaient sa seule véritable coquetterie, elle en possédait une très riche collection et il n'était pas rare qu'elle en changeât plusieurs fois dans la journée au gré des situations.

Mme Ménestrol observait sa belle-fille. Elle se disait que Patricia n'avait jamais été aussi jolie que sous la lumière chaude de cette matinée de novembre, si fine et si charnellement présente dans la robe de laine fuchsia en mailles anglaises, dont l'encolure bateau dégageait le modelé des épaules. Aucune trace physique de l'accident survenu moins d'un mois auparavant, sinon un soupçon d'embarras dans l'articulation du cou, ce qui donnait à la tête parfois une gîte charmante.

Les dégâts se situaient ailleurs, songeait Mme Ménestrol, qui avait retrouvé Patricia une fois de plus ce matin en train de broyer du noir. Elle l'avait déjà constaté à l'hôpital de Brest, l'accident de voiture avait perturbé le moral de la jeune femme qui, quotidiennement, ne manquait pas de s'inventer quelque nouveau motif de contrariété. Aujourd'hui c'était la correspondance espérée qui n'était pas à l'heure : le facteur était déjà passé, Abouna, le gardien congolais, avait approvisionné les boîtes, il n'y avait pas de lettre d'Alain.

– Je vous assure, Patricia, que vous avez tort de vous faire du mauvais sang. Le courrier en provenance d'outre-mer est bien imprévisible. Moi non plus je n'ai pas de nouvelles de mon fils. Enfin,

Patricia, vous l'avez eu au téléphone, à Abidjan? Par le Bureau des Familles?

– Oui, le premier jour de l'escale. Mais je vous l'ai dit, le standard du navire était archi-saturé, Alain a abrégé l'entretien en me promettant qu'il me rappellerait et m'écrirait.

Une pause. Et elle reprit d'un ton âpre :

– Il n'a fait ni l'un ni l'autre. La lettre aurait dû être là depuis longtemps.

Elle se détacha de la balustrade :

– Rentrons, mammy. J'ai mal dormi, j'ai froid.

Elles passèrent dans le séjour. Des jouets gisaient sur le tapis et Patricia se pencha pour les ramasser. Elle les regroupa sur un meuble, garda à la main un mouton en caoutchouc blanc, s'employa machinalement à lui arracher sa musique plaintive.

Un gazouillis leur parvint du fond de l'appartement.

– Voilà Nicolas réveillé, dit Patricia.

Elle quitta la pièce. Mme Ménestrol fit quelques pas dans la salle. Le tic-tac du carillon mural répondait au soufflet rapide de sa respiration. Dans la chambre elle entendait la voix grave de Patricia bavardant avec Nicolas, les cris et les rires du bambin. Mme Ménestrol s'était arrêtée devant un planisphère que Patricia avait depuis son retour fixé au mur. Sur l'immense carte coloriée à l'ancienne, enrichie d'un cartouche baroque, Patricia avait piqué des petits drapeaux, aux endroits prévus pour les visites officielles de la *Jeanne,* et ces jalons dessinaient une guirlande dont les flammes multicolores portaient inscrites en caractères minuscules les dates limites de chacune des escales, que Mme Ménestrol s'efforçait de lire en cherchant la bonne distance de vision exigée par sa presbytie.

Patricia revenait dans la salle, Nicolas sur les bras. Mme Ménestrol alla à la rencontre du bébé, l'embrassa et l'abreuva de cajoleries.

Les deux femmes s'assirent au coin salon. Excité par la présence du chat Grizzly qui ondulait entre les meubles, Nicolas se tortillait sur les genoux maternels, si fougueusement qu'il faillit échapper aux mains de sa maman. Elle le rattrapa avec une sécheresse inusuelle et le gosse fondit en larmes.

– Je vous trouve bien nerveuse, Pat, remarqua Mme Ménestrol. Ce n'est tout de même pas cette malheureuse histoire de courrier?

Patricia ne répondit pas. Mme Ménestrol hocha la tête :

– Je pourrais vous dire : vous êtes bien jeune encore, vous vous habituerez. Mais non. Moi non plus je ne me suis jamais habituée! Je crois bien que ni l'une ni l'autre nous n'étions préparées à devenir ces sortes de demi-veuves...

Elle se tut quelques secondes, suivit une pensée en tiraillant le bout de ses gants noirs.

– Pour Alain pourtant, c'est curieux, moi je suis heureuse de le savoir en mer. Je me dis que là est sa vie, qu'il ne peut rien lui arriver...

Patricia lui adressa un regard interrogateur, et elle poursuivit avec une certaine précipitation :

– Les tentations sont inexistantes à bord. Et les escales sont si brèves...

Patricia continuait de dévisager sa belle-mère. L'enfant sur ses genoux s'était consolé et mordillait son mouton en caoutchouc. Des larmes brillaient encore entre ses cils.

– Des tentations? dit Patricia. Je ne suis pas jalouse.

– Je crois que vous vous méprenez. Je sais

combien Alain est attaché à vous, il ne s'agit pas de cela.

– Il s'agit de quoi?

Mme Ménestrol rompit le contact, gênée par le feu du regard bleu-vert.

– Qu'est-ce qu'il y a? fit Patricia avec brusquerie. Vous craignez quelque chose pour Alain? Il faut me le dire, je suis sa femme, je peux tout entendre!

Mme Ménestrol avait pris Nicolas et caressait la joue du bébé.

– Oui, Pat, vous pouvez tout entendre. Mais je ne vous dirai rien que vous ne connaissiez déjà.

Elle parut se concentrer sur des souvenirs. Son visage reflétait une profonde souffrance.

– Je sais qu'il vous a lui-même raconté la place que le jeu tenait dans sa vie avant qu'il vous rencontre.

– Oui. Mais il ne joue plus? Depuis longtemps?

– Et grâce vous en soit rendue, Pat. Si, si! Si vous n'étiez pas venue... Croyez-moi, il traversait une vraiment mauvaise passe. Et nous qui l'aimions avec lui. Le jeu, à un moment de son existence, a été sa drogue empoisonnée. Oui, il lui aura sacrifié beaucoup, argent, temps, espérances de carrière...

Elle y rêva quelque temps, deux plis d'amertume aux lèvres. L'enfant soliloquait en bavant sur le joujou.

– Pourquoi faut-il que j'y pense encore? Je n'aime pas l'imaginer seul. Quand j'ai appris qu'Alain devait prendre ce poste à Athènes, oui, Pat, j'ai eu peur! Vous étiez enceinte : une grossesse à problèmes qui vous interdisait d'être auprès de lui. Alain pour la première fois allait être coupé de son élément naturel, la mer, au profit d'un monde que je devinais brillant et artificiel.

Elle se tut et baissa la tête, comme honteuse de s'être livrée. Son souffle râpeux hachait le silence, où s'étiraient les vagissements doux de l'enfant.

Patricia avait écouté avec attention les confidences de sa belle-mère. Elle reprit l'enfant sur ses genoux.

– Après la naissance de Nicolas, je lui ai proposé de le rejoindre à Athènes, ne serait-ce même que quelques jours, pour lui montrer son fils. Il s'y est toujours refusé.

– Il avait ses raisons, Pat.

– Oui. Mais celles qu'il m'opposait n'étaient certainement pas les bonnes.

Mme Ménestrol ne répliqua point. Le petit continuait à se raconter des choses. Puis le carillon émit sa musique des montagnes. Elles écoutèrent tomber les dix notes de l'heure. La porte-fenêtre était restée entrebâillée, on entendait sur la terrasse les bonds de Grizzly courant après son ombre.

– Quand il est rentré fin juillet, reprit Patricia, je ne l'ai pas retrouvé. Un autre homme.

– Vous étiez maman, Pat, vous aussi vous aviez changé.

– Non, c'est autre chose. Son caractère avait... comment expliquer... C'est comme s'il avait vieilli d'un seul coup, affreusement vieilli.

Elle s'arrêta, interpella aussitôt sa belle-mère avec aigreur :

– Mais vous l'avez remarqué, mammy? Vous avez bien remarqué quelque chose vous aussi?

– Je l'ai vu si peu, dit doucement Mme Ménestrol. Et devant moi il pouvait se fabriquer un visage quelques heures. Pas devant sa femme.

Elle consulta l'horloge murale, se leva en soufflant.

– 10 heures 5. Je dois passer à la banque.

Elle attrapa son sac, se pencha pour embrasser l'enfant qui lui tendait les bras.

– Vous devriez me le laisser quelque temps encore.

– Pourquoi? répliqua Patricia, agressive. Vous pensez que je ne suis plus capable de m'occuper d'un gosse?

Mme Ménestrol eut un sourire conciliant :

– Quelle idée! Mais non, c'était terriblement égoïste! Je m'étais bien habituée à notre petit bonhomme durant votre absence, il comblait ma solitude. Alors, quand vous voudrez vous reposer un peu...

Patricia fixait un point au-delà de la muraille, très loin.

– Moi aussi je suis seule, dit-elle sourdement.

10

Elle avait fait déjeuner Nicolas. Puis elle avait procédé à la grande toilette quotidienne du bébé, l'avait habillé de frais, l'avait assis sur une couverture de laine au milieu du parc dans la chambre, parmi ses joujoux familiers. Nicolas s'était laissé faire, il était délassé et repu, son ventre rond tendait la salopette verte. A présent elle soufflait. 10 heures 45. Elle avait tout plein de temps devant elle. Tôt ce matin, avant l'arrivée de Mme Ménestrol, elle avait fait son marché, rue Lamalgue. Elle n'avait pas de préparation compliquée à envisager pour le repas de midi, elle déjeunait légèrement quand elle était seule avec Nicolas, une salade au bacon, un yaourt, un fruit.

Elle s'offrit une cigarette, elle alluma la chaîne haute fidélité, fit défiler les disques sous son index dans le classeur vertical. Elle retint Daniel Barenboïm et l'orchestre symphonique de Chicago, Dvorak, « Danses slaves », Liadov, « Chants populaires », Smetana. Elle avait un faible pour cette musique, elle trouvait qu'elle sentait la glèbe originelle. Alain, lui, Dvorak ça le faisait bâiller, il aimait Bach et le jazz, point final. Souvent ils se taquinaient à ce sujet, c'était le seul domaine où depuis le début ils se trouvaient en désaccord permanent.

Patricia sillonnait le séjour. Elle vérifia que rien n'y traînait. Encore un cendrier garni, qu'elle alla vider dans la cuisine. Elle commençait à fumer beaucoup trop, se dit-elle en rallumant une Craven, il faudrait qu'elle songe sérieusement à se rationner. Elle contrôla la brillance des meubles en inclinant la tête, un œil fermé. Elle était assez maniaque pour la propreté domestique. Elle souleva la photo de mariage, posée sur le confiturier, tapota le cadre de cuir grenu, crut voir tomber quelques particules indésirables. Elle prierait Mme Carmona de manier le chiffon avec plus d'énergie.

Le diplôme d'honneur avait été accroché au-dessus du confiturier. Il s'annonçait en imposantes capitales d'imprimerie : « CHALLENGER CUP. » Le nom du bénéficiaire avait été calligraphié en gothiques : « Lieutenant de vaisseau Alain Ménestrol ». Au bas du parchemin la mention du lieu et de la date : « *The isle of Wight. August the 19 th 198.* »

Patricia y accrocha quelques secondes de rêve. L'été 8., l'île de Wight, cette « Semaine de la Mer » où tout avait commencé... Alain participait aux régates internationales, elle était l'hôtesse bilingue affectée aux concurrents francophones. Alain et elle avaient eu le loisir de bavarder, ils s'étaient plu, et voilà. Accessoirement, Alain avait triomphé dans une épreuve de voile, d'où la peau d'âne. Elle se souvenait d'un de ses propos quand elle l'avait félicité :

« J'ai un parrain délicieux qui clame partout que son filleul est un gagneur. C'est vrai, Patricia, j'ai un appétit boulimique, j'aime tous les sports, tous les jeux. Et je déteste perdre! »

« J'aime tous les jeux. » A l'époque, elle était loin de se douter de ce que cela avait signifié pour lui. « Sa drogue empoisonnée », disait Mme Ménestrol quelques instants plus tôt.

Patricia virevolta. Depuis qu'elle se posait des questions au sujet d'Alain, à aucun moment elle n'avait pensé au jeu, c'était pour elle une affaire classée. Pas pour Mme Ménestrol, on aurait dit, elle entendait encore la voix de sa belle-mère :

« Quand j'ai su qu'il partait pour Athènes, oui, j'ai eu peur... Je n'aime pas l'imaginer seul! »

Le cœur de Patricia battait plus fort. Athènes, le mystère de ces vingt-quatre mois d'expatriation...

Elle reprit sa marche en tirant sur sa cigarette. Le jeu... Quel rapport avec les incidents de ces dernières semaines? Quel rapport avec la métamorphose d'Alain, avec ses cachotteries et ses mensonges?

« Il lui aura sacrifié beaucoup, argent, temps, espérances de carrière... »

L'argent. Il aurait contracté des dettes pendant qu'il était en poste à Athènes? L'hypothèse à peine entrevue heurtait sa raison. Elle n'était pas fourrée dans ses comptes, mais non, elle n'avait pas le sentiment qu'il fût financièrement aux abois.

Elle y réfléchit, en accompagnant dans sa tête la berceuse de Liadov. Puis elle sortit de la bibliothèque le coffre de cèdre à secret, souvenir d'une campagne en mer Rouge, où elle avait classé les plus récentes lettres d'Alain. Elle en retira celles du temps d'Athènes, elle les parcourut, debout. Elle n'y trouva rien, bien sûr, qui pût alimenter sa théorie. Elle espérait quoi? Qu'il ne se fût confessé tout crûment, Pat, c'est affreux, je suis retombé dans mon vice! Elle se dit qu'elle était en train de se fabriquer un incroyable mélo. Elle entendait les rires béats de Nicolas, les ronrons de Grizzly qui se dorait le ventre dans un rayon sur le tapis, la danse des violons de l'orchestre. Derrière la vitre, le ciel de novembre tendait sa draperie myosotis, sans un nuage.

Elle regroupa les lettres, rangea le coffret. Elle reprit sa lente errance dans l'appartement. Halte obligée devant l'icône. Elle écarta les deux volets d'argent martelé qui abritaient la peinture, elle souffla pour chasser d'hypothétiques poussières, un souffle tendre. Patricia vouait à l'effigie pieuse une très païenne vénération. Elle aimait l'expression naïve et triste de cette Vierge du XIe siècle. Elle avait fait d'elle une confidente, un témoin indulgent. Elle remarqua qu'à l'exception de cet agrandissement en noir et blanc au mur, représentant les Cariatides, l'icône était la seule trace dans l'appartement de la vie d'Alain en Grèce. A condition d'oublier le bébé, bien entendu! Nicolas avait été conçu pendant le seul et court séjour que Patricia avait effectué auprès de son mari, peu après son installation à Athènes. « My levantine bird » (Mon oiseau d'Orient), l'appelait-elle quelquefois.

Elle se répéta que, finalement, elle savait fort peu de chose sur cette période. Les lettres d'Alain étaient des lettres d'amant, chaleureuses, mais elle y aurait cherché en vain une relation au jour le jour de ses faits et gestes. Et depuis qu'il était rentré ç'avait été pareil, il n'avait pas été prolixe sur sa vie à l'ambassade, ses loisirs... Pourquoi? Il avait quelque chose à cacher?

Patricia remua un moment cette idée. Il y avait dans la bibliothèque un très gros album de photos. Elle l'emporta au salon, s'assit, ouvrit le volume.

Et c'était leur histoire qui se déroulait, la rencontre à l'île de Wight, les fiançailles, ce Noël 198. à « Burnt House », dans la propriété des Pembroke. Tableau de famille : Alain et Patricia au premier plan, choquant leurs coupes, autour d'eux les parents de Patricia, le père très guindé, la mère rose et replète, assise dans son fauteuil de handicapée, les deux jeunes sœurs Joan et Judy en robes longues, une orchidée dans leurs cheveux. Tableau de bonheur.

Patricia continuait à tourner les feuillets glacés, entre lesquels quelquefois elle avait glissé une fleur séchée. Le mariage. Le voyage de noces, les sites enchanteurs de l'île Maurice...

Nicolas venait d'apparaître et emplissait des pages et des pages. Et puis la Grèce. Le cap Sounion, les Météores, l'Acropole, Epidaure. Elle détacha l'une des photos. Au dos Alain avait écrit : « Delphes. La voie sacrée » et une date. Elle examina le cliché attentivement. C'était le seul où Alain fût présent. Deux autres hommes y figuraient – elle reconnut Gilbert Gabel, l'ami – et une femme. Tous souriaient à l'objectif. Sauf Alain.

La musique s'était arrêtée. Patricia alla retourner le disque sur la platine, arma à nouveau le bras. Les premiers accents de la « Moldau » s'élevèrent. Patricia alluma sa troisième Craven de la matinée et passa sur la terrasse. Elle regarda un moment la nappe bleu fané, sur laquelle un ferry blanc se déplaçait, tirant une dentelle d'argent.

On toussota, non loin. A travers le panneau de séparation fumé, elle vit la silhouette de son voisin. Patricia ne le connaissait pas, il s'était installé durant son absence dans l'appartement contigu, inoccupé depuis plusieurs mois déjà. Il y vivait seul. Un nommé Benoît. Une sorte de savant, avait confié à Patricia Abouna, le gardien noir, qui n'en savait pas plus. Un original, à coup sûr. On aurait dit qu'il occupait la moitié de sa vie sur le balcon à scruter l'horizon marin.

Patricia s'avança. Du fait du décrochement des deux balcons l'un par rapport à l'autre, elle l'apercevait, de cette position. Il était appuyé à la rambarde, il observait à la jumelle le Port Saint-Louis au-dessous de lui. Il prit conscience de la présence de la jeune femme, il abaissa l'appareil, gratifia Patricia d'un signe de tête. Il se rapprocha. Il était petit, renfrogné. Il leva le doigt, engagea Patricia à être attentive aux accords de Smetana qui leur parvenaient par la porte-fenêtre ouverte :

– Trop lent, articula-t-il. Bon équilibre orchestral, certes, mais ce mouvement est beaucoup trop mou. La version Jochum, hein, c'est autre chose!

Il s'écarta sans autre commentaire, vissa ses jumelles à ses yeux.

Elle rentra dans le séjour. Oui, un sacré original, ce type. A l'angle de la porte-fenêtre, elle épia quelques secondes la forme immobile contre la rambarde. Elle revint au salon, reprit la photographie de Delphes. Le seule de Grèce, se redit-elle, où l'on vît Alain. Elle replaça la photo dans l'album, marcha un moment, irrésolue. Elle se décida, elle éteignit la chaîne, décrocha un manteau dans la penderie du hall. Elle entrouvrit en catimini la porte de la chambre, où Nicolas, toujours assis sur sa couverture, racontait une histoire à son mouton blanc. Elle referma. Elle s'esquiva à pas de loup de l'appartement.

11

ELLE ne s'était aventurée qu'une fois quelques semaines plus tôt, en compagnie d'Alain, dans le quartier d'Aguillon où Gilbert Gabel avait son petit appartement depuis l'an passé. La nouvelle cité du chemin de la Garnière n'était encore qu'un immense chantier sur lequel les cubes de la résidence étaient posés comme des pains de sucre gris.

Patricia s'égara parmi les taupinières de gravats et d'argile, avant de découvrir la bonne porte, puis le bon étage. Elle sonna.

Gabel vint ouvrir. A plus de 11 heures on aurait juré qu'il sortait du lit, il portait un peignoir blanc de boxeur, exhibait des joues hirsutes, une tignasse à la punk.

– Pat! Quelle divine surprise!

Il l'étreignit, lui infligea le contact en brosse de chiendent de son menton.

– Je passais, dit Patricia, j'ai pensé à vous dire un petit bonjour.

– Géniale initiative! Entrez. Et excusez le bordel : je suis dans mes valoches. Vous savez que je repars demain soir pour la terre des dieux?

Non, Patricia ne se souvenait plus que ce fût si imminent. Elle le suivit dans l'appartement.

– Poupy va être ravie de vous voir. Poupy? C'est Patricia.

Ils pénétrèrent dans un minuscule salon encombré où trônait une malle-cabine métallique ouverte. Gabel précisa qu'il se dépêchait parce qu'il devait faire enregistrer le bagage le jour même en vue de son acheminement par bateau.

Apparut Poupy, très élégante dans son jogging bleu ciel.

– Salut, Pat!

– Hello, Poupy!

Elles s'embrassèrent.

– Bien remise? dit Poupy. On s'est fait du mouron pour vous, Gil et moi.

– Ça va, vous voyez.

– Asseyez-vous, Pat, dit Gabel. Enfin si vous réussissez à caser une parcelle de fesse quelque part! Bougez pas, je fais le vide.

D'un revers énergique il envoya dinguer une pile de journaux, libéra un siège. Patricia s'assit.

– On se balance un petit remontant, dit Gabel.

Il s'accroupit, farfouilla dans un buffet bas. Du verre tintait.

– Savoir si j'arriverai à débusquer un fond de bouteille, maugréa-t-il. C'est dingue ce qu'on a éclusé tous ces temps-ci! On ne fait que ça depuis deux jours, baiser et picoler! Urgent que je me taille. Poupy était en train de m'assassiner à petit feu!

L'accusée s'assit elle aussi et secoua la tête avec pitié :

– Bien heureux, mon gros, de l'avoir sous la main, la Poupy, pour boucler tes valises et balayer ta baraque!

Elle expliqua à Patricia que depuis la veille elle avait laissé à la garde de l'employée sa boutique de parfumerie, au Pont du Las.

Gabel se redressa, un flacon de Frontignan au poing :

– Voilà tout ce que j'ai pêché !

– Ça sera très bien, dit Patricia.

Gabel servit trois verres.

– Le gosse, ça va ? demanda Poupy.

– Tout à fait bien. Nicolas pousse seul.

– Et Alain ? dit Gabel. Bonnes nouvelles.

– Excellentes, mentit Patricia.

– Tant mieux, tant mieux.

Il leva son verre :

– Tchin-Tchin !

Ils burent. Patricia cherchait une entrée en matière.

– Ainsi c'est le départ, Gil ? dit-elle, platement. Vous retournez en Grèce ?

– Oui. Egine. La CREDO a un très gros contrat avec une société d'archéologie ouest-allemande. Il s'agit d'exhumer et de reconstituer les bassins à trières d'un port militaire du VIe siècle avant J.-C., le fameux « Cryptos Limin » des Eginètes totalement immergé. Un boulot qui risque d'être long.

– Ça doit être passionnant, fit Patricia.

– De moins en moins pour moi, hélas. Je n'effectue plus guère de plongées, sinon pour le plaisir. En prenant du galon, j'ai dû troquer les grands fonds contre les bureaux moquettés de l'administration ! Infiniment moins excitant !

Son visage s'éclaira :

– Vous avez noté que la dernière escale de la *Jeanne* était Athènes, en avril prochain ? On en a discuté, Alain et moi. Pat, pourquoi vous ne viendriez pas retrouver votre mari? Ça serait super, on pourrait s'organiser une petite fiesta ensemble.

– Pourquoi pas? dit Patricia dont les yeux brillèrent durant quelques secondes.

Poupy mordillait avec bruit le bord de son verre.

– Tu ne m'as pas invitée, je crois?

Gabel eut une expression ennuyée :

– C'est fin avril, dit-il mollement. Tu m'auras oublié depuis longtemps!

Poupy ricana durement :

– Tu as un talent fantastique, mon chou, pour inverser les rôles!

Gabel ne riposta pas. De la gêne coulait, épaisse comme une lave. Patricia se jeta à l'eau :

– Pendant votre précédent séjour à Egine, vous voyiez souvent Alain?

– Souvent, non, dit Gabel. Il était assez pris, moi de même, et Egine c'est pas la place Omonia! Faut quand même se farcir la traversée!

– Il était comment?

Il la regarda :

– Vous voulez dire...

Elle se sentit rougir.

– Vous n'avez rien remarqué? Il ne vous a pas semblé avoir des soucis particuliers? Enfin, Gilbert, tout le monde a pu constater à son retour combien il avait changé?

– Jusqu'à envoyer paître ses vieux copains, c'est vrai. Vous vous rappelez l'accueil sibérien quand Poupy et moi on a voulu vous entraîner à cette cinoche-party? Ah! le sagouin!

Elle approuva, elle n'avait pas oublié cette soirée d'octobre au cours de laquelle les deux amis s'étaient rudement accrochés.

– Des soucis, reprit Gabel, non... Il ne donnait

pas l'impression de tellement aimer son job à Athènes, ça c'est sûr. Je crois qu'il n'aspirait qu'à rentrer dans le rang. Je peux même dire : à rentrer tout court. Il n'avait que sa famille en tête, ce qui était plutôt vexant pour les amis ! Ceci dit, on a pourtant fait quelques chouettes balades.

– J'ai une photo à la maison où vous êtes ensemble, dit Patricia. Une photo de Delphes.

– Oui, ç'a été extra cette virée ! Deux jours, au moment de Pâques. Attendez.

Il se leva, ouvrit des tiroirs, fureta avec des soupirs excédés.

– Le vrai foutoir ! ronchonna-t-il. Ah, voilà !

Il revint avec un album-pochette qu'il tendit à Patricia :

– J'avais apporté mon Pentax. Vous avez le droit d'admirer l'artiste !

Elle feuilleta le cahier. Alain y était présent à chaque page dans le petit groupe déjà entrevu, renforcé d'un grand gaillard à l'épaisse moustache.

– Il ne souriait pas beaucoup, constata-t-elle.

– Jamais, dit Gabel. Il le faisait exprès : la vraie tête de lard ! Heureusement que les autres compensaient. Des potes à lui, de l'ambassade. Je les ai rencontrés plusieurs fois. Le moustachu, c'est Rougier, un mec vachement sympa. L'autre aussi d'ailleurs, le plus petit... Son nom m'échappe. Y avait aussi Doris, la secrétaire. Une fille comme ça !

Patricia referma la pochette.

– Vous permettez ? dit Poupy.

Elle prit les photos :

– Je ne connaissais pas.

– Mon passé orageux t'intéresse si peu, ma chatte ! assura Gabel.

Poupy haussa les épaules et fit tourner les feuillets glacés.

– Pas mal la nénette, hein? insista Gabel, rigolard.

– Encore une de tes victimes, j'imagine? dit Poupy.

– Ah non! Doris n'en avait que pour Alain! Visez les photos : elle le dévore positivement des yeux!

Patricia suivait son idée :

– Gil, si quelque chose s'était passé là-bas, pendant que vous y étiez, quelque chose d'important, je veux dire, dans la vie d'Alain, vous l'auriez su?

C'était moins une question qu'une évidente tentative d'autosuggestion. Gabel se méprit :

– Pour cette fille, Pat, je blaguais, bien entendu! Il n'y a jamais eu qu'une femme dans la vie d'Alain, et c'est vous! Ils le charriaient d'ailleurs assez là-dessus, ses copains de l'ambassade, Rougier et l'autre, le petit gars, comment déjà il s'appelait... Bon Dieu, Pat, vous n'êtes pas vexée?

Elle se força à sourire :

– Mais non, Gilbert, pas le moins du monde!

Elle consulta sa montre :

– Midi et quart! Et Nicolas que j'ai abandonné dans son parc! Je suis une maman indigne!

Elle se leva, elle embrassa Gabel, lui souhaita bonne chance.

Poupy l'accompagna sur le palier.

– Passez me voir à la boutique, Patricia. Ça me ferait plaisir. Je vais être seule, moi aussi!

Elle dit oui, c'est promis. Elles échangèrent la double bise, se séparèrent. Patricia rejoignit sa 205 à l'entrée de l'esplanade.

A peine rentrée au Mourillon, après s'être assurée que Nicolas était tranquille, elle alla revoir la photo de Delphes. Sans motif. Sans savoir ce qu'elle attendait confusément de ces visages figés. Elle y rêva, un très long moment.

Le téléphone l'arracha à ses songes. C'était son père qui l'appelait d'Angleterre et se préoccupait de sa santé. La voix raide et aimée, à quoi elle s'accrocha comme à une bouée :

– O daddy, daddy! How happy I'm to hear you[1]!

1. « O père, père, comme je suis heureuse de vous entendre! »

12

Gabel faisait couler l'eau d'un bain. Les bains tièdes aux algues brunes étaient son luxe et sa panacée. Il en usait à toute heure du jour et de la nuit, quand il avait trop chaud, quand il était flapi, après le sport ou le boulot, dans les moments de déprime ou confronté à une situation délicate. Comme à cet instant.

Bien qu'il eût réussi à donner le change, la démarche de Patricia auprès de lui – c'en était une, il n'était pas dupe – l'avait profondément troublé. Parce que l'inquiétude visible de la jeune femme ravivait la sienne propre. Il y avait longtemps qu'il s'interrogeait sur le cas Ménestrol. Qu'Alain eût eu à faire face à de graves difficultés pendant qu'il était en poste à Athènes, la chose était patente, tous ses familiers avaient relevé la métamorphose de son caractère au fil des mois, son air perpétuellement préoccupé. Difficultés d'ordre professionnel? ou personnelles?

D'une fierté ombrageuse, Ménestrol ne s'ouvrait à personne de ses soucis, même pas à ses amis, et on ignorait à peu près tout de sa vie privée. En mettant bout à bout certaines réflexions de son entourage et les très rares confidences qui lui avaient échappé, Gabel avait compris qu'il menait à Athènes une existence mondaine assez astreignante. Plus que ne l'exigeaient ses fonctions officielles? Tout le problème était là. Jamais devant Gabel personne n'avait fait allusion au jeu. Et pourtant, connaissant le passé récent de Ménestrol, comment ne pas y songer?

Du doigt Gabel contrôla la température du bain. Il ferma le robinet, se coula sous la mousse verte, actionna ses articulations, voluptueusement.

Par la porte ouverte du cabinet de toilette, la voix de Poupy lui parvint. Elle n'avait pas quitté le salon et en était toujours à décortiquer les photos de Grèce, une loupe à la main.

– Gil?

– Oui.

– Cette Doris, franchement, je ne vois pas ce que tu lui trouves! Pas de seins, pas de fesses...

– Erreur grossière, dit Gabel. Elle les planque!

– T'as couché avec elle?

– Natürlich. Deux fois : sous le portique d'entrée des Propylées, et contre la deuxième colonne nord du temple d'Aphaïa à Egine!

Accoutumée aux pitreries de son ami, Poupy ne répliqua point. Mais elle reprit, après un court silence :

– Gil, tu ne veux pas que je t'accompagne demain? Je peux prendre une semaine, Nadine au magasin est maintenant tout à fait rodée, je n'aurai qu'à...

– Impossible, ma poupée. Je t'ai déjà dit qu'on m'avait piqué mon logement durant les congés et que je ne sais même pas où je crécherai demain soir. Dès que j'ai un domicile stable, je te fais signe.

– Juré?

– Croix de bois, croix de fer! Et maintenant fiche-moi un peu la paix, tu veux? Tu me pompes l'air.

Elle ronchonna :

– Toujours aussi gracieux!

N'en continua pas moins à se répandre en commentaires acides sur les photos de Grèce. La fille spécialement alimentait sa verve, et elle s'appliqua à la démolir pièce à pièce avec une féroce alacrité.

Gabel écoutait sans déplaisir son pépiement. Il aimait bien Poupy, durant six semaines elle avait fait partie de son confort quotidien, un confort assis sur une solide entente physique, qui avait été plus forte que les discordances de caractères et avait survécu à leurs incessantes bisbilles. Il la regretterait, un peu. Demain il serait parti, la page serait tournée, une page agréable, rien de plus.

Il pensa avec une certaine envie à Alain et Patricia, à leur amour, à vif, constamment en alerte. Cette inquiétude qui suintait entre les propos de Patricia tout à l'heure :

« Si quelque chose s'était passé là-bas... vous l'auriez su? »

Poupy dans le salon poussait une exclamation :

– Dis donc, Gil?

– Quoi encore?

– La virée avec Ménestrol et sa bande, c'était pas un voyage organisé? Je veux dire organisé par une agence?

– Non, mais ça ne va pas? Une agence! Non, bien sûr, on avait notre propre bagnole, la VW Passat de Levasseur... Tiens, ça m'est revenu : Levasseur, le petit gars de l'ambassade... Pourquoi?

– Ce type, alors, qui c'était?

– Quel type ?
– Viens voir.

Il bougonna, se redressa, attrapa sur la patère le drap de bain. Il sortit du cabinet de toilette en se bouchonnant les aisselles.

Poupy lui tendit la pochette ouverte et la loupe qu'elle manipulait depuis le départ de Patricia :

– C'est curieux. Y a le même bonhomme sur plusieurs des photos. Ici d'abord, regarde, ce type assis contre le gros bloc...

– Un fragment d'architrave dorique, ô impie !

– Bon, tourne... encore... Là, tu y es, tout à fait au fond, à droite. On dirait qu'il se cache. Tu le vois ? Plus loin maintenant. C'est presque à la fin de l'album. Voilà. On n'aperçoit que sa tête, mais c'est bien lui.

D'abord médiocrement intéressé, Gabel devait se rendre à l'évidence : sur les trois clichés que lui signalait Poupy, on remarquait la même silhouette, soit isolée, en fond de décor, soit mêlée à la foule. Un homme petit, trapu, habillé d'un vêtement de loisir, style training, avec des cheveux ras et un visage triangulaire dont les traits demeuraient assez flous malgré le verre grossissant.

Gabel releva les yeux. Impossible. C'était impossible ! L'incroyable n'était pas qu'il y eût un même inconnu sur plusieurs photographies : à Pâques, les sites touristiques où ils s'étaient arrêtés connaissaient déjà l'afflux des visiteurs, ils n'avaient jamais été seuls au cours de leur périple. L'incroyable résidait dans la présence de l'homme en ces trois lieux précisément où leur petit groupe avait posé devant l'objectif : près du temple d'Apollon, à Delphes, sur la terrasse de leur hôtel à Itéa, au pied du monument au héros Léonidas. Car durant ces deux journées d'excursion, leur itinéraire ne s'était inscrit dans aucun plan préétabli, il avait été improvisé presque heure par heure, au fil des circonstances ou de l'humeur et non sans vives discussions entre les membres de la bande.

Ainsi par exemple de leur décision impromptue, au sortir de Delphes, de passer une nuit en bord de mer, à Itéa, et de pousser le lendemain matin jusqu'aux Thermopyles.

Comment donc cet individu pouvait-il être avec eux, à chacune de leurs haltes ?

Gabel posa loupe et photos sur la table du salon et se remit à se frictionner les cheveux. Ses pieds nus dessinaient un chemin sur la moquette. Poupy l'observait en silence. Il se dit qu'elle attendait un commentaire et qu'il devait couper court à ses supputations. Il enfla la voix plaisamment, roula les « r » à la russe :

– Un affreux espion industriel qui me suit pas à pas ! J'avise illico la CREDO !

Il éclata de rire, laissa choir le drap de bain à ses pieds, colla son corps humide à celui de la jeune femme. Poupy se débattait et poussait des cris d'orfraie :

– Gil, voyons ! Arrête ! T'es complètement givré ! Qu'est-ce qui te prend ?

– La fringale !

Ils roulèrent sur le canapé. Sans retard, il entreprit de la dévêtir, sweat, pantalon et mini. Elle était nue, exception faite des mi-bas et des tennis. En appui sur le flanc, il admira le corps de sa maîtresse, les hanches galbées, les deux bourgeons mauves éclatés sur les mangues rebiquées des seins, la riche toison de jais ornant l'auvent renflé du sexe. Il était mélancolique à nouveau. La dernière fois peut-être, songea-t-il, où nous ferons l'amour. Il aurait suffi que je lui dise oui. Je ne dirai jamais oui. A personne.

Il se mit à la caresser, tandis que son esprit s'envolait et replongeait sur le mystérieux individu aux cheveux ras. Ça ne peut pas être une coïncidence, il se trouvait là pour l'un d'entre nous. Pas pour moi. Pour Alain Ménestrol.

Pas l'ombre d'un argument à faire valoir à l'appui de sa conviction, une simple prémonition, mais impérieuse. Gabel en cet instant comprit deux choses : un, que les problèmes d'Alain étaient en rapport direct avec la présence de cet homme sur les photos, deux, qu'il était lui-même désormais personnellement concerné par l'affaire. Je saurai, décida-t-il.

Poupy sous ses doigts commençait à gémir.

13

6 décembre

Patricia rentrait de son grand marché hebdomadaire, place Emile-Claude. Vers 9 heures et demie, elle traversait le hall de l'immeuble, en tirant son caddie, où elle avait entassé légumes frais, œufs de ferme, et de délicieux crottins qu'un petit éleveur de Collobrières venait chaque vendredi matin proposer aux chalands du Mourillon.

Abouna, le gardien noir, l'avait aperçue de sa loge et passait dans l'ouverture de la porte vitrée sa large face réjouie :

– Vous allez être heureuse, mame Ménestrol : *il* a écrit !

Elle le remercia d'un sourire, se dirigea vers les casiers du courrier. Elle n'avait jamais consenti la moindre confidence à Abouna, ni à quiconque dans la résidence, mais le Congolais, bon observateur, était en outre pourvu de cette forme de sympathie qui permet de sentir les choses.

Elle ouvrit la boîte. La lettre d'Alain était là, parmi d'autres correspondances sans intérêt, dont elle parcourut rapidement les suscriptions. Tout en se dirigeant vers l'ascenseur, elle déchiffra le cachet oblitérant le timbre à l'effigie de la reine : « Jamestown – 4 déc. 198. » Elle remarqua, sans attacher au fait de signification particulière, qu'Alain avait lui-même posté son pli au lieu de passer par l'agence du bord.

Elle appela l'appareil, décolla l'enveloppe, en sortit la lettre. Fidèle à ses habitudes, Alain avait fait court, et Patricia retourna le feuillet avec désappointement. Eu égard à la longueur de l'attente, elle estimait que cette fois il aurait dû avoir beaucoup à lui dire et elle se sentait frustrée. « Ma chérie, nous voici donc à Sainte-Hélène. Quand l'île nous est apparue ce matin dans la brume, nous avions tous, je crois, le cœur serré. Il y a cent soixante-dix ans, un triste jour d'octobre, le *Bellerophon* abordait en ces lieux perdus avec le souverain déchu, et nous ne pouvions pas ne pas être frappés... »

– Ça va la Marine? dit une voix tout près.

Patricia eut un sursaut et replia le papier. Mme Vanoli était devant elle. Elle aussi rentrait du marché, elle avait posé sur le dallage un grand cabas noir déformé par les provisions. Les Vanoli habitaient l'appartement au-dessus de celui des Ménestrol. Patricia, qui n'avait pas rencontré sa voisine depuis plusieurs jours, lui trouva la figure défaite, un style général négligé.

– Ça va, madame Vanoli. Et vous?

– Mal. José et moi on se sépare!

L'antienne ayant déjà pas mal servi, Patricia accueillit la nouvelle avec une réserve polie. José Vanoli, représentant de commerce, en vadrouille cinq jours sur sept, était apparemment un chaud lapin, et l'immeuble était chroniquement associé durant les week-ends à des règlements de comptes entre les deux époux, criards et crus, qui ne laissaient dans l'ombre aucune des frasques du bonhomme. Mais Mme Vanoli n'encaissait vraiment pas sa dernière toquade :

– Une gamine vicieuse qui pourrait être sa fille, qui le suit à la trace dans ses déplacements pour lui pomper son fric, et le reste!

Elles pénétrèrent dans l'ascenseur. Patricia fit démarrer l'appareil, cependant que Mme Vanoli poursuivait sa diatribe :

– Dès demain je tranche dans le vif : « Ou tu plaques cette traînée ou c'est moi qui file! Embauche-toi vite fait une autre conne pour nettoyer tes caleçons et repriser tes chaussettes! »

Elle était tellement possédée par sa révolte qu'elle sortit de l'ascenseur avec Patricia, un étage trop tôt, et continua à pourfendre l'infidèle dans le couloir.

Benoît, le voisin, surgit presque sur leurs talons, comme elles s'arrêtaient à la porte de l'appartement. Entortillé dans un pardessus noir luisant, la mine grise des faiseurs de complots, il se contenta d'incliner la tête avec raideur, avant de s'enfermer chez lui sans bruit.

– Bizarre le citoyen, murmura Mme Vanoli, interrompant sa philippique. Il paraîtrait qu'il prépare une thèse de sociologie sur le milieu maritime. D'après le gardien Abouna, plusieurs caisses à son nom sont arrivées avant qu'il s'installe. Des bouquins sans doute.

– Il n'est pas bien gênant en tout cas, dit Patricia. Tellement discret que j'oublie qu'il est là.

Elle s'autorisa de l'intermède pour quitter Mme Vanoli. Elle rentra, alla vider son caddie dans la cuisine. Elle s'assit au salon pour reprendre tranquillement sa lecture interrompue.

Après avoir relaté les détails de leur journée dans

l'île, entièrement vouée au souvenir de l'illustre captif – visite à Longwood, à la maison et au musée de l'exil, prise d'armes devant l'ancienne tombe de l'Empereur – Alain de manière abrupte changeait de ton :

« Tu me demandes pourquoi je n'ai pas repris contact, après ton coup de fil à l'escale d'Abidjan. Tout simplement parce que j'ai dû m'aliter dès le second jour, avec une forte fièvre. J'avais sans doute pris froid, ce qui n'est pas rare sous ces latitudes : on passe sans transition des pièces climatisées à l'étuve extérieure (près de 40 degrés à l'ombre). Je suis bien rétabli à présent. L'agent postal du bord m'a remis tes bonnes lettres, je m'y suis plongé, je les ai lues, relues... Ma chérie, moi aussi je pense continuellement à toi et à Nicolas. Jamais la séparation ne m'aura paru aussi dure. Veille bien sur notre petit homme. Je voudrais tant être auprès de vous, pour vous chérir et vous protéger! Quoi qu'il arrive, Pat, sache bien que je t'aime, de toutes mes forces. Embrasse maman, ainsi que Roland Moutier quand tu le reverras. Je vous garde contre ma poitrine, toi et Nicolas, et je vous couvre de mille baisers. – Alain. »

Patricia leva les yeux, resta un moment songeuse. Elle se mit debout, arpenta la pièce, la lettre en main, s'immobilisa. Un passage à la fin l'avait chiffonnée, sans qu'elle eût bien compris pourquoi. Elle le relut tout haut :

« Veille bien sur notre petit homme. Je voudrais tant être auprès de vous, pour vous chérir et vous protéger! Quoi qu'il arrive... »

La lettre lui échappa. Une pensée venait de la traverser, une impulsion incontrôlée la projetait hors de la salle jusqu'à la chambre de l'enfant, où elle aboutit hors d'haleine, le cœur battant la chamade.

Dans son lit bleu, Nicolas se prélassait, jambes nues, bien éveillé. Il lui dédia un sourire de star, se lança dans des civilités profuses.

Bouche ouverte, Patricia regardait son enfant en se pétrissant la poitrine, soulagée, stupide, honteuse. Nicolas s'assit et tendit les bras, baragouina une invite. Elle le souleva, elle le serra sur son sein, avec tant d'impétuosité qu'il prit peur et commença à pleurer. Elle frotta ses joues contre les siennes, le lécha, s'emplit les narines de son odeur forte de bébé. Et elle s'excusait auprès du petit, elle lui disait qu'elle était désolée d'être une maman si maladroite :

– Pardonne-moi, mon gros père ! Your mum is crazy, quite crazy ! Sorry, my baby[1] !

Elle l'écarta, le tint à bout de bras pour mieux le contempler. Nicolas l'observait avec circonspection. Il avait sa lippe d'après chagrin, un gros pleur roulait sur sa pommette lisse. Patricia secoua la tête, bien calmée à présent :

– Mammy avait raison, mon Nicolas. Je crois que dans le moment tu seras beaucoup mieux chez elle.

– N'ayez pas de remords, Patricia, dit Mme Ménestrol. Vous avez eu tout à fait raison de me l'amener.

C'était la fin de l'après-midi. Patricia venait d'arriver avec Nicolas à la grosse bâtisse bourgeoise à la Mansart, qu'un ancêtre Ménestrol, un siècle et demi plus tôt, avait posée rue Lamartine, dans le tranquille quartier de la Colette. Les deux

1. Ta maman est folle, folle ! Pardonne-moi, mon bébé !

femmes étaient debout au centre de l'immense salle à laquelle les parois lambrissées à mi-hauteur, le plafond à caissons surchargé de moulures, autant que l'ameublement conventionnel, donnaient un air à la fois opulent et fané. Deux étroites fenêtres à croisillons distillaient au compte-gouttes la lumière du dehors, déjà moribonde.

Mme Ménestrol, en robe grise pied-de-poule, ses cheveux poivre et sel lissés et laqués comme s'ils sortaient des mains du coiffeur, tenait dans ses bras l'enfant chaudement emmitouflé. Patricia n'avait pas ôté son trench-coat et avait encore au poing le sac de sport oblong où elle avait empilé un premier jeu de rechange pour le bébé.

– Vous allez pouvoir vous reposer, reprit Mme Ménestrol, et vous détendre. Et moi, vous vous en doutez, je suis enchantée de retrouver mon petit compagnon !

– Il va surtout beaucoup vous compliquer la vie, dit Patricia.

Elle n'ignorait pas que malgré ses dires sa belle-mère avait des journées bien occupées, se consacrant à plusieurs œuvres de bienfaisance locales, passant des heures, chaque semaine, avec les vieillards du Foyer de Retraite, visitant des familles de Maghrébins, servant à l'occasion la soupe aux marginaux du Centre « Jéricho ». Et quand elle n'était pas dehors, des heures d'affilée elle tricotait bas, pulls et brassières pour l'orphelinat de la rue Mirabeau. Or on était en décembre et la perspective des fêtes traditionnellement élargissait encore le champ de ses activités charitables.

– Je ne suis pas irremplaçable, affirma Mme Ménestrol. Mes petits vieux m'attendront un peu plus, voilà tout. C'est un âge où l'on sait attendre. Et puis, je leur amènerai Nicolas! Ils sont comme moi, ils adorent voir des enfants!

Elle embrassa le petit. Un silence. Un navire qui manœuvrait dans la darse nord jeta trois appels de corne successifs.

– Alain a écrit, dit Patricia. De l'îlot de Sainte-Hélène. Il vous embrasse. Figurez-vous qu'à l'escale d'Abidjan il a pris froid et a dû s'aliter.

Mme Ménestrol opina de la tête en souriant :

– Vous voyez, Patricia, que vous aviez tort de vous alarmer.

Elle s'assit. L'ombre s'appesantissait sur le séjour, où luisaient les cuivres d'une robuste armoire cévenole.

– Je suis décidément une vieille radoteuse, dit Mme Ménestrol. Je vous l'ai déjà dit, j'étais comme vous, terriblement mal à l'aise dans ce qui est trop souvent notre médiocre privilège : guetter le courrier et pointer les escales sur la carte!

Elle tourna la tête, ses yeux cherchèrent le grand cadre accroché au mur. Sous le reflet du verre, on devinait la photographie d'un marin en uniforme : son mari, le capitaine de frégate Raphaël Ménestrol.

– C'est affreux, murmura-t-elle, je crois bien que j'étais jalouse! Jalouse de la mer!

Elle suivit son rêve quelques secondes, soupira, détacha le regard de la muraille. Elle reprit d'une voix ferme :

– J'ai aussi reçu ce matin une lettre de Catherine. Nos Américains vont bien. Dorothy leur aînée paraît bien partie pour faire carrière dans le patinage!

Après une courte pause, elle continua :

– Vous voyez, Pat, comme est la vie. Hier pour moi a été un jour « sans », pas de nouvelles, ni sortie, ni contacts. Du gris partout. Tout le jour, j'ai manié les aiguilles pour le Noël des bambins. Aujourd'hui, mes deux enfants sont au rendez-vous, et en prime on m'offre Nicolas !

Patricia tendit la lettre d'Alain à sa belle-mère, qui fit un geste de refus.

– Mais si, je vous en prie ! insista Patricia.

Elle reprit le bébé, resta debout. Mme Ménestrol s'en fut allumer la suspension de cuivre, revint s'asseoir, chaussa ses demi-lunes et se mit à lire. Sur le bras de Patricia, Nicolas babillait, hypnotisé par les grosses boules brillantes du lustre. Mme Ménestrol posa la lettre sur un guéridon, replia ses lunettes et les rangea dans leur étui en tissu.

– Eh bien, c'est parfait, vous voilà heureuse !

Patricia ne répondit pas. Mme Ménestrol se leva.

– Pat, quelque chose encore qui cloche ?

Après un temps de silence, pendant lequel sa belle-mère put croire aux confidences, Patricia secoua la tête :

– Mais non, mammy, tout va très bien.

Sans lâcher le bébé, elle s'accroupit, ouvrit le sac de sport, dont elle dressa un bref inventaire :

– Les culottes... les tricots... les deux grenouillères... quelques couches. J'espère n'avoir rien oublié.

– Ne vous en faites pas, les magasins sont là pour ça !

Elle se rapprocha de sa belle-fille qui se redressait.

– Vous n'avez pas grande mine, Pat. Relaxez-vous, prenez le temps de vivre, sortez. Enfin quoi, vous n'allez pas vous confiner pendant cinq mois devant vos petits drapeaux ? Le monde continue à tourner, Pat ! Alain à son retour appréciera de retrouver une femme épanouie. Pas une endive!

Pour la première fois depuis longtemps, Patricia eut un petit rire vrai.

– Xavière m'a encore demandé de vos nouvelles. Xavière Chaumette. Je la rencontre assez souvent. Elle prétend qu'elle s'ennuie. Je crois qu'elle aimerait bien reprendre le tennis avec vous.

– Oui, dit Patricia, elle m'en a parlé. Vous avez raison, mammy, je vais l'appeler. Merci.

Elle embrassa avec élan sa belle-mère.

14

6 décembre. – Soir

Elle avait les nerfs plus atteints qu'elle ne le croyait. A peine effacé dans le rétroviseur l'œil-de-bœuf éclairant les combles de la vénérable demeure, elle regrettait son initiative et il s'en fallut d'un cheveu qu'elle ne virât au premier croisement et ne revînt dare-dare rue Lamartine prendre Nicolas.

L'appartement du boulevard Cunéo, quand elle y pénétra, lui parut lugubre. Elle alluma plusieurs lampes dans le séjour, rabroua Grizzly qui quêtait une caresse. Dans la chambre du bébé, elle médita au pied du petit lit vide. Elle découvrit, coincé entre le matelas et le panneau, le mouton blanc, jouet préféré de l'enfant. Sa mauvaise conscience en fut aggravée, et elle rappela sa belle-mère, et s'armant de ce mince prétexte – le jouet oublié – elle demanda à entendre la voix de Nicolas. Mme Ménestrol s'exécuta sans dissimuler que son comportement la consternait. Bon prince, Nicolas gazouilla devant le répondeur, et Patricia lui débita cent folies.

– Reposez-vous bien, insista Mme Ménestrol.

Patricia tomba sur un siège. Le silence. Frôlement à peine perceptible du pas de Grizzly qui louvoyait d'un meuble à l'autre et épiait les réactions de sa maîtresse, plein de rancune. Picotement mécanique de la pendule murale. Rien n'avait changé et tout était autre. Manquait la composante essentielle, un pépiement d'enfant, une respiration d'enfant.

« Prenez le temps de vivre », avait conseillé la brave mammy.

Le temps de vivre... Patricia calcula que depuis près de deux ans, sauf à Brest, après son hospitalisation, elle n'avait jamais été libre. Sept mois durant sa grossesse l'avait tenue sous haute surveillance, ligotée d'interdits. L'arrivée de Nicolas avait créé d'autres contraintes. Ses sorties, ses rares évasions de l'immeuble étaient mesurées au plus près, minutées en fonction du bébé, de ses sommeils ou de ses torpeurs repues. Ou alors elle avait l'assurance qu'un autre – Alain, ou l'employée – prenait le relais. Le mardi matin, par exemple, avant juillet, pendant que Mme Carmona faisait le ménage, elle allait au tennis, elle musardait un peu dans les rues.

Et maintenant, cette disponibilité redoutable... S'occuper, asservir son esprit et son corps aux rites d'une existence banale. Sans illusions. A défaut d'évacuer l'inquiétude, au moins réussirait-elle à l'anesthésier? Ruser avec sa peur.

Elle téléphona à Xavière, qui se montra ravie de ses bonnes dispositions :

– Ça tombe pile! J'ai gardé mes deux heures de l'an passé au Gymnasium, le mardi et le samedi matin. Et pas de partenaire pendant tout le mois de décembre. Demain 10 heures, si tu veux?

– Demain, d'accord.

– Parfait. Mais j'y pense, pour Nicolas, comment feras-tu?

Elle eut honte de lui avouer d'emblée ses misérables arrangements.

– Je me débrouillerai. A demain.

7 décembre

– Tu n'as pas perdu la main! affirma Xavière.

La main, non – sans être une championne, elle pratiquait le tennis depuis l'enfance – la condition physique, oui, assurément. Ces cinq mois de totale inactivité avaient laissé des traces : jarrets lourds, articulations rouillées, souffle en panne.

Ce qui était indéniable, c'est qu'elle s'était donnée à fond ce matin : une heure d'affilée elle avait cravaché son corps. Elle quitta le court ruisselante de sueur et percluse de courbatures. Ce soir elle dormirait bien.

Elles consommèrent un jus de tomate au clubhouse. Xavière papotait, en déshabillant les gens qui passaient. Elle connaissait tout le monde, elle avait une anecdote piquante pour chacun. Deux malabars en survêtement cinglaient vers leur table. Patricia reconnut Jonathan, un habitué du « Gymnasium ». Exclamations, démonstrations amicales :

– Pat, dit Jonathan, on vous croyait retournée à vos brumes septentrionales! Comment ça va? Vous êtes encore plus jolie qu'avant l'été!

– Vous êtes trop gentil, Jonathan. Toujours imbattable pour le baratin!

Ils échangèrent quelques phrases aimables, puis les deux hommes s'éloignèrent vers la salle de musculation. Xavière cligna de l'œil :

– L'absence a fait merveille, Pat! Cette fois la touche est sérieuse!

– Pardon?

– Jonathan. Enfin tu as vu son air? Un claquement de doigts et il se couche!

– Qu'est-ce que tu racontes!

Elle l'observa, hocha la tête :

– Vertueuse Patricia! La femme d'un seul amour, n'est-ce pas? Permets que j'admire, humblement!

Sans y être invitée, impudique, elle enchaîna sur les lacunes de sa propre pratique conjugale et les extras qu'en compensation elle s'autorisait. Le silence de Patricia l'émoustilla encore, elle tira à boulets rouges sur l'exorbitant privilège que les hommes, disait-elle, s'octroyaient en matière sexuelle depuis l'aube du monde.

– Prends l'exemple de nos braves marins. Pourquoi crois-tu qu'on a créé les escales?

Et de se jeter dans de croustillantes évocations des bordées dans les ports, le rush vers les rues chaudes de tous ces mâles sevrés.

Patricia l'écoutait, à peine choquée, sans colère. Ce que disait Xavière passait loin au-dessus d'elle, ne l'égratignait même pas. Elle aurait voulu le lui dire, mais elle se taisait, elle ne tenait pas à subir à nouveau le persiflage apitoyé de sa compagne.

Elles se retrouvèrent en début d'après-midi. Elles firent les boutiques de la rue d'Alger. Les longues haltes dans les boîtes à fringues, le sourire des vendeuses, le plaisir de palper les étoffes soyeuses, de les ajuster à son corps, les boutades de Xavière. Patricia se piqua au jeu, elle prit la pose, marcha ventre en avant comme les mannequins dans *Elle*. Xavière, bon public, applaudissait bruyamment. Rires. Griserie. Le temps courait.

A 18 heures, elles échouèrent au « Paramount », boulevard de Strasbourg, qui jouait *Subway*. Durant deux heures d'horloge Patricia s'y ennuya à mourir. Elles sortirent. Xavière, elle, avait beaucoup aimé et trouvait Lambert sublime. Elles discutèrent, s'accrochèrent un peu. Xavière décréta que Patricia était une romantique fossilisée, point. Elles atterrirent chez un Chinois près de la place d'Armes. Cadre intime, courbettes orientales relaxantes à souhait, et le *mi-tsao* aux calamars était succulent. Le rosé de Figari aidant, Xavière s'abandonna aux confidences. Retour obsessionnel sur son mariage loupé.

– Il n'y a plus rien entre nous, sinon quelques habitudes. Le pire est quand il est à terre. Tu imagines qu'il se passe des semaines et des semaines sans qu'on couche ensemble? Ça ne le prive pas, il a ses petits plats à mitonner et les parties de Scrabble avec les copains qu'il retrouve tous les jours au Cercle.

– Il sait que tu le trompes?

– Aucune idée. Peut-être que oui. Ça ne doit pas figurer dans ses préoccupations majeures.

Elle détailla cyniquement ses aventures, la longue liste de ses amants. Patricia assistait avec sympathie à cet épluchage intime. Tant de détresse, songeait-elle, suintait sous cette faim dévorante, une telle misère... C'était terriblement égoïste, mais Xavière lui faisait du bien, Patricia se sentait moins seule ce soir.

Elle rentra, la tête bourdonnante. Elle ouvrit le secrétaire, et commença d'écrire. Ses yeux se fermaient, le stylo lui échappa. Elle était trop fatiguée. Elle reprendrait la lettre le lendemain.

Elle se traîna jusqu'à la chambre, sautant les

ablutions, après avoir quand même eu le réflexe de neutraliser pour la nuit la sonnerie de la pendule.

8 décembre

Des grincements de gonds la réveillèrent. C'était le voisin Benoît qui passait sur sa terrasse. *Dear me!* 10 h 20 déjà! Elle se redressa en grimaçant. Elle avait mal partout, l'estomac brouillé, une barre au front. Elle avait trop bu de ce vin corse avec Xavière.

Elle se leva, ingurgita deux Aspro, se servit dans la cuisine un verre de lait. Elle en offrit aussi à Grizzly qui depuis sa sortie de la chambre collait à ses talons. Une autre journée commençait. A nouveau ce sentiment de vide devant elle. Impression de vacances indues, dérobées. A qui? A Nicolas? A Alain?

Elle effectua quelques courses, poussa jusqu'au petit marché aux fleurs dominical de la place Monseigneur-Deydier, assez tristounet en cette saison. Elle rentra avec une botte d'œillets rouges qu'elle arrangea dans un grès de Vallauris et installa sur la table du salon. Puis elle empoigna l'aspirateur et fit l'appartement à fond. Mme Carmona mardi prochain allait être étonnée. Besoin de secouer son corps pourtant moulu.

Elle se récompensa en fumant une Craven, devant la porte-fenêtre, sur fond de « Nabucco ». Benoît était sur sa terrasse, ses jumelles jetaient des éclairs. Patricia se rappela ses commentaires sur la « Moldau » l'autre matin. La seule fois où elle avait entendu le son de sa voix. La présence de cet homme éveillait en elle un malaise dont elle n'arrivait pas à définir la nature. Pitié? Répugnance?

Elle passa l'après-midi avec sa belle-mère et Nicolas au square du Fort Saint-Louis. Elle fit fête à l'enfant, comme si elle l'avait perdu depuis un mois! Lui aussi, plein de bonne volonté, lui prodigua des sourires charmeurs. Et puis, il s'inventa d'autres pôles d'intérêt, ces deux moineaux qui se disputaient un croûton dans le bac de sable, la bande de gamins et leur gros ballon rouge... Patricia constata non sans mélancolie que Nicolas, s'il ne l'avait pas oubliée, s'accommodait assez bien de la séparation.

Les deux femmes parlèrent d'Alain, de la prochaine escale à la Guyane. Mme Ménestrol relata les derniers échos de la semaine. Elle avait gardé pour la bonne bouche la visite éclair que Roland Moutier lui avait faite la veille au soir.

– Il m'a annoncé qu'il envisageait de se remarier.

Patricia tomba des nues. Roland Moutier, le parrain, le presque père d'Alain! Sa bonne figure d'ange tutélaire. Seul, elle le voyait en homme seul, enraciné dans le veuvage, en tirant sa substance, et comme sa dignité. Elle apprit que depuis longtemps il avait une liaison discrète, une veuve comme lui à qui chaque jeudi il rendait ponctuellement visite, rue Favier.

– Pourquoi non? dit Mme Ménestrol, que sa belle-fille sentait très remuée par la nouvelle, chagrinée.

Patricia aussi, curieusement. Elle imputa sa déception à la tyrannie des idées toutes faites, ces stéréotypes que chacun se fabrique, et lorsque l'événement les prend en défaut, quelque chose en nous renâcle.

Troisième soirée solitaire. Elle dîna d'une assiette de « Kellog's » devant la télé qui passait un « Grand Echiquier ». Elle n'aimait pas Chancel, ses mines de rustre madré l'horripilaient, mais les artistes qu'il réunissait valaient souvent le détour. Cette pianiste hongroise aujourd'hui. Bouleversante dans les deux études de Scriabine.

Patricia ferma sagement le poste au bout d'une heure, elle s'assit devant le secrétaire, retrouva Alain. « Mon amour... » Elle n'avait pas à chercher, les mots coulaient, s'enchaînaient, deux jours de provision de cœur qui se vidaient...

Un brutal éclat de télévision à l'étage supérieur lui fit un instant lever la tête. Une voix d'homme amplifiée dit une phrase, et cela s'éteignit. Elle songea à Mme Vanoli. Son pigeon voyageur était-il venu ce week-end? Patricia n'avait pas entendu de dispute, elle s'était même demandé si l'appartement était occupé. En quoi cela la regardait-elle? A chacun ses problèmes. Son stylo repartit.

9 décembre

Il y avait une lettre d'Angleterre au courrier du matin. Quatre pages serrées. Mme Pembroke avait toujours aimé écrire et depuis qu'elle était attachée à sa chaise roulante la correspondance était sa récréation et sa revanche. Dense chronique familiale, bulletin de santé des membres du clan, compte rendu fidèle des travaux paternels aux Communes, nouvelles des deux jeunes sœurs. Judy, la cadette, s'affichait avec un cascadeur professionnel, ce qui n'enchantait personne. Toujours un brin fofolle, la Judy! En contraste, chacun se plaisait à souligner l'itinéraire exemplaire de

Joan, qui entamait sa dernière année à l'Institut agronomique de Nottingham.

La lettre lui fit du bien.

« Quand nous reviendras-tu? demandait Mme Pembroke. Nous fêterons Christmas dans le Cumberland. Tu sais que la vieille demeure t'est toujours ouverte. »

Noël avec ses parents à « Burnt House », comme l'an passé encore... Elle y rêva quelques instants, pour le plaisir du rêve. En sachant qu'elle ne bougerait pas. Sa place était ici, en cette fin d'année, elle le savait. Le port où Alain devait être sûr qu'elle demeurait ancrée et qu'elle l'attendait.

Elle apercevait régulièrement Benoît en ville. Ce lundi après-midi, la rencontre eut lieu devant le « Fémina », donc loin du Mourillon. Serré dans sa redingote noire, il longeait l'entrée du cinéma, voûté, furtif, les yeux au sol. Patricia se trouvait sur l'autre trottoir, il ne la vit pas, du moins, elle n'en eut pas l'impression.

Si l'idée n'en avait été totalement absurde, elle aurait pu penser qu'il l'escortait dans ses déplacements.

10 décembre

Elle revit Jonathan au club-house, après la partie de tennis du mardi. Il était seul et Xavière insista pour qu'il prît un verre avec elles. A plusieurs reprises, quand il était silencieux, Patricia surprit ses yeux gris pâle posés sur elle. Xavière décortiquait les réactions de sa voisine, elle avait son horrible air de connivence, et Patricia se sentit piquer un fard.

Elle se leva, s'inventa une course urgente, et se

sauva, aussi mécontente des manigances de son amie que de sa propre attitude.

Après-midi vagabond dans la vieille ville qui avait déjà revêtu sa parure de fête, vitrines illuminées et vivantes, guirlandes et sapins poudrés à frimas partout. Des haut-parleurs diffusaient des musiques de circonstance. Il y avait dans l'air, sur les trottoirs, aux étalages, le frémissement annonciateur de la grande célébration annuelle.

Elle n'y résista pas. Cette longue station d'enfant extasiée à la devanture de « Sébastienne », cours La Fayette, devant la splendide robe pailletée d'argent.

Par contraste, sa soirée solitaire lui sembla encore plus désolée. Les ersatz habituels, télévision, musique, la révulsaient. Repas expédié, elle ouvrit le secrétaire et se plongea dans son pensum nourricier, deux pages d'épanchements effrénés...

Elle se coucha, se tourna et se retourna dans le grand lit glacé, cherchant en vain un contact aimé. Oui, elle avait besoin d'un homme ce soir, l'envie douloureuse d'un homme contre son corps, de deux larges mains d'homme sur sa peau. Et elle l'évoquait, l'absent, elle l'accaparait, farouche, elle l'emprisonnait dans la nuit de ses yeux clos, elle s'écartait pour lui, s'abandonnait entre les draps froissés, grognant sa jouissance comme une bête. Sa pauvre jouissance stérile.

13 décembre

Il pleuvait ce vendredi 13 quand elle posa les pieds sur la terrasse. Effacés de part et d'autre, le cap Brun et le sémaphore de Saint-Mandrier. Au-delà de la jetée du port Saint-Louis, le ciel et la rade se confondaient en une dense chape plombée, sur laquelle glissaient les stries luisantes des gouttes d'eau.

Elle fit au marché son plein de produits fermiers et termina ses courses au libre-service du « Casino ». Ici également on avait mis les pendules à l'heure : débauche de strass et de cheveux d'anges, pot-pourri musical de noëls traditionnels.

Elle venait en face dans l'allée, poussant son caddie et Patricia remarqua qu'elle la regardait avec insistance. Une très jeune femme à l'allure gauche, effacée et banale dans son blouson « bombardier » et son jean délavé. Elle inclina la tête au passage, Patricia lui rendit son salut, poliment. Ce visage ne lui était pas inconnu, mais impossible d'y accrocher un nom.

Après une hésitation, l'autre s'arrêta à sa hauteur.

– Vous êtes bien madame Ménestrol?

– Oui.

– Nous nous sommes déjà rencontrées cet été. Colette Lemercier. Mon mari est maître timonier sur la *Jeanne.* Vous vous rappelez?

– Mais certainement!

Elles se serrèrent la main, aussi gênées l'une que l'autre, semblait-il, par l'inégalité du milieu social, elles échangèrent des lieux communs. Patricia désigna le caddie, où pointaient entre les paquets entassés les goulots de deux bouteilles de champagne :

– Je vois qu'on prépare Noël!

– Oui, dit Colette Lemercier, il faut bien. On aurait préféré les boire avec eux, n'est-ce pas, madame Ménestrol?

Soupirs conjugués. De la sympathie passait. Colette Lemercier s'enhardit :

– Votre mari ça va maintenant ? De bonnes nouvelles ?

– Très bonnes, merci.

– Ah, tant mieux, tant mieux.

Patricia la dévisagea. Après coup, la sollicitude de la dame lui paraissait bizarre.

– Pourquoi me demandez-vous cela ?

– Mais parce que...

Elle se troublait :

– Depuis l'agression d'Abidjan, je me suis dit...

Patricia poussa un cri :

– Quoi ? Une agression ? Que me racontez-vous ?

De plus en plus confuse, Colette Lemercier se débattait :

– Je pensais que... je suis désolée...

– Quelle agression ?

– A l'escale d'Abidjan, M. Ménestrol avec deux autres officiers de la *Jeanne*.

– Qui vous l'a dit ?

– Serge, mon mari, dans une de ses lettres. Des malfaiteurs. Excusez-moi, je croyais que vous étiez au courant ! Ça n'a pas été très méchant, tranquillisez-vous ! Des collègues ont pu à temps leur prêter main-forte et...

Elle discourait avec volubilité maintenant, s'évertuait à boucher le silence entre elles :

– Il paraît qu'Abidjan c'est devenu comme New York ! Rackets, attaques à main armée, bandes organisées... Serge me dit que la rue Sémard chez nous, en comparaison, c'est le couvent des Oiseaux ! Je suis vraiment contrariée, madame Ménestrol ! Ne vous tracassez surtout pas !

Elle quitta Colette Lemercier, et regagna la sortie, abandonnant dans l'allée son caddie vide. Derrière elle, la voix de velours de Bing Crosby chantait « White Christmas ».

Aussitôt rentrée, elle alerta Mme Ménestrol, lui raconta ce qu'elle venait d'apprendre. A sa mère aussi, quand il lui avait écrit, Alain avait débité la même histoire : qu'il avait pris froid à l'escale et qu'obligé de rester à bord, etc.

– Qu'est-ce que ça signifie? Mammy, j'ai peur.

Elle lui dit qu'elle venait, le temps de placer Nicolas entre ses barrières, elle était là.

Quand elle arriva, elle remarqua avec étonnement les rideaux fermés, la colonne d'albâtre du salon allumée.

– Vous n'ouvrez pas? Vous savez qu'il est près de 11 heures?

Elle ôta son manteau de pluie et sa capuche et alla les suspendre à la patère de la salle de bains. Elle revint en tapotant sa chevelure. Patricia était assise au salon, la figure entre les mains. Elle prit place en face d'elle.

– Ne vous mettez pas dans cet état, Pat. Les agressions sont devenues, hélas, notre pain quotidien. D'ailleurs Alain n'était pas seul. Il n'aura pas voulu vous effrayer, voilà tout!

Patricia secoua la tête :

– Non, mammy, je ne crois plus au hasard.

Elle se leva, alluma une cigarette, s'adossa à un meuble. Le carillon poussa sa romance et égrena onze coups.

– Je vous l'ai dit, en revoyant Alain en juillet, j'ai eu l'impression de me trouver devant un étranger. Je ne me trompais pas : j'étais devant un étranger!

Elle rappela l'attitude déroutante d'Alain passant ses congés cet été pratiquement cloîtré dans l'appartement, ses variations d'humeur, ses réactions déconcertantes.

– Les deux dernières semaines d'octobre ont été particulièrement pénibles. Alain était en permanence sous pression. Quand je lui demandais ce qui le tracassait, il le prenait mal, ou me servait des sornettes. Il ne voulait plus que je l'accompagne à Brest pour le départ de la *Jeanne*, alors que c'était entendu entre nous, depuis longtemps, il a fallu que je me fâche pour qu'il cède. Et puis le voyage...

Elle lui raconta tout, les tergiversations d'Alain avant le départ, les fantaisies de l'itinéraire, cette halte plus qu'étrange au motel d'Ancenis. L'accident, enfin.

– Etait-ce un accident?

Elles se regardèrent.

– Que voudriez-vous que ce soit d'autre? lâcha Mme Ménestrol d'une voix blanche.

– Il a caché à tous la présence de l'autre voiture, il a exigé des deux témoins qu'ils n'en fassent pas état. Pourquoi?

Un silence, que hachurait le souffle rugueux de la vieille dame. La cigarette oubliée dans le cendrier déroulait son ruban bleuté.

– Nous sommes en train toutes les deux de nous monter la tête, dit Mme Ménestrol. Il existe une logique sous toutes ces anomalies, une explication bête et simple.

Ses paroles trop convenues grinçaient et se cassèrent. Patricia s'était postée à l'angle de la porte-fenêtre et observait par la fente du rideau les barreaux serrés de la pluie.

– Que pouvons-nous faire? dit derrière elle la voix soudain très lasse de sa belle-mère.

– Essayer de le sauver.

– Le sauver ?

Patricia pivota sur ses talons.

– Alain est en danger, vous ne comprenez pas ? Je suis sûre qu'il a besoin de moi !

Elle marcha vers le salon, écrasa le mégot qui continuait à se consumer.

– Tout remonte au séjour en Grèce. Nous devons savoir ce qui s'est passé là-bas !

Mme Ménestrol se leva. Son visage s'était raffermi.

– Je vais appeler Roland Moutier. Il a gardé des contacts avec les milieux maritimes. S'il s'est produit quoi que ce soit durant le détachement d'Alain à l'ambassade d'Athènes, il l'apprendra. Et il aime assez son filleul pour aller jusqu'au bout.

Patricia s'était réinstallée au coin de la fenêtre. Mme Ménestrol fit quelques pas vers elle.

– Pat, qu'est-ce que vous regardez ?

Elle se détacha du rideau.

– Rien, mammy. La pluie...

Patricia avait prévenu Roland Moutier qu'elle passerait le voir dans l'après-midi. Elle n'eut pas à se morfondre longtemps à la porte du pavillon qu'il habitait, impasse de la Baptistine. La pluie avait cessé. Un vent rude avait pris le relais qui décoiffait le cyprès au pignon de la bâtisse et faisait frissonner dans les massifs du jardin les hampes fanées des chrysanthèmes.

Roland Moutier ouvrit, serra la main de Patricia avec effusion :

– Pat, comment allez-vous ? Entrez donc.

Il l'escorta par la demeure en bavardant. Il était toujours aussi sémillant. Sa mise était soignée, il fleurait bon l'eau de toilette de qualité. Fugitivement, Patricia évoqua dans sa tête la veuve de la rue Favier, à qui chaque jeudi il allait faire la causette. Elle chassa cette pensée inconvenante.

– Vous fermerez les yeux sur le désordre! dit-il. Je n'ai pas toujours l'esprit au ménage!

Elle apprécia à sa valeur ce nouveau trait de coquetterie du vieil homme. En fait, tout était impeccable dans la maison, briqué comme un poste de pilotage. Ils entrèrent dans un salon de style Chippendale, s'assirent.

– Lucienne m'a expliqué, dit Moutier. Oui, Alain a certainement des soucis. Mais je me refuse à envisager le pire. Ce doit être tellement peu important qu'il n'a pas jugé bon d'en parler à ses intimes, même pas à vous! Seulement il y a l'éloignement, le fait même de la séparation. Alors la moindre coïncidence prend un sens, on sollicite, on pousse au noir...

– Je ne crois plus, monsieur Moutier, que ce soient des coïncidences. Ce que je voulais vous demander... En quoi exactement consistait le travail d'Alain à Athènes? Il a toujours été plus qu'évasif sur ce chapitre.

Moutier s'en fut décrocher une pipe d'un râtelier.

– Cela ne vous dérange pas que je fume?

– Aucunement, monsieur Moutier.

Il resta debout, commença de bourrer sa pipe.

– Le travail d'Alain... Cela se situait, à mon sens, à plusieurs niveaux. Bon, il y avait la position officielle de conseiller militaire, le service du spécialiste au cabinet de l'ambassadeur. Et puis autour, j'imagine, toute une couronne de tâches de représentation, j'allais dire, de simagrées mondaines. Je n'aurais pas aimé et j'ai bien le sentiment qu'Alain s'en est assez vite lassé. Je crois le connaître : nous sommes l'un et l'autre des hommes du grand large, pas des potiches de salon!

Il enflamma un tortillon de papier, le porta au contact du fourneau.

– Il est certain que c'est un type de fonction où l'on voit beaucoup de gens, où les contacts, les sorties, les sollicitations de tous ordres, les pièges même sont innombrables.

– Quelle sorte de pièges?

Il ne répondit pas. Il agita le tortillon pour l'éteindre et le jeta dans le foyer de la petite cheminée dont le tablier métallique était à moitié relevé. Il se rassit, inhala une grosse bouffée.

Patricia insista :

– Vous pensez au jeu?

Après un temps, il acquiesça de la tête, tout en aspirant son tuyau :

– Par exemple.

Derrière son paravent de fumée il guettait sa réaction. Il s'empressa d'ajouter :

– Mais, dieu merci, il n'en a rien été! En tout cas, c'est Alain lui-même qui a pris la décision de mettre un terme à l'expérience, alors qu'il avait la possibilité réglementaire de prolonger son détachement un an encore. Je suis bien placé pour en parler : je peux aujourd'hui vous l'avouer, Pat, je suis personnellement intervenu, répondant à son vœu explicite, pour faciliter sa réinsertion dans son corps d'origine. Voilà qui est indiscutable. Et très réconfortant quant aux craintes qu'on pourrait nourrir sur...

Il n'acheva pas, médita une seconde ou deux. Puis :

– Mais je vais me renseigner. Oui, j'ai la chance d'avoir encore quelques bons amis assez bien placés, et j'aurai d'ici peu le plaisir de vous rassurer.

Elle le remercia, ils se levèrent.

– Naturellement, dit Moutier, vous évitez d'en parler à Alain. La pire des choses serait de lui mettre en tête que vous êtes malheureuse. Je peux compter sur vous, Patricia?

Elle le lui promit, il répéta que tout allait s'arranger. Il dégageait une telle force tranquille que, sur le moment, elle le crut et elle repartit le cœur moins lourd.

14 décembre

Le lendemain, comme chaque samedi, elle retrouva Xavière au « Gymnasium ». Le rituel était déjà bien rodé : une heure d'engagement physique total, puis repos des guerrières au club-house devant un jus de fruits, puis arrivée de Jonathan, qui ce matin arborait un jogging blanc italien dernier cri. Là-dessus Xavière annonça qu'elle donnait une soirée « entre copains » chez elle samedi prochain et qu'elle escomptait la présence de Patricia.

– Vous viendrez, j'espère? dit Jonathan.

Roland Moutier lui téléphona en milieu d'après-midi, longuement. Il avait fait diligence. Bien que la Préfecture maritime fût en sommeil le samedi, il avait réussi à toucher du monde.

– Je tenais avant tout à vous tranquilliser, pour Abidjan.

Exposé assez technique, qui reprenait et étoffait l'information fournie par Colette Lemercier. Le 12 novembre, vers 22 heures 45, Alain et deux autres officiers de la *Jeanne*, dont son excellent camarade Bonenfant, avaient été assaillis par une bande de malfaiteurs, lesquels avaient mis à profit une panne du taxi qui ramenait les marins d'une réception à l'ambassade de France. Au cours de la bagarre, Alain et le troisième officier, un nommé Furic, avaient été touchés, Alain, sans gravité, d'un coup de coutelas au biceps gauche, son collègue plus sérieusement. Les bandits, au nombre de cinq, tous Noirs, avaient réussi à prendre la fuite et n'avaient toujours pas été identifiés. L'enquête n'avait pas pu établir pour l'instant si le chauffeur du taxi était de mèche avec eux, l'hypothèse d'un traquenard continuant toutefois à être prise en compte, en raison du cadre de l'agression, un parc à billes isolé au bord de la lagune. Et il ne faisait aucun doute que le bilan de l'échauffourée eût été plus lourd si les officiers n'avaient pas réussi à attirer l'attention d'un autre groupe de collègues qui rentraient eux aussi de la réception. Moutier répéta que le silence d'Alain découlait d'un souci légitime de ne pas inquiéter ses proches.

En ce qui concernait Athènes, il n'avait rien recueilli de neuf : Alain, apparemment, y avait donné entière satisfaction. La sentant médiocrement convaincue, il ajouta qu'il allait continuer ses recherches. Il venait de penser à son vieil ami, le Président Desfossés :

– Julien n'est pas marin, mais plus de trente années passées à l'administration centrale lui ont ouvert pas mal de portes, dans les sphères les plus variées.

Il lui passait un coup de fil ce jour même. Il s'engagea à la tenir au courant.

Elle remercia le parrain d'Alain. Comme elle se contentait de peu pour recouvrer un semblant de sérénité! Un autre avait pris ses problèmes en charge et déjà elle respirait mieux. Pusillanimité ? Cynisme ? Comme ces joueurs qui se défaussent de leurs mauvaises cartes...

Elle allait donc continuer à se boucher les oreilles et à boire ses potions d'oubli. Elle appela aussitôt Xavière, lui proposa de sortir avec elle ce soir, si elle était libre. Xavière accepta d'enthousiasme. Elles iraient à nouveau au cinéma et elles casseraient une croûte dans un bistrot quelque part. Jusque tard dans la nuit, elles s'étourdiraient de mots et d'alcool, assez pour s'entretenir mutuellement dans leur monde de chimères, aussi déboussolées l'une et l'autre au bout du compte, alliées honteuses, complices sans se l'avouer, pitoyables. Deux somnambules. Et lorsque Patricia serait rentrée, elle écrirait à Alain des choses tendres et anodines, comme il s'en échange normalement entre époux séparés, des époux qui s'aiment, très ordinaires.

Elle avait rangé loin de sa vue l'album de photos. Et la Vierge de l'icône était en pénitence derrière ses doubles volets d'argent. Patricia ne voulait plus subir son regard triste, qui remuait en elle trop d'interrogations. Elle avait décidé d'effacer la Grèce. Il n'y avait jamais eu de Grèce.

15

14 décembre. – Ile d'Egine

La taverne puait le graillon et la vinasse, sans parler des puissantes senteurs de fosse d'aisances que la brise nocturne charriait par vagues. Bien qu'il fût plus de 22 heures, la plupart des tables de fer disposées sur la terrasse fermée restaient inoccupées. On remarquait seulement un couple d'Anglais d'âge canonique, qui avaient échoué là, dévotions faites à Aphaia, la déesse du cru, et se saoulaient allégrement au résiné devant une assiette de moussaka réchauffée. Le garçon somnolait, accoté au congélateur, à l'entrée de l'office. Au bar, deux moustachus à gueules d'oustachis jetaient les dés sans un mot. Un basset désabusé naviguait d'une table à l'autre, ses mamelles déformées raclaient le ciment sale.

– Alors? dit Gabel.

– Alors rien, dit l'homme. Vous êtes en train de gaspiller votre temps.

Il posa sur la table une enveloppe grise pliée en deux, toute racornie et graisseuse.

– Je vous rends vos amusettes. Vous devriez les

mettre au panier : on commence à les voir un peu trop.

Il continuait à manier avec virtuosité la langue de son interlocuteur, d'une voix modulée qui faisait vibrer les liquides. Petit, d'apparence chétive, il avait une curieuse tête ronde, couronnée d'une calotte de cheveux très noirs, un visage lisse avec des yeux étroits de Mongol.

Gabel déplia l'enveloppe, souleva le rabat, contrôla du doigt : les trois clichés y étaient. Comment avaient-ils abouti si vite entre les mains de l'inconnu ?

Après quinze jours de vaines investigations, il les avait confiés la veille au barman de *L'Héphaïstos*, l'un des ferries assurant la liaison avec Le Pirée, lequel avait paru assez excité par le problème et lui avait promis d'essayer de glaner des informations. Gabel ne prenait pas de risques en se dessaisissant des photos : dès son arrivée à l'île, il en avait fait tirer plusieurs exemplaires sur négatif.

Deux heures plus tôt, alors qu'il reprenait sa Fiat garée près de la station de taxis, il avait découvert sous un essuie-glace le laconique message, quelques mots griffonnés au dos d'une publicité pour le nouveau night-club de Souvala :

« 22 heures, chez Carajannopoulos, rue Afroditis. »

Il venait d'arriver à cette gargote oubliée au fond d'une courette sordide, derrière le musée. L'homme l'y attendait, assis à l'écart devant deux ouzos et une coupelle de pistaches grillées, contre la paroi en plastique opaque qui, les soirées plus fraîches, doublait le treillage de bois soutenant la tonnelle. Il lui avait fait signe de prendre place.

– Ce type qui c'est ? dit Gabel.

La question cent fois posée depuis son retour à

l'île, autour de lui à la CREDO, dans les cafés du petit port. Le samedi précédent, il avait même poussé son enquête sur le continent, au Pirée, à Plaka. « Vous connaissez ce type ? » Des heures durant, sur les quais, dans les tavernes, patiemment, il avait exhibé ses documents, comme un revendeur de dessins obscènes. Sans résultat.

L'homme but une gorgée d'ouzo, cueillit dans la coupelle une pistache, la froissa dans sa main.

– Vous savez ce que répliqua Ulysse au Cyclope Polyphème qui lui demandait son nom ?

– Je sens que je vais l'apprendre.

– Il dit : « Personne. » Ce sera aussi ma réponse.

– Vous êtes un petit futé, ironisa Gabel. Dites donc, mon vieux, vous ne m'avez pas convoqué pour entendre vos conneries mythologiques ?

– Pour vous crier halte, monsieur Gabel ! Terrain miné, « *achtung!* ». Ne vous mêlez pas de ça !

Il croqua sa pistache, posa les coudes sur la table, croisa ses doigts chargés de bagues, se pencha un peu :

– Voyons, vous êtes un garçon de valeur, dynamique, bien considéré à la CREDO. Trente-quatre ans à la fin du mois, pas de fil à la patte, de l'ambition, un cœur gros comme ça. Correct, le curriculum ?

– Non, dit Gabel. Vous avez oublié la perte de mon pucelage à quinze ans et demi avec ma prof de musique et la tache de vin qui me décore la fesse gauche !

Les lèvres décolorées de l'inconnu s'écartèrent dans un rire silencieux, dévoilant une double rangée de crocs en or.

– Je vous trouve très sympathique, monsieur Gabel.

– Ce n'est point de ma faute. Aucune trace de réciprocité.

– Pourquoi vous intéressez-vous tant à quelqu'un qui...

– Qui n'a jamais existé?

– Voilà.

– Le coup de foudre, dit Gabel. Son charme lointain et vaporeux m'a chaviré les sens. Désir fou de le rencontrer. A propos, encore une lacune dans votre portrait : je suis aussi, accessoirement, pédéraste!

L'homme eut de nouveau son rire muet :

– Je vous aime bien, monsieur Gabel. Ça me navrerait qu'il vous arrive des bricoles!

Il s'offrit une autre rasade d'ouzo, garda le verre dans sa main. Au centre de la pièce, l'Anglaise, échauffée, poussait de petits hennissements euphoriques. Des débris de béchamel lui peinturluraient le menton.

– Qui êtes-vous? dit Gabel. « Personne », vous aussi?

– Nous dirons : un ami qui passe.

– Un ami à lui, vous voulez dire?

Il frappa du doigt l'enveloppe :

– Sinon vous ne seriez pas ici. Merci d'être venu. Vous m'ouvrez une piste!

Un silence. Un papillon de nuit vrombissait contre le falot de navire poussiéreux suspendu à la charmille. Sur le tablier du bar les dés tombaient et ricochaient avec une régularité de pendule. L'homme roulait une pistache entre ses doigts.

– Parce que vous allez continuer à vous agiter?

– Ben voyons : j'adore ne pas rester en place!

– Eh bien, tant pis : je vous aurai mis en garde.

– Vous êtes trop bon, dit Gabel.

Il ramassa l'enveloppe jaune, se leva :

– On se reverra.

L'homme écarta les mains sans répondre et porta la pistache à sa bouche, lentement. Gabel lui tourna le dos et traversa la terrasse. Il n'avait pas touché à sa consommation.

L'homme continuait de mastiquer sa graine. Le basset s'était approché de sa table et en silence quémandait une aumône. Du bout de son mocassin, sans le regarder, l'homme lui piqua méchamment l'abdomen. Le chien émit une plainte rauque et se sauva vers la cuisine, balançant ses mamelles comme un encensoir, cependant que l'Anglaise, après un « Ho ! » révolté, fusillait des yeux le barbare.

Gabel était revenu à la petite maison blanche de plain-pied qu'il occupait depuis son retour à Egine, sur les premiers escarpements surplombant le port, près de la grand-route d'Haghia Marina.

Il fit couler son bain, se déshabilla, attendit dans le séjour en grillant une cigarette turque. Donc son instinct ne l'avait pas trompé ! Des faits s'étaient produits ici durant le séjour d'Alain, assez importants pour faire paraître insupportable à certains la curiosité d'un camarade.

« Ne vous mêlez pas de ça ! »

Il retrouverait ce type. Par Vava, le barman de *L'Héphaïstos*, ça devrait être facile. Et après... Le début de l'aventure, se dit-il. Il l'avait cherchée, l'aventure, pour lui-même, par goût profond du risque, par défi. Pour Alain surtout.

Ce soir, il revoyait avec une émouvante intensité le visage de son ami pendant ces deux journées passées ensemble à Pâques dernier. Il revivait particulièrement un court entretien à l'étape improvisée d'Itéa. Ils étaient tous les deux sur la terrasse de l'hôtel avant le dîner, face à la baie enchantée qui avait porté autrefois les navires des pèlerins de Delphes. Alain lui parlait de Patricia et de l'enfant qu'il ne connaissait pas encore, avec un abandon qu'il ne lui avait jamais vu. Gabel était persuadé qu'en ces minutes Ménestrol avait été à l'extrême bord de l'aveu et que seule l'arrivée de ses autres camarades l'avait arrêté. Il se disait aussi que durant toute la scène il y avait l'inconnu des photos planqué quelque part, tout près, ne quittant pas des yeux Ménestrol.

Il rentra dans le cabinet de toilette. Le téléphone sonna au moment où il enjambait la baignoire.

Il revint dans le séjour, décrocha, jeta un « allô » distrait. Une voix étrangère dit en français avec l'accent du terroir :

– On a des choses à vous dire. Au sujet de la personne que vous savez.

Gabel s'assit sur le lit. L'aventure, se répéta-t-il, cette fois finie la rigolade, je m'immerge. Il étreignit fortement le combiné :

– Je vous écoute.

15 décembre. – Athènes

Le taxi le déposa boulevard Apostolou-Pavlou. En quelques enjambées, il fut au pied de la colline et s'engagea dans l'escalier raide qui par le versant est conduit à la terrasse inférieure de l'Aréopage.

Tout se déroulait selon le scénario dicté la veille au téléphone. Gabel avait embarqué sur *L'Héphaïstos* de 9 h 30. A mi-traversée, un inconnu l'avait abordé sans un mot sur le pont-fumoir.

Gabel lui avait remis la somme convenue qu'il tenait à la main dans une enveloppe-avion. L'homme s'était aussitôt éclipsé. Gabel supposait que d'une manière ou d'une autre son informateur serait avisé avant l'entrevue que l'argent avait été versé.

Il avait été surpris. Il était persuadé que l'intermédiaire serait Vava, le barman de *L'Héphaïstos*. Mais Vava n'était pas à bord aujourd'hui. Un serveur avait appris à Gabel qu'il avait été précipitamment rappelé dans le nord du pays auprès de son père très malade. On ignorait la durée de son absence.

Gabel escalada en souplesse l'escarpement avant la dernière terrasse. Il se hissa sur la plateforme, souffla énergiquement. 10 h 55, il était en avance.

Ce n'était pas la cohue de l'été, mais ce matin encore le rocher d'Arès avait attiré bon nombre de dévots ou de curieux. Indifférents à la bise glacée qui balayait le socle chaotique, les visiteurs essaimés parmi les blocs de calcaire glissants, jusqu'au bord du ravin, méditaient devant le site millénaire ou le fixaient sur la pellicule. Les éclairs électroniques se croisaient, les caméras ronronnaient.

Sur la droite, on remarquait l'inévitable guide polyglotte, saucissonnée dans une pelure au col relevé et discourant comme Démosthène au milieu d'un cercle frigorifié et béat.

Encastré dans une anfractuosité, un gaillard longiforme à la touche de touriste américain, blouson et pantalon de jean, casquette hawaiienne à fleurs vissée jusqu'aux oreilles, promenait sur les Propylées une lunette grossissante de la taille d'un télescope.

Une jeune femme grassouillette en veste kaki

militaire, le ventre bosselé d'appareils, mitraillait les ruines de l'Agora, juchée en équilibre précaire sur l'autel d'Athéna.

Gabel contourna lentement la terrasse et revint au centre du rocher. Il s'arrêta. Un peu en retrait, le type au couvre-chef exotique continuait de viser dans sa lunette astronomique la face ouest de l'Acropole. Gabel en cet instant entendit quelques mots dans son dos, très nets, portés par le vent du nord :

– Ne vous retournez pas.

Il reconnut la voix. Du coin de l'œil il s'assura qu'il ne se trompait pas : c'était bien son « touriste » qui venait de prendre contact. Il n'avait rien modifié à son attitude, paraissant toujours absorbé par son observation.

La voix repartait, monocorde, par brèves séquences rythmées comme des rafales :

– Il se nomme Lazlo Palech. Un immigré croate. Petit truand, trafics en tous genres. Disparu de la circulation depuis plusieurs mois. Beaucoup pensent que c'est pour très longtemps.

Sans virevolter, Gabel infléchit l'orientation de son visage, il tordit les lèvres :

– Mort ?

– On le dit.

– Eliminé ?

– Ce sont des choses qui arrivent.

– Pourquoi ?

– Je ne sais pas.

– Pourquoi il est sur ces photos ?

– Je ne sais pas.

Un silence. Le guide traversait la terrasse traînant sa couvée piaillante.

– Quelqu'un pourrait vous parler de Palech, reprit l'homme. Vassili Zacharias.

– C'est qui ?

– Il a une affaire d'import-export au Pirée, raisins secs, céréales, huile, etc. Sérieux ennuis politiques à la chute des colonels, a failli être « épuré ». Situation bien rétablie aujourd'hui. A été le dernier, officiellement, à employer Palech, comme vigile à son entrepôt d'Eleusis.

– Vous pourriez m'avoir un entretien ?

– Ça ne sera pas commode, Vassili est rarement là où on l'attend. On peut essayer.

– Merci. A ce propos, je voudrais...

Gabel s'interrompit. La fulgurance d'un flash avait jailli sur son flanc gauche, si proche qu'il eut un petit sursaut. Il pivota vivement, méfiant, se disant sans motif rationnel que c'était pour lui. Il se heurta au sourire édenté de la coupable, une Asiatique aux cheveux blancs qui secouait son « Canon » et se lançait dans un caquetage torrentueux qui devait être un bouquet de civilités.

Il lui sourit également, un peu confus, eut du mal à lui faire comprendre que l'incident pour lui était clos. Il voulut renouer la conversation avec son informateur.

Mais l'homme à la longue-vue s'était volatilisé.

16

16 décembre. – Toulon

La semaine démarrait mollement. Il était trop tôt encore pour recevoir une correspondance postée à l'escale de la Guyane. Pourtant, à deux reprises ce matin, elle descendit dans le hall vérifier si le courrier avait été distribué.

– Pas de nouvelles, bonnes nouvelles ! commenta Abouna, à qui son manège n'avait pas échappé et qui, à sa manière, essayait de la réconforter.

A 18 heures, elle assista dans un des salons de la Mairie à l'inauguration de l'exposition itinérante « Minéraux des cinq continents », toujours à la remorque de Xavière, qui avait un carton officiel. Elles firent avec bonne volonté leurs dévotions devant les reposoirs de verre accueillant les trésors pétrifiés.

Mais Xavière se lassa vite : discrètement elle l'entraîna hors du temple. Elles allèrent boire un chocolat chez Richiardi. Patricia déclara à son amie qu'elle n'excluait pas d'être à sa soirée du samedi qui venait. Xavière salua la nouvelle d'un hourra sonore. Et dans la foulée la congratula :

– Tu sais, Pat, que tu as une mine superbe? Vrai, ma chère, t'as pris un sacré coup de jeune!

Patricia accueillit le compliment avec un sourire pincé. Oui, elle aussi se trouvait le teint frais quand elle s'observait dans la glace : le sport, le changement d'activités et de rythme de vie lui avaient fait du bien. Qui la voyait vivre pouvait la croire heureuse.

19 décembre

Elle dut se rendre à l'évidence : Alain n'avait pas posté de courrier à la Guyane.

– Pas de quoi faire là-dessus une nouvelle fixation! la consola Mme Ménestrol, incurablement optimiste. (L'était-elle?) Vous avez noté la brièveté de l'escale? Il n'est même pas certain qu'il soit descendu à terre. Alors imaginez qu'il ait manqué l'agent postal...

Bonnes raisons que Patricia allait ranger avec les autres drogues d'illusion : sa hotte en était pleine.

Elle consacra l'après-midi aux premiers cadeaux de Noël. Pour Nicolas elle choisit un cheval à bascule aux poils rêches et le baptisa séance tenante! Il s'appellerait « Brownie », comme leur poney de « Burnt House ». Les deux mamans auraient chacune un carré de soie « Christian Dior », le papa un coffret de « Davidoff ». Elle s'occuperait de Joan et Judy un autre jour. Elle conclut ses achats par un coup de folie : à l'intention d'Alain une caméra vidéo, que le vendeur lui garantit le « nec plus ultra » de la technique japonaise.

– C'est pour offrir, je suppose?

Volupté ambiguë de le voir façonner le beau

paquet enrubanné qui, de longs mois encore, moisirait au fond d'une armoire.

En sortant du magasin, elle tomba sur la voisine du dessus, Mme Vanoli, elle aussi croulant sous les cartons de fête. Une Mme Vanoli épanouie, tenue mode, chevelure structurée en deux tresses juvéniles : une autre femme. L'explication? La conversion du pécheur, qu'elle annonça d'entrée de jeu :

– José a fini par comprendre que ça ne le menait à rien, ses galipettes avec cette fille!

Larguée donc la jeune Messaline! Alors elle renaissait, la Vanoli, elle rêvait. Si l'époux repenti troquait ses activités de nomade contre un emploi sédentaire, même ailleurs... ils vendraient l'appartement, elle s'installerait auprès de lui à demeure, ils « vieilliraient ensemble »...

Pour le court terme, elle préparait le réveillon de Noël.

– On va se retrouver chez nous, une bonne bande de copains qui ne sont pas des tristes! Au fait, madame Ménestrol, pourquoi vous n'en seriez pas?

Patricia la remercia de son attention, en regrettant de ne pouvoir y donner suite, elle invoqua Nicolas, sa belle-mère. Elle ajouta, par malice :

– Invitez plutôt mon voisin d'étage!

Mme Vanoli poussa les hauts cris :

– Ah! celui-là, ne m'en parlez pas! Comme face de faux cul on n'a pas inventé mieux!

Elle confia à Patricia que l'autre après-midi elle avait aperçu Benoît qui s'extrayait « subrepticement » d'un garni, rue de la Glacière.

– La baraque n'a pas du tout bonne presse, vous me suivez? Alors je vous le demande, madame Ménestrol, qu'est-ce que ce type allait y fabriquer, hein ? En plein jour !

21 décembre

En ouvrant les yeux, ce samedi, elle éprouva un curieux sentiment de liberté. Comme une collégienne à son premier matin de vacances. Impression qu'elle cultiva durant quelques secondes, le cerveau engourdi, et qui céda le pas à une pensée : la *Jeanne* aujourd'hui touchait Porto Rico.

Elle se leva du bon pied, elle entrebâilla la porte-fenêtre. Le soleil revenu éclaboussait la terrasse, la rade étincelait, nul épouvantail en vue sur le balcon attenant : ce début de journée ne se permettait aucune faute de goût !

Dans l'euphorie, elle téléphona au Bureau de Liaison des Familles (BLF) à Brest. Un secrétaire lui confirma qu'à 8 h 45, heure locale, la *Jeanne* accosterait au quai Fernandez-Juncos, à San Juan de Porto Rico. Elle demanda si on pouvait lui communiquer le numéro de la ligne directe affectée au navire. Non, le Bureau de Liaison ne l'avait pas encore eu. On rappela que pour des événements très importants, décès, naissances, etc., on se chargeait d'acheminer un message. Le cas de Patricia n'entrait pas dans l'épure, mais elle soutint que ses raisons, strictement personnelles, étaient néanmoins très fortes. On comprenait, on compatissait, on lui suggérait, en la laissant juge de l'opportunité de cette démarche, d'appeler le consulat général de San Juan, dont on lui dicta les coordonnées.

Elle remercia, recopia consciencieusement sur

son agenda cette information dont elle était presque sûre pourtant qu'elle ne ferait rien.

Ce matin, il n'y aurait pas de tennis, car Xavière préparait activement sa soirée. Patricia avait plein de temps devant elle. Sa tasse de Darjeeling et ses deux toasts avalés, elle téléphona à « Iseut-Coiffure » pour un coup de peigne. Rendez-vous fut pris pour 13 h 30. Elle se prépara, sortit, rattrapa la rue Lamalgue. Place Monseigneur-Deydier, elle acheta un petit sapin, une botte de gui, quelques branches de houx. Boucher. Crémier. Dernière halte pour prendre son pain de campagne chez Mégard. Et sa verdure de Noël dans une main, tirant le sac-poussette de l'autre, elle revint en flânant vers l'immeuble par le boulevard Grignan.

Devant l'agence de voyages qui faisait le coin de la rue Daillon, elle céda à un caprice et s'engouffra dans la boutique avec sac et ramure, demanda les horaires d'avion pour San Juan de Porto Rico.

– C'est pour l'escale de la *Jeanne-d'Arc*? dit l'hôtesse qui la renseignait. Plusieurs épouses de marins sont déjà parties.

Elle emporta son viatique, y rêva jusqu'au boulevard Cunéo, ça n'irait pas plus loin, encore une jolie chimère. Mais c'était rafraîchissant, les rêves bleus.

Une fois rentrée, elle entreprit de mettre l'appartement en règle avec le calendrier. Elle planta le sapin à l'angle du salon, l'habilla, répartit l'éclairage. Le tout en écoutant Judy Collins interpréter « Whales and Nightingales ».

Elle déjeuna d'un grand verre de lait à la framboise, et repartit pour « Iseut-Coiffure ». Coup de peigne assuré, elle se souvint que sa réserve en produits de beauté donnait des signes d'épuisement, pensa à la boutique de Poupy.

Elle revint prendre la 205 au garage, fila au Pont du Las.

Le magasin, baptisé « Amphora », était douillet comme une bonbonnière. Poupy se trouvait seule. Elle poussa une exclamation, lui sauta au cou :

– Patricia ! Je suis si heureuse de vous revoir !

– Moi aussi, Poupy.

Elle lui exposa ses besoins, Poupy lui soumit une gamme d'articles entre lesquels elle fit son choix, pendant qu'elles évoquaient les absents.

– Gilbert, ça va ?

Les lèvres de Poupy se pincèrent.

– J'imagine que oui : je n'ai pas encore eu droit à sa prose depuis son départ ! Vous voyez, Patricia, je suis encore plus mal lotie que vous, je ne connais même pas sa nouvelle adresse à Egine !

Un silence, un bloc de gêne entre elles, à couper au couteau.

Patricia sortit son chéquier, Poupy enveloppa ses achats.

– Bah ! fit-elle. Pas de quoi se flinguer, hein ? On connaissait la règle du jeu l'un comme l'autre. Je tire le trait.

Un temps. Elle scella le paquet, le tendit. Et très doucement :

– Il aurait quand même pu m'écrire un mot, non ?

« Je n'aurais pas dû la revoir, se dit Patricia, pas aujourd'hui. » Quand elle quitta « Amphora », son entrain avait fondu. Pauvre Poupy ! Elle songeait à Gilbert Gabel et à son silence, elle s'entendit murmurer bêtement :

– Lui aussi...

Il n'existait aucun trait d'union entre la situation de Gabel et celle d'Alain. N'empêche, le mal était fait. Dès qu'elle retrouva l'appartement, elle exhuma du fond de la bibliothèque l'album de photos. Elle sélectionna la vue de Delphes avec Gilbert, et Alain côte à côte, la regarda plusieurs minutes sans savoir pourquoi elle s'y attardait, mais consciente une fois encore de la fascination que ce banal rectangle glacé exerçait sur elle. La Grèce, cette étape mystérieuse dans la vie d'Alain... Tout était intact, tout ressurgissait, les mêmes questions, les mêmes peurs impalpables. Elle repensa à Roland Moutier qui lui avait promis d'avoir des renseignements par son ami Desfossés. Une semaine déjà! Ne l'avait-il pas oubliée?

Elle le rappellerait. Et puis – comment l'idée ne lui en était-elle pas venue plus tôt? – elle prendrait contact sur place avec Gilbert Gabel. Par la CREDO. C'était cela, dès lundi elle demanderait à la CREDO comment joindre leur représentant à Egine.

Cette apparence de résolution l'apaisa. Elle termina la décoration de Noël. Elle rassembla le houx en bouquet sur le confiturier. Le gui porte-bonheur trouva sa place tutélaire au mur, accroché au-dessus de la carte de campagne de la *Jeanne*. Elle fuma trois Craven de suite en écoutant « La grotte de Fingal », puis « Pomp and Circumstance » de sir Elgar, un morceau qu'Alain avait baptisé férocement « Pompier de circonstance », la quintessence du pompiérisme insulaire, comme il disait! et qu'elle ressortait de temps à autre. Elle l'aimait un peu, beaucoup, pas du tout, c'était fonction de l'état d'âme.

Après avoir pourvu au dîner de Grizzly, elle investit la salle de bains. Elle bichonna sa tenue, robe de mailles, escarpins, bijoux. Une dernière vaporisation de parfum. Parée. Ah! le bonsoir à Nicolas.

Elle n'aurait droit aujourd'hui qu'à quelques borborygmes au bout du fil, mais ils lui furent aussi suaves qu'une caresse.

– Passez une bonne soirée, Pat, dit Mme Ménestrol.

Elle sortit.

La lampe de parquet qui éclairait le rectangle de piste s'était éteinte. Seule subsistait dans la salle la coulée de lumière sortant de la cuisine, à la porte de laquelle Chaumette, le maître de céans, en bras de chemise, un cigarillo aux lèvres, palabrait paisiblement avec un de ses bons camarades du Cercle. La pénombre seyait à « Bridge over troubled water » et chacun des pratiquants ce soir, à son niveau, y trouvait son compte d'émotions, de rêves ou d'espérances. Dans un ralenti onirique, les couples se déplaçaient, croisant leurs traînes de parfums et de sueur. Les chaussures froissaient la laine du tapis, imperceptiblement. Souffles complices, chuchotis, un rire tamisé de femme, parfois.

La pression de la main de Jonathan se durcit contre le dos de Patricia. Elle avait trop bu de ce délicieux champagne rosé, sa tête tournait. Sans vergogne, elle se livra au bras musclé de son partenaire. Il s'enhardit, ses lèvres frisaient la joue de Patricia, crûment il lui imposa l'empreinte de son désir.

Elle recula un peu la tête. Dans la demi-obscurité elle entrevoyait le beau masque d'éphèbe blond, la fixité des yeux gris qui la dévoraient. Des perles de sueur chatoyaient dans ses sourcils. Comme un triomphateur, un sourire gourmand dévoilant ses dents luisantes, Jonathan savourait la débâcle du cerveau et des sens de sa conquête. Elle se disait, Xavière nous observe, tout près, quelque part parmi ces ombres. Elle était folle de se prêter à cet exercice équivoque qui ne reposait sur rien, elle le savait bien, ne la conduirait nulle part. Elle se répétait, je ne devrais pas! Et elle se réfugiait de plus belle contre le jeune torse, elle dérivait amorphe et lucide, mesurant très exactement, comme si souvent depuis deux semaines, la logique désespérée de cette fuite en avant.

Les doigts de Jonathan continuaient leur exploration le long de son échine, ils tâtonnaient à travers les mailles de sa robe. Et c'était déjà comme s'il la dévêtait. Son ventre maintenait sa possession, soudé au sien par ce sceau de feu. Simon et Garfunkel entamaient avec force la dernière reprise. A la porte de la cuisine, le bourdonnement des voix des deux causeurs s'étirait en un contrepoint débonnaire. Le chant enfin s'acheva, salué par les sifflets délirants des spectateurs de Central Park.

Ici c'était le silence. Aucun des couples ne se dissociait, on attendait les prolongations en conversant à mi-voix. Sans abandonner sa main, Jonathan s'était écarté.

– Vous n'êtes pas fâchée?

Elle sourit :

– J'en ai l'air?

Sa réponse attisa son culot. Il lui souffla à l'oreille :

– Patricia, vous savez que j'ai très envie de vous?

– Je ne l'avais pas remarqué!

– Depuis longtemps. J'aimerais qu'on sorte ensemble!

– Moi pas.

– Vous trichez, Patricia! Osez dire que je ne vous plais pas.

La danse repartait avec Alan Parsons dans « You don't believe ». Jonathan brûlait les étapes, son grand nez fouisseur butinait l'épaule nue de Patricia, il mordait dans les fins cheveux de son cou, lâchait sa main pour agacer sa poitrine. Elle éloigna tant bien que mal les doigts effrontés :

– Enfant! Savez-vous que j'écris régulièrement à mon mari? Et que je lui dis tout?

– Tout, vraiment?

La menace ne l'impressionna pas, il se colla à elle avec frénésie :

– Il est loin, votre mari!

– Mais il reviendra!

Un silence. Jonathan avait pris du recul, et l'examinait. Comme on détaille une pièce de collection.

– Je vois, dit-il avec ironie. Vous êtes celle qui attend! Méfiez-vous, jolie Pénélope! On attend, on attend... Et au bout, quelquefois, il n'y a rien!

Sa remarque la dégrisa. « Vous êtes celle qui attend. » Presque les mots employés par sa belle-mère il y avait quelques semaines. Mais ce qu'il avait ajouté... Qu'avait-il voulu dire? Elle le lui demanda, il se déroba, s'en tira par une pirouette emphatique :

– L'avenir, princesse, n'est à personne!

Et il rit. Elle, non. La brèche venait de se rouvrir. Retour brutal au réel, la fête était finie.

A 11 h 20, elle se découvrit très fatiguée et, sourde aux prières conjuguées de Xavière et de Jonathan, elle quitta l'assemblée, nantie d'une authentique gueule de bois qu'à peine rentrée elle prétendit traiter à grand renfort d'aspirine.

Mais le mal était beaucoup plus profond, planté en elle comme une épine venimeuse.

« Et au bout, quelquefois, il n'y a rien! »

Dans sa tête les chiens de nuit à nouveau hurlaient. L'affolement la gagnait, un mouvement irraisonné la poussa vers le téléphone, le carnet d'adresses à la main, où elle avait consigné le renseignement obtenu du BLF brestois ce matin. Rapide soustraction mentale : à Porto Rico, il n'était pas plus de 18 heures 30, elle avait une chance. Trop tard : les bureaux étaient déjà fermés. Après un silence, un appareil à voix femelle l'invita à laisser un message. Quel message? Elle s'énerva, bégaya devant cette béance attentive, raccrocha. Elle tourna dans l'appartement, encore un peu plus éprouvée. La solitude l'écrasait, lui pétrissait le cœur, tellement insupportable qu'elle voulut à tout prix la partager avec quelqu'un. Elle rouvrit les deux volets d'argent cachant la Vierge de l'icône, la regarda, dut même balbutier une prière.

Mais la Madone lui renvoya son image, dans ses yeux tristes elle ne trouva à lire ce soir que ce qu'elle lui apportait : l'angoisse.

17

22 décembre. – Egine
8 heures 30

La fille n'avait pas de conversation, mais deux espiègles tétons nichés haut en forme de grenades et une toison d'un noir bleuté étalée comme une moquette de la fente aux franges du nombril. Atouts de poids qui, estimait Gabel, compensaient l'indigence intellectuelle de la jeune créature, d'autant qu'au déduit Myra, c'était son petit nom, n'était pas manchote, s'investissant avec une ferveur propre à faire oublier que ses offrandes à Aphrodite étaient strictement tarifées.

Gabel bâilla, étira en travers du lit ses membres moulus de fatigue. 8 h 30, disait le réveil. Derrière la cloison mobile de verre roux, le soleil déjà debout jaunissait les claustras de la terrasse, pareils aux alvéoles d'un gâteau de miel, mais la petite ville accrochée sur la colline jusqu'au quai s'éveillait à peine. Le diesel d'un caïque hoquetait dans le port, comme englué de sommeil, sous les ricanements des mouettes. La clochette fêlée de la chapelle Haghios Nikolaos annonçait à mi-voix un office. Puis il y eut une musique de grelots rythmant un trot lourd de cheval. Le vieux Moréas avait attelé sa calèche décorée et filait au débarcadère attendre le premier ferry du Pirée.

Myra maintenant jacassait, un patchwork à base d'anglais commercial et de sabir méditerranéen. Gabel n'essayait pas de comprendre sa compagne et fourrageait d'un doigt machinal sa pelisse luxuriante. Il pensait à Poupy. Depuis qu'il avait ouvert les yeux, sans motif apparent, indifférent aux agaceries de la fille à son flanc, il n'arrêtait pas de penser à celle qui avait partagé sa vie pendant ses récents congés et dont il se croyait détaché définitivement. Considérant ce qu'elle lui avait apporté et la manière dont il avait mis un terme à leurs relations, il n'était guère enclin à pavoiser. En bref, jugeait-il, il s'était conduit comme un parfait goujat : pas une ligne de correspondance depuis leur séparation trois semaines plus tôt. Pis, il avait donné des consignes fermes aux bureaux de la Compagnie pour qu'on ne communiquât à personne l'adresse téléphonique de sa nouvelle résidence dans l'île. Ses raisons? Toujours les mêmes : souci maniaque de ne pas aliéner sa liberté, défiance quasi pathologique de liens trop contraignants. Incapable de se fixer, incapable même d'aimer. Il songeait au couple Ménestrol, qui demeurait pour lui la référence et il se posait la question ce matin, gravement : est-ce qu'il était normal? ou infirme? Un infirme conditionné par ses gènes maudits.

Il évoqua une fois encore ce père inconnu. Il avait peu d'informations le concernant, sa pauvre mère n'avait abordé le sujet que très rarement, avec répugnance, et Gabel était encore adolescent quand elle était morte. Il savait pourtant qu'il s'agissait d'un patron de filature dans le Calaisis, lequel après avoir engrossé son ouvrière, pour couper court, l'avait flanquée à la porte de sa boîte et s'était désintéressé de sa victime. Schéma hyperclassique. Longtemps Gabel s'était juré qu'un jour il retrouverait son géniteur et lui ferait payer très cher la sueur et les larmes de sa mère. Il y avait renoncé. A quel titre aurait-il demandé des comptes ? Il n'était pas qualifié. Tel père tel fils, il ne se conduisait pas différemment avec les femmes, qu'il choisissait et rejetait après usage. La même lâcheté. Oui, un lourd, un très lourd atavisme.

Poupy, se répéta-t-il. Elle méritait beaucoup mieux que ça. Si j'avais été moins tordu, entre nous deux peut-être... Il se promit de lui écrire un mot tout à l'heure. Mais sa vieille pratique du cynisme reprenant vite le dessus, il décréta qu'il s'attendrissait dangereusement, très mauvais signe, fais gaffe, vieux, t'es en train de te faire baiser comme les copains...

Lassée de prêcher dans le désert, Myra se décida à sortir ses cartes maîtresses et, pour raviver l'attention de son voisin trop négligent, elle le chevauchait sans complexes. Et Gabel, affolé par le corps voluptueux dansant lascivement sur lui le grand galop, aurait donné son accord pour un nouveau tour de manège, si le téléphone sur le chevet n'y était venu mettre son grain de sel.

Gabel se dégagea, repoussa la cavalière et tendit la main pour décrocher l'appareil. Il identifia aussitôt son informateur. L'homme fut bref :

– La personne a dit oui. Elle vous attendra au Musée National à 16 heures aujourd'hui. Salle des Antiquités mycéniennes, devant le masque d'Agamemnon. Mêmes conditions. On reprendra contact avec vous sur *L'Héphaïstos* de 14 heures. Venez seul.

Il coupa. Gabel enfila le pantalon de son pyjama, se leva, chaussa ses mules, fit signe à la fille que la séance de dodo était bien terminée. Elle comprit et obéit sans rechigner. Après un passage éclair dans la salle de bains, elle réintégra la chambre, visage ravalé et fringante. Elle se rhabilla avec une célérité professionnelle, attrapa son sac et recompta pour la bonne règle son paquet de drachmes.

Elle vint embrasser Gabel. Elle se concentra, s'appliqua à formuler une proposition limpide :

– Toi, moi, demain, O.K. ?

Il dit :

– C'est ça, ma poule, moi toi demain. Allez, maintenant, t'as ton oseille, taille-toi.

Il lui pinça la fesse et la poussa dehors.

Après avoir mis la cafetière en route, Gabel vint fumer une cigarette dans la salle de séjour. Il enregistra l'agitation du briquet dans sa main pendant qu'il enflammait son tabac turc, fut tenté d'invoquer la fatigue de cette nuit partagée avec la volcanique Myra, dut admettre que depuis le coup de téléphone ses nerfs étaient en état d'alerte. Vassili acceptait de le recevoir, officiellement pour lui parler de Lazlo Palech, l'ancien gardien de son entrepôt d'Eleusis. Mais, bien qu'à aucun moment le nom de Ménestrol n'eût été prononcé, le même instinct infaillible qui, à partir de trois clichés d'amateur, avait jeté Gabel dans cette recherche, lui disait qu'il allait être essentiellement question du jeune officier cet après-midi au Musée National.

Il souffla sèchement un fil vrillé de fumée, fit rouler la cigarette entre ses doigts. Une excitation le gagnait. Sentiment d'être tout près du but, hâte de savoir, appréhension aussi de l'inconnu, qui lui nouait les tripes. Comme si souvent autrefois, se rappela-t-il, l'enfant rêveur qu'il avait été avait tremblé d'un émoi délicieux à la bouche noire des souterrains et des grottes renfermant les trésors cachés...

Il se força à analyser froidement la situation. Il n'avait pas encore une vision globale de la répartition des rôles entre les acteurs déjà entrés en scène : comment, par exemple, situer son informateur par rapport à Vassili ? Il constatait simplement que l'homme d'affaires chypriote, après avoir tenté de l'intimider en lui dépêchant un émissaire la semaine précédente à la taverne de Carajannopoulos, avait choisi de discuter. Preuve supplémentaire de la gravité de l'enjeu.

Gabel lâcha le mégot qui lui brûlait les doigts, l'écrasa sur le dallage, lentement, de la pointe de sa mule. Il a besoin de moi. Que peut-il espérer obtenir de quelques minutes d'entrevue au Musée National ? Le silence ? Mais à quel prix ? En agitant quelles nouvelles armes ? Pourquoi cet homme qu'on dit important a-t-il consenti à se commettre avec un modeste employé de la CREDO dans un tête-à-tête public ?

Vassili viendrait au rendez-vous avec une intention précise, et Gabel se fatiguait les méninges à essayer de la cerner. Sans exclure l'hypothèse du coup fourré : l'individu en semblait très capable. Toute la semaine, Gabel avait sondé son entourage, spécialement la main-d'œuvre grecque travaillant à la CREDO. Vassili jouissait d'une réelle notoriété, qui débordait le champ de ses activités professionnelles. On parlait de lui avec une réserve précautionneuse, comme si le souvenir de certaines plages troubles dans son passé continuait d'inciter à la prudence. Les tuyaux rassemblés ici et là par Gabel confirmaient ce que l'informateur lui avait spontanément (pourquoi?) appris sur la colline d'Arès. Vassili avait donné des gages concrets d'allégeance à la dictature des colonels, et à la chute de Pattakos en 74, il avait connu une période difficile. On attribuait à des appuis occultes la rapidité avec laquelle il avait rétabli sa situation. Quel type d'appuis? Politiques? Oui, on pouvait l'envisager, on n'en savait pas plus, on embrayait sur d'autres sujets. Gabel était resté sur sa faim.

La cafetière sifflait dans la cuisine. Gabel s'en fut éteindre la gazinière. Il emplit sa tasse, regagna le living, trempa ses lèvres dans le liquide brûlant. L'île prenait vie. Les cloches des innombrables chapelles éparpillées à flanc de montagne parmi les champs d'amandiers et de pistachiers croisaient leurs carillons. Des voitures roulaient sur le quai, un ferry ponctuait d'un long barrissement son entrée dans le port. Un dimanche matin très ordinaire. Difficile de se dire que dans quelques heures...

Gabel avait l'impression de flotter sur un nuage, à la poursuite d'un songe très ancien. Le même rêve de gosse émerveillé à la porte de la grotte au trésor... Oui, dans sept heures, il serait en face du mystérieux Zacharias Vassili. Que pouvait-il sortir de cette confrontation? Du bien pour Alain Ménestrol? Des révélations insupportables? De nouveaux périls? Pour qui? Il se battait seul, en première ligne, sans s'être ménagé la moindre couverture.

Il examina cette idée, en raclant de l'ongle la tasse de faïence vide. Ce n'était pas tant l'éventualité d'un risque personnel qui le tarabustait – il l'avait accepté dès le départ – que la constatation de l'extrême précarité de son entreprise, dans la mesure où elle ne reposait que sur lui. Continuer à garder le secret serait une faute, conclut-il, l'heure était venue de céder à quelqu'un d'autre une part du fardeau. Mais à qui?

Gabel n'eut pas à se creuser la cervelle, il pensa naturellement à Roland Moutier. Le plus à même de comprendre. Et si nécessaire d'agir.

Il posa la tasse, releva dans son carnet d'adresses les coordonnées du parrain d'Alain, composa le numéro.

Moutier était à la maison. Il lâcha une exclamation :

– Gilbert! Ça alors c'est la surprise! Je te croyais loin! D'où me téléphones-tu?

– D'Egine. Monsieur Moutier, que je vous dise tout de suite la raison de mon coup de fil : je vous appelle au sujet d'Alain. J'ai peur qu'il se soit fourré dans un sale truc.

– Un sale truc? Alain? Comment cela?

– Très long à expliquer, et pas commode. En fait, je ne sais encore rien de concret, mais...

– Attends, Gilbert. Quelque chose se serait passé pendant qu'Alain était à Athènes?

– Je crois que oui. Je vais à l'essentiel. J'ai rendez-vous à ce sujet aujourd'hui même, à 16 heures, avec un certain Vassili. Retenez le nom : Vassili, Zacharias Vassili. Un type du coin, pas très net.

– Mais, sapristi, en quoi Alain est-il concerné?

– Je l'ignore absolument pour l'instant. Je pourrai vous en dire plus sous peu, en principe. Je vous rappellerai après l'entrevue. Donc au plus tard dans la soirée. On verra alors s'il y a quelque chose à faire, d'accord? Oh! n'en parlez à personne, hein? Surtout pas à Patricia.

Il ajouta, après une courte hésitation :

– Si ça marchait moins bien que prévu... Ça sera

alors à vous d'aviser, monsieur Moutier. N'oubliez pas le nom : Zacharias Vassili.

– C'est noté, Gilbert. Je peux te joindre ?

– Oui.

Gabel lui dicta son numéro de téléphone, insista :

– C'est moi qui vous rappellerai. A tout à l'heure.

Il raccrocha.

18

22 décembre. – Toulon
11 heures

Roland Moutier reposa le combiné avec une brutalité coléreuse. Après pas mal d'hésitations, malade d'énervement, il s'était résigné à appeler Gabel à Egine pour le prier d'être un peu plus explicite. Mais l'ami d'Alain était absent.

Moutier se mit à arpenter le salon. Ses chaussures grinçaient, pfuitt, pfuitt, ce qui n'était pas de nature à le calmer. Comme chaque dimanche, il avait soigné sa mise de pied en cap, complet d'alpaga bleu nuit, cravate de soie et escarpins vernis. C'était ainsi : le dimanche était resté le jour où il s'habillait, même s'il ne devait pas mettre le nez dehors, la grande tradition !

Il se lorgna au passage dans le miroir ovale qui surplombait le meuble du téléphone. Son visage était rouge, une mèche blanche balayait son front comme un essuie-glace. Ridicule. Un vieux beau en pleine déliquescence, si Cécile, l'amie de cœur, le voyait... Au diable Cécile ! Il s'agissait bien d'amourettes !

« Alain s'est fourré dans un sale truc. »

Quel truc? Gabel s'était gardé de le préciser. L'affection paternelle que Moutier vouait à son filleul continuait à crier en lui, non, Alain était incapable d'avoir commis une action malpropre! Mais dans de mauvais draps, à coup sûr!

Trop d'images affluaient. C'était Patricia, assise dans ce même salon, où elle était venue lui confier ses tracas; les singularités relevées par elle dans le caractère et le style de vie de son mari depuis le retour d'Athènes, la série d'incidents aussi dont elle s'alarmait. Il avait minimisé les unes et les autres, de bonne foi, avec un parti pris de dédramatisation, qui n'était qu'une forme d'aveuglement. C'était Alain en personne, lui offrant le visage du désarroi durant le court instant où ils s'étaient trouvés en tête-à-tête, au cours du bal au Cercle naval. Cette appréhension étonnante du jeune officier à la veille de reprendre la mer, que lui, Moutier, paresseusement, il avait assimilée à une banale poussée de cafard.

Aujourd'hui tout ressurgissait, se recoupait, prenait une autre signification, impressionnante. D'autres images encore, plus anciennes. Les larmes de Lucienne, au moment où son fils, jeune officier en poste à Toulon, commençait à afficher une attirance pour les tables de jeu, faiblesse qui plus tard deviendrait une passion ravageuse. Toutes ces années de folie, tissées de repentirs, de rechutes...

Moutier s'arrêta et épongea avec son mouchoir son front humide. Il avait été stupide. Stupide ou lâche, les deux peut-être, soucieux avant tout de son propre confort intellectuel. Trop commode de décréter que la machine avait été remise sur les rails, définitivement! Que la carrière d'Alain était désormais garantie sur facture, à l'abri des écueils et des orages ! La sacrée vieille baderne qu'il avait été ! Et maintenant, que ce fût en relation avec de vieilles erreurs, ou non, il y avait la réalité crue : Alain était dans la mélasse.

Il reprit sa marche fiévreuse, rythmée par ces pfuitt, pfuitt exaspérants. Attendre. « C'est moi qui vous rappellerai », avait dit Gilbert. Attendre, des heures encore, passif, inutile, alors qu'Alain... Non, ce n'était pas supportable, il devait de son côté envisager quelque chose, essayer...

Il s'immobilisa. Julien Desfossés. Désireux de rassurer Patricia, il lui avait déjà parlé de son filleul. Desfossés lui avait fait comprendre qu'il avait sans doute une possibilité d'en savoir plus sur le séjour d'Alain en Grèce. Peut-être disposait-il déjà d'autres informations ?

Moutier alla former le numéro de son ami. Une voix féminine dit allô ? Celle de Marguerite, la femme de Desfossés.

– Roland Moutier. Comment ça va, Marguerite ?

– On fait aller, Roland. Un peu fatiguée : nous avons les trois gosses de la fille à la maison pour les fêtes et c'est du genre remuant !

De fait, Moutier percevait en arrière-plan un tohu-bohu d'objets qu'on traînait, des rires enfantins.

– Julien est là ?

– Oui, Roland. Ne quittez pas, je vous le passe.

Quelques secondes. La voix calme de Desfossés :

– Bonjour, Roland.

– Salut. Alors ? Est-ce que tu as appris quelque chose au sujet d'Alain ?

– Pas encore. Mais je ne t'oublie pas. Aujourd'hui même il est possible que je voie quelqu'un...

– Qui ?

– Une personne très avertie à qui j'ai fait part de ton problème...

– Et dont tu ne peux pas me décliner le nom, je vois ! Toujours ta foutue manie du mystère ! Bon, tu en profiteras pour lui demander qui est Vassili Zacharias.

– Pourquoi ? C'est qui ?

– Exactement ma question !

– Tu es bizarre, Roland. Je reconnais tout juste ta voix. Tu vas bien ?

– Non, très mal. Jamais été aussi inquiet de ma vie !

19

22 décembre. – Egine
11 heures 30

La barque tirait mollement sur sa chaîne au centre de la crique dont le soleil criblait l'eau étale de mouchetures argentées. Plus loin, vers le fond de la calanque, la chevelure des pins garnissant l'escarpement colorait la mer d'un vert lumineux et dense.

Accroupi sur le banc, Gabel se préparait sans hâte. Il aimait cette portion de côte sauvage, au nord de l'île. Oublié des « tour-operators » et des brochures touristiques, le site avait préservé sa beauté originelle. Nulle voie d'accès par la terre, le moutonnement ininterrompu des pins jusqu'à l'à-pic vertigineux : Souvala, le premier mouillage, était à plus de cinq kilomètres. Le silence, traversé par des cris de mouettes et le clapotis léger contre la falaise.

Il finit de serrer les sangles de la bouteille, il ajusta le masque, bascula par-dessus le plat-bord.

Gabel nageait lentement, régulièrement, il s'appliquait à créer le vide en lui, à se laisser investir par la magie du paysage sous-marin. Il n'avait plus guère l'occasion de plonger pour la CREDO et cela lui manquait. Aussi, de temps en temps, il prenait le hors-bord, revêtait l'équipement et descendait retrouver l'univers des profondeurs. Pour le plaisir, pour recharger ses accus, pour se détendre, comme ce matin. Il n'avait emporté aucun instrument de chasse ou d'images, il lui suffisait d'être là, de reconnaître la caresse acérée contre son front et son menton, d'entendre un grésillement familier à ses tympans, le froissement de soie de l'eau agitée par les palmes et le soufflet amplifié de sa respiration, qui résonnait loin dans le vide de nécropole.

Autour de lui un monde fourmillait. Des flèches de soleil perçant la couche vitreuse allumaient dans les prairies noyées des efflorescences d'arc-en-ciel. Des saupes peinturlurées comme des zèbres venaient flairer l'étranger, puis s'écartaient avec des bonds de cabri. Une méduse passait, balançant ses voiles rose et bleu. Et c'était une escouade de barbounis qui coupaient sa route dans une éclaboussure de sang, ou la fulgurance d'une orphie pareille à une lanière d'or.

Gabel peu à peu sentait la paix couler dans ses veines, un bonheur de tout l'être, la perception d'une harmonie essentielle entre son corps et l'élément qui l'accueillait. Plus de traces de fébrilité, la maîtrise de ses muscles, de ses nerfs, de son cerveau. Il allait affronter Zacharias Vassili et il envisageait ce face à face sereinement, comme la péripétie attendue et nécessaire d'un processus librement enclenché. Et s'il s'avérait que Ménestrol fût en difficulté, il lui porterait assistance, quelle qu'en fût la note à payer. Tout était redevenu simple, logique, il réglait envers Alain et Patricia sa dette normale d'amitié.

A ce moment il songea à Poupy, et comme deux heures plus tôt, il éprouva à nouveau la griffure d'un remords, le sentiment d'une injustice, d'un gâchis sans doute. Mais ce fut très fugace. L'euphorie des profondeurs déployait ses sortilèges. Poupy, Roland Moutier, Alain, Patricia... Les visages chers une dernière fois défilèrent dans sa tête, devinrent flous, se dissipèrent, et Gabel s'absorba dans son plaisir. Il était revenu parmi les siens. Eternel vagabond, sans racines, il était à sa véritable place, au milieu de ces existences errantes parcourant les champs du silence depuis la nuit des temps.

Gabel s'était approché de la côte et longeait le socle tourmenté, sculpté d'anfractuosités béantes. Des stalactites alignaient leurs tuyaux d'orgue tapissés de gorgones aux ramures pétrifiées. Dans le chaos des roches, des oursins avaient posé leurs bogues violettes, les polypes, les actinies, les laminaires composaient des massifs somptueux d'où, comme des papillons, s'envolaient des nuées de girelles ocellées.

Gabel ralentit. Il lui avait semblé entendre quelque chose. Oui, un bruit nouveau violait le silence, très éloigné encore peut-être, impossible à situer. Le bruit se précisa, se scinda en deux pulsations alternées, puissantes, se répercutant en échos avec des vibrations de cithare.

Gabel posa les pieds sur le fond vaseux, écouta, le cœur palpitant d'une jubilation inexplicable. Les harpes des sirènes! Il était devant la mystérieuse caverne au trésor! Et surgissaient les deux dragons, gardiens du domaine interdit.

Il sourit. Ses rêves de gosse qui se prolongeaient! Non, il ne s'agissait pas de sirènes ni de trésor, les dragons n'étaient vraisemblablement que des pêcheurs d'éponges ou des braconniers éginètes qui traquaient le poulpe. Les battements métalliques grossissaient et il était maintenant capable de localiser la position des visiteurs, sur sa gauche, déjà proches, mais encore cachés par l'avancée rocheuse.

Une tribu de rougets jaillit d'une crevasse et fila sous le nez de Gabel, comme effrayée. Et deux nageurs apparurent à la pointe de l'éperon déchiqueté, qui progressaient de conserve en suivant la paroi au plus près. Deux guerriers massifs, caparaçonnés, qui avaient déjà repéré leur cible et cinglaient sur elle. Une lame étincelait à leurs poings.

Sur l'eau verte, là-haut, la barque se balançait paisiblement.

20

22 décembre. – Toulon
16 heures

– J'ai rappelé le BLF à Brest, dit Patricia d'une voix morne. Je n'ai eu que le répondeur. Toujours pas de liaison avec la *Jeanne,* apparemment.

Elle venait de retrouver au Champ de Mars Nicolas et sa belle-mère. Ouvert sur l'avenue Clemenceau et banalement dessiné, le jardin n'avait rien d'attirant, mais sa situation intéressait Mme Ménestrol qui, ne conduisant pas, appréciait de pouvoir s'y rendre régulièrement à pied avec l'enfant.

Il était près de 16 heures. Le temps gris avait découragé les promeneurs dominicaux : le jardin était désert. Les deux femmes étaient assises sur un banc de fer, face à l'avenue. Patricia tenait sur ses genoux l'enfant, dont le minois rieur émergeait de la capuche bordée de duvet.

– Je devrai patienter jusqu'à demain, continua Patricia, pour avoir une chance de joindre Alain. Interdit d'avoir des états d'âme les week-ends ! Les bureaux sont vides. Tout le monde au fond s'en fiche !

– Pat ! protesta Mme Ménestrol. Vous êtes injuste. Vous savez bien qu'en cas d'urgence...

– L'urgence, coupa la jeune femme, si bas que sa voisine comprit mal ses paroles, je suis dedans ! Jusqu'au cou !

Après une interruption, elle murmura :

– Roland Moutier aussi m'avait promis...

– Quoi donc, Pat ?

Patricia posa sur sa belle-mère un regard méfiant.

– Oh, rien, mammy, c'est sans intérêt.

Mme Ménestrol faillit répliquer. Elle se contenta de soupirer en suivant des yeux un couple d'âge respectable qui remontait l'allée, bras dessus, bras dessous.

– Il y a un avion de la Panam qui quitte Orly à 11 h 15, reprit Patricia. Après un arrêt à New York, je pourrais être à San Juan demain avant 20 heures. En prenant le vol d'Air Inter de 7 heures... Maintenant savoir s'ils ont encore de la place...

Mme Ménestrol dévisageait sa belle-fille d'un air sidéré :

– Vous n'y songez pas sérieusement, Pat ?

– J'y songe, si. Pourquoi ? Je ne serai pas la première à retrouver son mari à une escale ?

– Vous vous y prenez bien tard et d'une façon qui ressemble à un coup de tête. Je doute qu'Alain apprécie.

Patricia s'agita.

– Qu'en savez-vous ? grinça-t-elle. Vous avez déjà mon gosse, ne m'empêchez pas de voir mon mari !

Mme Ménestrol regardait sa belle-fille avec compassion :

– Vous vous trompez, Patricia.

Elle ajouta :

– Attendez au moins de lui en parler. Quelques heures seulement...

– Attendre, dit Patricia.

Elle fit sauter l'enfant sur ses genoux, mécaniquement.

– Personne n'est dans ma tête.

Mme Ménestrol avait saisi la menotte du bébé et la secouait par jeu.

– On est demain le 23, dit-elle, doucement.

Patricia lui décocha un coup d'œil incisif. Elle détourna le visage :

– Vous avez raison, mammy, n'en parlons plus.

Elle retourna le bébé, le souleva, le garda à la hauteur de son visage :

– Mon pauvre bonhomme que sa maman veut abandonner ! Pour son premier vrai Noël !

Passionnément, elle le serra contre sa poitrine.

21

18 heures 35

– Allô, Marguerite ? C'est encore moi. Je pourrais avoir Julien ?

– Mon pauvre Roland, vous n'avez pas de chance ! Julien était invité en fin d'après-midi à l'arbre de Noël de la sous-préfecture, en Aix. Il a emmené les enfants.

– Et il rentrera tard ?

– J'espère bien que non ! Il a les gosses, il ne va pas y passer la nuit ! Je lui dirai que vous avez téléphoné.

– Merci, Marguerite. Bonsoir.

Moutier relogea le combiné sur sa fourche avec une lenteur pesante. Un frêle espoir s'envolait : Julien Desfossés n'avait pas rencontré la « personne très avertie » dont il avait parlé, sinon il l'aurait certainement joint avant de partir à son arbre de Noël, il avait assez senti au téléphone l'énervement de son ami.

Moutier soupira. La glace lui renvoyait en plan rapproché son visage. Un visage chiffonné par l'anxiété. Il était près de 19 heures, Gilbert Gabel n'avait pas appelé.

22

18 heures 50

Patricia s'était préparé deux œufs à la coque et grignotait ses mouillettes au salon devant le téléviseur qui diffusait un reportage sur la réserve ornithologique du lac Dojran.

On sonna. Elle posa l'assiette sur la table, éteignit l'appareil, alla ouvrir. Elle esquissa un mouvement de retraite en découvrant dans l'encadrement la silhouette filiforme de son voisin Benoît. Il avait ôté pardessus et veston, exhibait un tricot torsadé d'un jaune acide. Son pantalon gris clair à larges raies était trop étroit et dégageait le bas de ses jambes.

– On dirait que je vous fais peur, remarqua-t-il sans sourire.

– Mais non!

Il plissa les lèvres avec un clapotis. Il avait l'air de suçoter quelque chose.

– Je venais vous demander assistance. Auriez-vous un peu de lait à me céder?

– Du lait? Oui, bien sûr, j'ai du lait écrémé, si...

– Cela ira tout à fait.

Il s'introduisit sans attendre une invitation, la suivit dans le séjour. Il dégageait une odeur curieuse, mélange de bonbon parfumé et de produit antimites.

– C'est à cause de mon ulcère, expliqua-t-il. Je suis astreint à en consommer chaque jour des quantités invraisemblables. Je ne sais comment aujourd'hui je me suis laissé démunir. Et j'ai un début de crise.

Elle remarqua qu'il avait les traits tirés. Son odeur l'indisposait, elle recula. Ce qui n'échappa point à son attention et qu'il interpréta, aussitôt :

– Sale haleine, hein? J'ai pratiqué toutes les variétés de chewing-gum, le bois de réglisse, les clous de girofle. J'en suis aux pastilles à la violette.

Et il eut un geste pour le déplorer.

– Une seconde, dit-elle. Je vais vous chercher ça.

Elle gagna la cuisine. Quand elle revint, elle trouva Benoît en arrêt devant la carte aux drapeaux.

– Votre époux est marin? demanda-t-il sans se retourner.

– Oui. Sur la *Jeanne*.

Elle tendit le carton :

– Votre lait.

Il lui fit face :

– Oh! merci.

Il fouilla dans une des poches du pantalon.

– Dites-moi ce que je vous dois.

– Laissez. Vous me le remplacerez à l'occasion.

– Comme vous voulez.

Il promena dans la pièce un regard circulaire, désigna l'arbre dans l'angle du salon :

– Joliment arrangé chez vous. Vous avez des enfants ?

– Un garçon.

– Ah ? Je ne l'ai jamais rencontré.

– Oui, il est absent, dit Patricia laconiquement.

Elle était sur la défensive, le tête-à-tête lui pesait déjà.

Benoît désigna la table du salon :

– Vous étiez en train de dîner ? Je vous ai dérangée, je me retire.

Une grimace lui tordit le visage. Il se pétrit l'épigastre :

– Moi aussi je vais alimenter ma petite bête ! Saviez-vous que « cancer » en latin désigne le crabe ?

Patricia ne broncha pas. La scène était de plus en plus déplaisante, elle n'avait qu'une hâte, que ce type vide les lieux. Comment déjà s'appelait ce film scandinave ? Le pasteur puritain tourmenté par ses sens... Benoît lui ressemblait, estima-t-elle.

Il fit quelques pas en direction du hall. Il avisa le bouquet de houx sur le confiturier, dit abruptement :

– Il a de la chance.

– Qui donc ?

– Votre garçon.

Il se remit à se masser l'estomac.

– Il faut que j'y aille. Mille fois merci.

Il tourna le dos, traversa le séjour. A la hauteur de la carte aux drapeaux, il marqua le pas, répéta :

– Il a quand même de la chance.

Et Patricia se demanda à qui cette fois il faisait allusion. Il n'articula plus une syllabe, fila vers le hall, sortit, son paquet de lait sous le bras. Mais l'odeur écœurante flottait toujours dans l'appartement.

Elle reprit ses mouillettes glacées, reposa vite l'assiette, elle n'avait plus faim.

Elle plaça sur la platine la « Suite irlandaise » d'Alan Stivell, mit en marche l'appareil. Elle brancha aussi la guirlande de Noël, alluma une Craven, écouta les premiers sanglots de la harpe celtique. Derrière elle, l'horloge chanta sa comptine et jeta sept coups de gong.

« Il a quand même de la chance. »

Demain matin, elle rappellerait Brest, elle obtiendrait enfin la *Jeanne,* elle aurait Alain au téléphone. Plus que quelques heures.

« Il a de la chance. »

Infatigable la guirlande traçait ses lignes brisées intermittentes.

23

22 décembre. – Porto Rico
14 heures (heure locale)

L'aveuglante lumière du plein après-midi tropical, l'explosion contrastée des couleurs, bleu du ciel, vert des cocotiers, rouge du chemin, le concert crissant des myriades d'insectes. Et ces rythmes de reggae, lancinants, sur lesquels une voix éraillée de femme par intervalles vient se plaquer, récitatif plus que chant, toujours le même, trois mots : « Vuelve, amor mio[1]. »

La voix fait-elle partie de l'enregistrement? Ou bien la femme se tient-elle près de l'appareil? Ménestrol est incapable de trancher. Il s'est adossé au mur de la masure, en retrait de la route, et reprend son souffle, les yeux à demi fermés. Le soleil grille ses paupières, il sent le lent écoulement de la sueur sur ses tempes, le long de ses joues. La chemisette Lacoste détrempée colle à sa peau comme une plaque de glace. Il n'a pas cessé de courir à travers les chaumes de cannes à sucre, depuis qu'il a réussi à semer les deux types en

1. Reviens-moi, mon amour.

sautant de l'autocar, dans la montée après Naranjito. Maintenant il récupère, à l'orée de cette bourgade pouilleuse, écrasée de soleil.

Il ne situe pas l'endroit où il a échoué, mais la mer est proche, il renifle des odeurs d'algue, de sel, de poisson boucané, traversant les relents plus immédiats de tôles chauffées à blanc et d'immondices.

Sa respiration se calme. Il se détache de la paroi, tapote son pantalon de toile souillé de terre aux genoux et glisse contre le mur, dérangeant un gros lézard corail qui dormait dans la poussière.

A l'angle de la masure, il guette prudemment. La route de latérite file rectiligne entre deux rangées de constructions basses au crépi pisseux, dévoré de chancres. Personne, sauf un escogriffe au torse d'ébène luisant, qui pèse sur les pédales d'une bécane grinçante au milieu de ce qui est sans doute l'unique artère du village. Là-bas, au-delà du rideau des cocotiers, la tache de cobalt de l'océan, coupée par la frange étincelante de la barre.

– Vuelve, amor mio, supplie inlassablement la voix rauque, dominant les hoquets de la guitare.

Cela provient d'en face. La maison ressemble aux autres, revêtement squameux, couverture de tôle rouillée, petites baies carrées que fractionnent deux barres de fer curieusement galbées à la sévillane. Un rideau de perles protège l'entrée, au-dessus de laquelle un écriteau, don de Coca-Cola, indique simplement : « BAR ».

– Vuelve, amor mio.

Ménestrol perçoit à présent très bien la rumeur de conversations des clients. Il épie une dernière fois la route, à gauche, à droite. Le cycliste a mis pied à terre et semble captivé par la contemplation de ses larges paturons gainés de sandalettes en plastique crème.

A bonne allure, Ménestrol traverse la rue, il écarte les fils du rideau. La salle est enfumée et bruyante. Des hommes boivent au comptoir, d'autres jouent aux dames ou aux cartes, assis à des tables de fer. La diva enrouée est là en chair et en os, appuyée contre le juke-box, un verre de pina-colada laiteux à la main. C'est une Noire dodue, coiffée à la rasta. Sa robe d'indienne tendue à craquer lui rase la naissance des fesses.

Les conversations se sont taries, tous regardent venir l'étranger. Ménestrol s'avance vers le comptoir, derrière lequel officie un mulâtre chauve au visage en lame de couteau.

– Buenos dias, señor. Podria llamar por telefono? Para el extranjero[1].

Son espagnol n'est peut-être pas très académique, mais il se fait comprendre. L'homme l'examine un moment, dans le silence général qu'occupent seuls la musique du juke-box et le raclement alangui du ventilateur. Puis il désigne une porte aux planches disjointes au fond de la pièce :

– La cabina esta alla[2].

Alain extrait un billet de son portefeuille :

– No tengo cambio[3].

Le type fait un geste, un tiroir sous la tablette se libère avec un grelot. Le mulâtre y plonge la main, la ressort et se met à semer les « cents » un à un sur le comptoir, sans un mot, l'œil rivé sur son vis-à-vis.

1. Bonjour, monsieur. Je pourrais téléphoner? C'est pour l'étranger.
2. La cabine est là-bas.
3. Je n'ai pas de monnaie.

– Alto! Esta bien[1], dit Alain.

Il ramasse les pièces, tend le billet :

– Guarde la moneda.

– Gracias, señor[2], dit l'homme, imperturbable.

Alain se fraie un chemin parmi les buveurs toujours muets, frôlant au passage la muse des bouis-bouis, qui lui décoche un regard gluant. Il pousse le battant, entre, referme. Un réduit malodorant et torride, tout en longueur, chichement éclairé par une sorte d'oculus au ras du plafond. Le téléphone est accroché au mur du fond.

Ménestrol se hisse à bout de bras, son visage parvient à la hauteur de l'ouverture. Une arrière-cour encombrée. Parmi les cartons de bouteilles vides et les cageots dégorgeant leurs détritus, un gamin en guenilles, qui sans doute y cherchait sa provende, lève les yeux, aperçoit la tête flottant sous le toit. Il se redresse et observe avec curiosité le phénomène en se décrottant le nez.

Ménestrol retombe sur ses pieds. Il décroche le combiné, introduit ses pièces, fait un numéro. Il attend, en suivant le manège d'un cafard pataud qui évolue sur la paroi poisseuse, barbouillée de graffitis licencieux. Dans le bar derrière lui, le volume sonore a grossi, les buveurs et leur égérie fessue sont engagés dans une discussion très vive, la femme lâche un rire hystérique, dit quelque chose, on applaudit.

Le correspondant est en ligne.

– C'est moi, dit Ménestrol. Oui, ça y est... D'accord. Mais avant je dois l'appeler... Mais oui, soyez tranquille.

Le correspondant met fin à l'échange. Ménestrol

1. Ça ira!
2. Gardez le tout. – Merci, monsieur.

rajoute des « cents », commence à former un autre numéro. Il suspend l'opération, lit sa montre. 2 h 15. 19 heures et quart en France. Que peut-elle faire un dimanche soir de décembre ? Elle est certainement rentrée, elle a couché Nicolas... Non, Nicolas est chez sa grand-mère. Patricia a déjà dîné, chipoté plutôt, il la connaît, du rondement expédié dès qu'elle est seule ! Elle est devant la télé, ou elle écoute un disque. Il sourit. « Pompier de circonstance », peut-être, elle doit faire sa cure de morceaux à problèmes pendant qu'il est absent ! Il se remet à composer le numéro. S'arrête une fois encore, réfléchit, raccroche. Un instinct. Pas à ce moment, il ne faut pas qu'il l'appelle chez elle. Hans. Il va charger Hans de prendre contact.

Il avance la main vers le combiné, se fige. Une voiture a freiné tout près, des portières claquent. Ménestrol court jusqu'à la porte et épie entre les planches. Les consommateurs se sont écartés du comptoir et forment un cercle hilare, au centre duquel la Noire se contorsionne, pieds nus, bras à la verticale, la croupe tressautant au rythme des battements de mains.

Mais Ménestrol ne s'intéresse pas à la fille, il ne voit que les deux types debout devant le rideau de perles, même costume de lin blanc chiffonné, même panama vaste, incliné sur le front. Eux aussi admirent l'artiste et tapent dans leurs mains avec bonne humeur.

Ménestrol recule et balaie du regard l'un après l'autre les murs crasseux du cagibi. La sueur comme un acide lui brûle les pupilles. Il est fait comme un rat ! D'ici à quelques secondes, les deux hommes seront derrière la porte. A côté, les claquements de mains s'accélèrent, les mâles allumés croisent encouragements et commentaires salaces.

Ménestrol s'est arrêté au fond du réduit et observe fixement la lucarne découpant son rond de ciel bleu, au bord duquel le cafard est à présent posé, comme une grosse verrue.

24

22 décembre. – Aix-en-Provence
19 heures 20

– Asseyez-vous, monsieur le Président. Ici nous pourrons causer.

C'était un petit théâtre vieillot, à l'ornementation tarabiscotée. Le parterre était garni de très jeunes enfants qui vibraient aux prestations des artistes se succédant sur le plateau décoré dans la tradition de la fête. Les parents s'entassaient dans le fond de la salle.

Julien Desfossés venait de s'installer dans une des loges avancées dominant la scène, en compagnie d'un autre homme à l'allure circonspecte, la cinquantaine, visage ascétique de moine guerrier. Ce dernier s'était placé légèrement en retrait de son interlocuteur, de sorte que sa tête et son buste demeuraient dans la pénombre. Les loges voisines étaient inoccupées.

– Les informations qui vont suivre, commença l'inconnu, sont, il va sans dire, strictement confidentielles, et je n'ai été autorisé à vous les livrer que dans l'espoir que cette communication évitera à des personnes très estimables des démarches inconsidérées dont elles seraient les premières victimes. Vous avez bien voulu me confier les inquiétudes du médecin général Moutier concernant son filleul Alain Ménestrol. Je vais essayer de vous éclairer. Je souhaite, monsieur le Président, que retrouvant votre ami vous fassiez de ces renseignements un usage responsable : vous lui épargnerez sans doute de nouvelles épreuves.

Sur la scène deux clowns échangeaient leurs habituelles facéties et la salle s'esclaffait. L'inconnu feignit de s'intéresser au spectacle, puis il reprit :

– Je résume à grands traits. Il y a environ dix-huit mois, on détecte à l'ambassade française à Athènes la présence d'une « taupe », travaillant pour un pays de l'Est. Après une enquête discrète, le coupable est identifié et démasqué. Il passe aux aveux.

Il s'arrêta. Les deux clowns avant de se retirer effectuaient un tour de piste sur le dos l'un de l'autre, déchaînant les acclamations. L'homme attendit que le tumulte se fût calmé avant d'annoncer :

– Il s'agissait d'un attaché naval adjoint, le lieutenant de vaisseau Ménestrol.

– Mon Dieu, murmura Desfossés, ce n'est pas possible !

Il était atterré.

– Rien dans l'éducation, les habitudes de vie de Ménestrol, ses idées...

– Je ne crois pas avoir parlé de motivations idéologiques, coupa l'inconnu d'un ton impatient. Elles le sont rarement, dans ces situations. En tout cas, le sort promis à l'officier est clair : arrestation immédiate, procès en trahison, très lourde condamnation, dégradation militaire, etc. On va pourtant lui faire une fleur, extraordinaire. On lui propose, sans qu'il ait rien à modifier en apparence à son engagement antérieur, de passer sous le contrôle du Deuxième Bureau français, dont il recevra désormais les directives. Ménestrol bien entendu accepte la transaction. Durant plusieurs mois, sous le nom de code de Robin, il s'acquitte correctement de sa mission.

Un magicien avait surgi sur le plateau, longue robe à traîne saupoudrée d'étoiles, haut chapeau conique, baguette dorée, et entreprenait une série de manipulations, écharpes multicolores extraites de ses manches, colombes qu'il faisait s'envoler à volonté d'une gigantesque boule de Noël rutilante de cristaux. Les enfants saluaient d'exclamations chacune des merveilles.

– Je peux vous poser une question, monsieur? dit Desfossés.

– Je vous en prie.

– Les supérieurs hiérarchiques de Ménestrol ont-ils été au courant, à quelque moment, de ses activités parallèles?

– La réponse est non, évidemment : nous ne mêlons jamais les cartes. Je termine. Au début de cette année, revirement brutal : Ménestrol fait savoir à son contact dans le réseau qu'il met fin à sa collaboration, qu'il a décidé de demander sa réintégration dans son corps d'origine, la Marine. On a encore besoin de ses services là-bas, on le lui dit, on lui rappelle les termes de la convention. Mais il repousse tout accommodement, se pose en victime, menace. Ses chefs auront bientôt la conviction qu'il a déjà brûlé ses vaisseaux en révélant à la centrale étrangère qui l'utilisait sa situation d'agent « retourné ». Le problème posé par cette défection est d'autant plus préoccupant que Robin, il ne se fait pas faute de le souligner lui-même, se trouve détenir des pièces de première importance qui, à tout moment et de façon incontrôlable, l'équilibre psychique de la personne étant manifestement atteint, risquent de passer en d'autres mains. Devant ce danger précis, la sentence va tomber, au plus haut niveau : ordre est donné de neutraliser l'agent Robin.

Desfossés eut un haut-le-corps :

– Neutraliser... Vous voulez dire...

– Oui.

Un silence. Puis Desfossés observa, d'une voix déformée par l'émotion :

– Ménestrol serait donc condamné, sans avoir eu de juges... Pourquoi, lorsqu'il a rompu le contrat qui le liait aux Services français, ne pas l'avoir déféré devant une juridiction militaire ? Il était encore temps.

La réplique se fit attendre plusieurs secondes. Sur la scène, le magicien dessinait avec sa baguette de larges paraboles, semant une poussière d'or dont les arabesques s'entrecroisaient dans l'air.

– Face à une alternative délicate, dit l'inconnu, on choisit le moindre mal. Les responsables avaient déjà eu à en débattre, au début de l'affaire. Rappelez-vous la mansuétude dont Ménestrol a bénéficié alors : elle ne procédait en fait que de l'appréciation réaliste d'une situation donnée. La même analyse lucide justifie la solution retenue pour régler définitivement le cas Ménestrol, dans la mesure où il est apparu que la priorité était d'éviter un scandale dont pâtiraient les plus grands intérêts, ceux de l'Etat, ceux de la Marine, sans parler de l'honneur de l'intéressé et de sa famille. Parti pris qui explique d'ailleurs, autant que le hasard et que l'exceptionnelle pugnacité du sujet, les difficultés auxquelles se heurte l'opération en cours et les quelques faux pas déjà constatés.

L'opération en cours... Les épaules étroites de Desfossés furent agitées par un frisson nerveux. Il se cala au fond du fauteuil. Le magicien tournait maintenant le dos au public. Les lumières s'éteignirent, seule était visible la trace phosphorescente de la baguette, qui avait l'air d'écrire, lentement. D'immenses lettres commençaient à se former à la hauteur des cintres.

Au milieu du silence recueilli, la voix de Julien Desfossés prononça dans un souffle :

– Qui est Vassili Zacharias ?

L'inconnu ne put maîtriser un tressaillement. La riposte cette fois vint aussitôt, glacée :

– Nous considérerons, monsieur le Président, que vous n'avez jamais entendu ce nom. Me suis-je bien fait comprendre ?

– Tout à fait, dit Desfossés.

L'enchanteur avait fini de tracer ses signes. Au-dessus de la scène flottait l'inscription :

JOYEUX NOËL À TOUS LES ENFANTS DU MONDE

Un coup de cymbales, les lumières réapparurent, le magicien saluait, tandis qu'un piano attaquait « O Tannenbaum », les enfants ovationnaient l'artiste.

Dans la loge les deux hommes s'étaient mis debout et applaudissaient.

DEUXIÈME PARTIE

Les soleils morts

25

23 décembre. – Toulon

Les bureaux du BLF à Brest n'ouvraient qu'à 9 heures.

A 9 heures 3, Patricia était en ligne. Elle l'obtenait enfin, ce fichu numéro ! Mais le marin de service ne manqua pas de lui rappeler que du fait des fuseaux horaires elle aurait encore à s'armer de patience : à Porto Rico il n'était que 4 heures ! Une belle rallonge d'énervement en perspective.

Depuis le lever, elle avait les nerfs en pelote. Elle se répéta qu'il n'y avait pas de quoi en faire une tartine, que le scénario se reproduisait quasi immuable chaque fois qu'elle était indisposée : coups de poignard au ventre, élancements de fièvre, sueurs froides, irritabilité à fleur de peau, elle était tout bonnement en train de payer à la nature son écot mensuel. Le pauvre Grizzly l'avait éprouvé à ses dépens tout à l'heure, qui pour avoir effleuré son mollet nu s'était fait rembarrer comme un vulgaire rôdeur de gouttières.

Benoît également devait encore porter les traces de griffes de sa voisine. Il n'était pas plus de 8 heures, elle était à sa toilette, quand il avait sonné. Raide comme un passe-lacet, l'air plus sphinx que jamais, il lui avait tendu un carton de lait en grommelant d'une voix caverneuse :

– Qui règle ses dettes s'enrichit.

Elle lui avait claqué la porte au nez, en se disant que ce cloporte allait lui porter la poisse.

La salle baignait encore dans une pénombre triste. Patricia alluma son énième Craven et jeta un regard maussade sur la calotte dure du ciel, sans un nuage, gratté jusqu'à l'os par le mistral. Quelque part un auvent de balcon claquait avec un bruit d'ailes. Elle se rappelait son état d'âme le matin du samedi précédent. Tout alors paraissait limpide ! Dans trois heures elle aurait Alain, qu'est-ce qui la tracassait ? La réponse vint aussitôt dans sa tête :

« On attend, on attend... Et au bout, quelquefois, il n'y a rien ! »

La réflexion énigmatique de Jonathan, deux jours plus tôt.

Elle se cabra, se fustigea. T'as tes règles, ma fille, cherche pas ailleurs ! Corps meurtri, moral affaibli, c'est la loi ! Non, elle n'avait aucun motif d'avoir des idées noires ce matin, elle était victime d'une conjonction malencontreuse de facteurs hétérogènes. Et elle énuméra pêle-mêle les coupables, Benoît, Jonathan, la plaie ouverte au bas de son ventre et ce vent pernicieux qui oppressait et affolait. Elle crut s'être rassérénée.

La sonnerie du téléphone la traversa comme une décharge électrique. La cigarette échappa de ses doigts. Elle la ramassa prestement sur le tapis, la balança en passant dans un cendrier.

– Allô ?

C'était Roland Moutier et aux premières harmoniques de la voix amie, le cœur de Patricia se mit à sauter. Pressentiment d'un événement fâcheux. L'écouteur battait contre son oreille.

– Désolé d'être si matinal, Patricia, mais je ne pouvais guère attendre davantage. Je vous ai obtenu un entretien à 10 heures 30 aujourd'hui avec le commandant de Fourvière, à la Préfecture maritime.

– Pourquoi ? Il est arrivé quelque chose à Alain ?

Elle ressentit comme un direct au foie la minuscule hésitation de Moutier, qui répondait pourtant avec un enjouement apprêté :

– Mais non, mais non ! Mais il est important que vous voyiez de Fourvière. C'est un garçon très qualifié, le plus à même de vous conseiller.

– De me conseiller..., répéta-t-elle d'un ton de robot.

Elle continuait à ne pas saisir la signification de tout ceci, ou plutôt oui, elle comprenait que son instinct ne l'avait pas trompée. Dans son cerveau, une voix impitoyable récitait : « Quelque chose est arrivé à Alain, quelque chose... »

– Pat ? Vous êtes là ?

Il s'inquiétait de son silence.

– Oui, monsieur Moutier.

– Gardez le moral, Pat. Tout finira par s'arranger, il y aura une solution, je vous le promets !

Il débordait de gentillesse et chacune de ses phrases enfonçait le clou, la crucifiait. Elle sanglotait maintenant, comme une gosse, insensible aux admonestations de Moutier qui là-bas s'évertuait :

– Pat, ma petite, je vous en prie, ne pleurez pas ! Il ne faut pas pleurer, mon enfant, allons, il ne faut pas...

De Fourvière vint l'accueillir à la porte, s'inclina, l'invita à entrer, lui avança un siège. Derrière, le planton refermait discrètement.

Debout, les doigts posés sur le grand bureau de chêne poli comme un miroir, l'officier se concentrait. Il avait le cuir buriné, des pupilles claires sous les sourcils en buissons. L'uniforme bien coupé soulignait une aisance de maintien qu'on devinait innée.

De Fourvière observait, l'air grave, l'élégante jeune femme en loden marine et feutre rouge, assise devant lui à la lisière du fauteuil, ses mains gantées de blanc étalées sur ses cuisses. On l'avait prévenu qu'elle était jolie, le mot lui paraissait faible. Elle ne le quittait pas des yeux, il la sentait nouée d'appréhension, il remarquait la palpitation de sa poitrine.

– Madame Ménestrol, commença-t-il, j'ai à vous transmettre des nouvelles préoccupantes. Le lieutenant de vaisseau Ménestrol, descendu à terre hier matin, à l'escale de San Juan de Porto Rico, n'a pas regagné le bord à l'heure où il devait prendre son service.

Elle se redressa d'une détente, jeta dans un cri :

– Ils l'ont tué! Je le savais, je le savais!

Ses deux mains plaquées contre son sein chiffonnaient l'étoffe du loden convulsivement. Son front, ses joues avaient pris une pâleur cadavérique, qui inquiéta de Fourvière.

– Je vous en conjure, madame, calmez-vous! Vous vous méprenez complètement. Allons, calmez-vous, asseyez-vous. Je vous en prie...

Elle retomba sur le siège, enfouit sa figure dans ses mains, ne bougea plus. De Fourvière la considérait avec sympathie. La broussaille de ses sourcils très noirs frémissait.

– Reprenez-vous, madame Ménestrol. Votre mari est bien vivant, j'en ai l'absolue conviction!

Patricia dévoila lentement son visage et il eut le cœur étreint devant les ravages que le chagrin y avait déjà opérés.

– Je ne vous aurais pas appelée si tôt, sans la démarche de votre parent, monsieur Moutier, ce matin. Il nous a rapporté certains détails qu'il avait omis lors de sa première intervention et qui recoupaient nos propres informations. Il nous a semblé utile de vous rencontrer. Dans cette affaire, il importe que nous agissions la main dans la main. Donc, une fois encore, je vous en supplie, gardez votre sang-froid. Promettez-moi de m'écouter jusqu'au bout.

Elle fit oui de la tête, sans un mot. Elle était comme un animal assommé, elle regardait le tablier luisant du bureau, fixement.

Il s'assit, prit dans un tiroir une mince chemise cartonnée qu'il ouvrit sur le sous-main. Il exposa les faits. La *Jeanne* était à quai à San Juan depuis l'avant-veille 9 heures. Ce jour-là, Ménestrol n'était pas descendu à terre. Aux collègues qui l'invitaient à les accompagner il avait répondu qu'il ne se sentait pas en forme, qu'il préférait se reposer. Toute la journée du samedi, il était resté confiné dans sa cabine, en dehors des repas, au cours desquels il s'était montré très peu loquace, mais c'était chez lui une attitude assez fréquente et nul ne s'en était alarmé.

Le dimanche matin, il avait débarqué à 9 heures, seul. Ses meilleurs camarades n'avaient pas passé la nuit à bord, Bonenfant, par exemple, qui, était permissionnaire jusqu'à sa prise de quart le lundi à

4 heures. A midi, heure où débutait son service, on avait constaté son absence. On ne l'avait plus revu. Aucun des marins descendus à San Juan ne l'avait aperçu en ville. Sa cabine était en ordre, il ne paraissait avoir emporté aucun objet personnel. On notait que lorsque le représentant de l'agent consulaire était monté à bord le matin de l'arrivée, Ménestrol avait pris sa dotation réglementaire de devises, sans demander à changer de l'argent français, comme beaucoup le faisaient en prévision de dépenses exceptionnelles à l'escale.

Donc, résumait de Fourvière, depuis le dimanche après-midi, l'affaire préoccupait l'état-major du navire, qui rattachait cette défection à certains comportements antérieurs de Ménestrol, mis en lumière par les premières investigations. Les préfectures maritimes de Brest et de Toulon avaient été prévenues dans la nuit. Il avait été décidé de ne pas divulguer pour le moment la disparition. Lorsqu'il avait téléphoné, à 8 heures 30, Roland Moutier l'ignorait, bien entendu, et pourtant son inquiétude était criante, bien qu'il se déclarât incapable de la motiver. On s'était remémoré une précédente requête de sa part, concernant spécialement le séjour de Ménestrol en Grèce. Après l'avoir avisé de la situation, on avait pensé qu'il convenait d'en informer également l'épouse de l'intéressé. Moutier avait accepté de servir d'intermédiaire.

Patricia avait suivi le récit de l'officier sans intervenir une seule fois. Son visage, tout à l'heure exsangue, s'était empourpré, une lueur de fièvre dansait dans ses yeux, et de Fourvière, gêné, se remit debout, fit quelques pas mains au dos derrière le bureau.

– J'y faisais allusion à l'instant : la conduite d'Alain Ménestrol depuis le départ de Brest a frappé ses familiers. Je veux parler de ses variations d'humeur, longues périodes de repliement taciturne, coupées de brèves poussées d'exubérance quasi exaltées.

Il s'arrêta, croisa les bras, pivota sur ses talons.

– Pourquoi votre réflexion tout à l'heure? Quelqu'un aurait pu en vouloir à votre mari?

– Je ne sais pas, murmura Patricia. Il était comme un être traqué.

– Traqué? Mais par qui?

Elle eut un mouvement d'épaules impatient :

– J'espérais que vous m'aideriez à comprendre. Que s'est-il passé à Athènes?

De Fourvière se grattait la pommette.

– Ainsi que nous l'avons expliqué à votre parent, rien, à notre connaissance, au cours du détachement en Grèce du lieutenant de vaisseau Ménestrol...

– Vous vous trompez! coupa-t-elle. Vous vous trompez tous! Ou vous ne voulez pas voir!

– Madame Ménestrol, je vous en prie!

– Athènes a fait de mon mari un autre homme! Alain avait peur, monsieur, depuis son retour, et il avait raison d'avoir peur : voyez tout ce qui lui est arrivé.

– Je suis au courant de ces incidents, dit de Fourvière calmement.

Il se rassit.

– Mais où est le fil conducteur? Il n'y en a point, madame Ménestrol! On est condamnés à interpréter, de manière forcément subjective.

Patricia réfléchissait, l'air buté.

– Pourquoi, d'après vous, Alain n'a-t-il pas regagné la *Jeanne*?

L'officier écarta les mains :

– Diverses hypothèses viennent à l'esprit. La plus rassurante, si j'ose dire : votre mari, madame, est réellement touché, nerveusement s'entend. Une espèce de maladie de la persécution qui, pardonnez-moi, aurait d'une certaine façon déteint sur ses proches : le syndrome est parfois contagieux. A l'autre extrême du champ des suppositions...

Il hésita, scruta le visage déchiré, dit avec une douceur attentive :

– Tout n'aurait été qu'une façade mise en place pour couvrir sa fuite...

– Sa fuite ?

Il confirma, d'un frémissement de paupières :

– Il n'est pas exclu que le lieutenant de vaisseau Ménestrol ait commis une... une grave imprudence.

– Quel type d'imprudence ?

Il éluda la question. Il avait saisi un coupe-papier en forme de dague et tambourinait contre le sous-main.

– Pour l'heure et plutôt que d'envisager une désertion...

Le mot la fit sursauter. Elle toisa l'officier, choquée, pleine de ressentiment. De Fourvière eut une grimace consternée et martela de plus belle le sous-main.

– La *Jeanne* est à quai à San Juan pour trois jours encore. Nous faisons mener une enquête très discrète en collaboration avec les autorités locales. Je vous demanderai, madame, de ne parler de ceci à personne, même pas à vos intimes. Dans l'intérêt de tous, et d'abord de votre mari.

Il se leva, imité par Patricia.

– De notre côté, ajouta-t-il, soyez assurée que rien ne filtrera.

Il l'accompagna jusqu'à la porte.

– Si jamais il vous contacte, dites-lui... (La voix vibrait, chaleureuse.) Obtenez de lui qu'il retrouve le chemin du devoir et de la raison! Je peux compter sur vous, madame Ménestrol?

... De Fourvière regardait le siège vide. Il lui semblait que la pièce s'était assombrie. Il avait la gorge serrée, un poids sur l'estomac, comme s'il avait été le complice d'un mauvais coup. Il décrocha le téléphone, forma un numéro qu'il avait griffonné sur le bloc du bureau.

– De Fourvière... Oui, elle me quitte à l'instant... Très mal. Et pour moi... Oh non, ça n'a pas été facile!... Je vous comprends. Je suis sincèrement navré pour vous, monsieur Moutier.

26

POUR la troisième fois, le timbre de la porte étira sa note stridente. Appel à l'aide, SOS pathétique de naufragé en perdition. Et la maison, solidaire, amplifiait le cri, et grondait.

Appuyé au chambranle de la porte du hall, retenant son souffle comme un garnement terrorisé, Moutier écoutait le grelot qui se prolongeait. Il ne pouvait pas la recevoir, pas dans cet état, il ne pouvait pas lui montrer son visage, les mots qu'il lui dirait... Il ne saurait pas lui mentir.

La sonnerie se tut. Des chaussures piétinaient le ciment de l'étroit perron. Il perçut le claquement de talons picotant les marches, un grésillement de gravillons froissés. Elle s'en allait, enfin!

Moutier se décolla du chambranle, il pénétra en courant dans le salon, se posta derrière le rideau au coin d'une des fenêtres. Il vit le manteau marine qui remontait l'allée, très lentement. Le vent plaquait le vêtement contre le corps gracile. A gauche, une des branches du cyprès raclait le pignon avec des grincements de poulie.

Patricia ouvrit le portail, sortit, et Moutier eut un mouvement instinctif de recul quand elle se retourna pour refermer. Elle observa la demeure déserte, tourna le dos et disparut. Quelque temps après, il entendit le grondement d'un moteur qui démarrait. Le bruit s'éteignit. Pendant plusieurs secondes encore, Moutier ne bougea pas, l'œil sur la grille de fer noir où la forme bleue et rouge s'était effacée, écoutant, méfiant, des rumeurs lointaines.

Il prit conscience qu'il était seul, figé dans une faction imbécile. Il se retourna et posa sur le salon un regard halluciné. Le silence, hostile, qu'occupait le grignotement de la pendulette sur la cheminée. Il marcha vers le bar-bibliothèque en roulant, jambes écartées, comme un homme ivre. Il en retira un flacon de cognac, un verre ballon, il se servit debout, jeta l'alcool comme un liniment dans sa gorge desséchée. Ses yeux cependant passaient en revue le décor familier, les photographies de navires aux murs, les souvenirs de ports lointains, posés sur les meubles d'acajou sculptés. Il vida le verre.

Du même pas chaloupé il gagna sa chambre. Il ouvrit un des tiroirs du coffre-commode, fouilla parmi du linge, mit à jour un petit revolver à barillet emmailloté d'un tissu d'éponge, qu'il dégarnit. Il le serra dans sa main. Ses oreilles sifflaient, une sueur d'angoisse glaçait ses joues. Il leva les yeux. Au centre de la commode, il y avait deux photos côte à côte, dans le même cadre de cuir noir : le capitaine de frégate Ménestrol et son fils en uniforme de midship. « Je te demande pardon, Raphaël, dit Moutier à mi-voix. J'avais juré que je veillerais sur lui. Et je n'ai pas su. Pardon. »

Il examina avec étonnement l'arme dans son poing, à quelques centimètres de son visage. « Non respect de contrat. A été déclaré coupable. La mort. » Oui, j'ai trahi moi aussi, je répare, je rature cette tache.

Un frisson lui secoua le corps. Il s'entendit se traiter de lâche. Lâcheté devant Patricia, à qui il avait fermé sa porte, lâcheté parce qu'il se couchait sans se battre, une mort bien commode, mais qui ne réglait rien. Elle était une insulte à Raphaël autant qu'à son fils.

Moutier rejeta avec colère l'arme au fond du tiroir, referma à clé. « Alain n'est pas un déserteur! Je suis de son côté, même s'il a tout contre lui! »

Il se morigénait maintenant de son moment de faiblesse. Alain était la victime d'un complot, il en était persuadé. Et lui, son presque père, il avait failli hurler avec la meute, parapher la machination, l'authentifier : la balle dans la gorge comme signature! Celle de Judas. « Alain n'est pas un déserteur! » Qu'une pensée pareille l'eût seulement effleuré l'emplissait de honte. C'était biffer tout ce dont il avait déjà été le confident ou le témoin, la supplication dans les yeux du jeune officier le soir du bal de l'Amirauté, les soucis de Patricia, et ce message de Gilbert Gabel partant à son rendez-vous avec Zacharias Vassili.

« Si ça marchait moins bien que prévu... Alors à vous d'aviser... »

Cela avait mal marché pour Gabel – les innombrables appels de Moutier depuis la veille étaient tombés dans une maison vide – on avait déjà réussi à étouffer ce cri-là. Pour toujours sans doute.

Il revint dans le salon, le sang à la tête, le cœur gonflé de révolte. Alain plus que jamais était en danger, il fallait agir, agir vite et fort! Sans tenir compte des risques pour lui-même, des intérêts à déranger, des bonnes consciences à secouer. Il s'exaltait, fiévreux. Soixante et onze ans sous peu, une vie déjà au ralenti, un tas de manies de vieil ours solitaire, le ronron des jours, et bientôt Cécile, la sécurité replâtrée d'un foyer bourgeois, les derniers feux de l'âge déclinant, d'autres routines... De tout cela il se désengluait. On verrait plus tard! Pour le moment il servait, il s'impliquait, il affrontait à bras-le-corps un problème d'homme. Comme autrefois.

Moutier réfléchit. La priorité des priorités, reprendre langue avec Desfossés. Julien n'avait pas rappelé la veille, mais en fait Moutier ne savait rien de ses dernières démarches. Régler d'abord ce point, tout mettre sur la table. Et après cap au large!

Il fit le numéro de téléphone du Président Desfossés, obtint sur-le-champ son ami. Un ami ennuyé, lui sembla-t-il de prime abord, se cherchant des excuses, comme pris en faute.

– Je m'étais montré bien présomptueux, Roland. La personne dont j'attendais monts et merveilles au bout du compte ne savait rien. Raison pour laquelle je n'ai pas cru indispensable de te téléphoner hier.

– Tu aurais pu, dit Moutier. Moi par contre j'ai du nouveau. Alain, mon filleul... (Et qu'il aille se faire foutre, le petit Fourvière, et sa hantise du huis clos!) Alain a disparu à l'escale de San Juan de Porto Rico.

– Quoi?

– Oui, porté manquant au registre de bord, si tu préfères. L'affaire n'a pas encore été annoncée officiellement, on enquête, paraît-il. J'avoue que je comptais un peu sur tes tuyaux. Tant pis. A moi donc de jouer. Alain est en train de couler, moralement, physiquement, il a besoin de moi. Je fonce.

Desfossés paraissait secoué par ce qu'il avait appris. Il dit, en butant sur les mots :

– Mais toi... comment espères-tu... que peux-tu faire?

– Tout. Attaquer le problème au seul niveau qui compte : le plus haut. Placer Alain sous la protection de son mandataire naturel, la Marine. Et si ça ne suffit pas, désolé : les flics ça concerne aussi les honnêtes gens!

Un silence. Et Desfossés d'une voix changée :

– Roland, je pense que tu vas faire une connerie. Et qui ne servira à rien.

Moutier écouta résonner les paroles dans sa tête, sans d'abord comprendre. Puis il réagit. Avec une brusquerie qui dissimulait mal son anxiété, il dit :

– Toi, bonhomme, tu as appris des choses, et tu n'oses pas les dire! Qu'est-ce que c'est? Pas de boniments, mon vieux! Pas avec moi! J'ai le droit de savoir, de tout savoir! Tout de suite!

Une nouvelle attente. La respiration rapide de Desfossés, une sorte de grommellement du bout des lèvres. Et l'aveu qui passait, extorqué :

– Des faits d'une exceptionnelle gravité.

– Concernant Alain?

– Oui.

– Quoi?

– Je ne peux pas te le dire.

– Tu crois ça? Et moi j'exige que tu parles!

– Non, Roland, pas comme ça, quelques phrases sèches et le mal est fait, et...

– Parfait. Alors je viens!

– Roland, écoute-moi...

– Je serai à Peyrolles dans deux heures.

Il raccrocha, expulsa l'air de ses poumons avec

force. La glace lui offrait la même image tourmentée. Mais le regard était résolu, les muscles roulaient sous les maxillaires serrés.

Il alla prendre son manteau dans la garde-robe, descendit au garage.

27

En quittant de Fourvière, Patricia n'avait qu'une idée : revoir au plus vite Roland Moutier. Mais il lui avait d'abord fallu remonter les interminables couloirs de la Préfecture maritime, escortée par la jeune auxiliaire que l'officier avait chargée de l'accompagner. Impression que du fond des bureaux ouverts tous la regardaient s'en aller avec commisération : « C'est l'épouse du lieutenant de vaisseau Ménestrol qui... » Pour un peu elle aurait enfoncé la tête dans son manteau, pareille aux malfaiteurs qu'on emmène menottes aux mains et qui dissimulent leur visage.

La halte au poste de garde avait été pénible. Pendant que le gendarme maritime récupérait le badge d'autorisation et lui rendait ses papiers d'identité, elle avait gardé le front baissé comme une voleuse. Dehors, elle s'était mise à courir, croyant encore sentir sur sa nuque le regard lourd des deux factionnaires, qui l'accompagnait dans sa fuite jusqu'à la 205 garée rue de la Darse, face à la Préfecture.

Elle mit en route aussitôt, fila impasse de la Baptistine, pour constater que le parrain d'Alain était absent. Ce nouveau coup du sort fit déborder le vase, et à peine enfermée dans la voiture, elle eut une crise de larmes. Deux jeunes Maghrébins qui shootaient dans une boîte de petits pois sur le trottoir stoppèrent à sa hauteur et se penchèrent pour examiner la pleureuse à travers le pare-brise.

Elle s'en voulut de se donner en spectacle. Elle se calma, essuya ses yeux, se moucha, sourit aux enfants éberlués. Alain a besoin de moi. Qu'avait dit le commandant de Fourvière?

« Si jamais il vous contacte... »

La prise de conscience de cette éventualité lui fouetta le sang. Elle repartit, pied au plancher.

Elle casa au petit bonheur la 205 devant l'immeuble. Abouna, le gardien, vit passer le manteau bleu comme un météore. Elle pénétra dans l'appartement en trombe, bloqua serrure et verrou. Le loden et le chapeau ôtés, elle poussa un soupir d'aise, comme si elle avait mené à bien une tâche d'urgence. Sentiment de sécurité. La bonne tiédeur du foyer, les objets amicaux, les contorsions câlines de Grizzly... Elle se trouvait chez elle, dans le bastion solide, à sa place.

« Si jamais il vous contacte... »

Oui, Alain l'appellerait, forcément. Il était seul, entouré d'ennemis, il n'avait qu'elle. Elle attendrait, elle avait pris son quart elle aussi, elle était au poste, elle veillait...

Des minutes coulèrent. Et déjà sa résolution se lézardait. Comment demeurer le derrière vissé sur un siège, alors que le feu ronflait à la porte? Faire quelque chose. Et d'abord savoir. Elle détenait la référence téléphonique de la *Jeanne,* c'était l'occasion de s'en servir. 11 heures 35. A une heure aussi matinale là-bas, aurait-elle quelqu'un à la réception ?

Elle composa le numéro, improvisa ce qu'elle allait dire, pendant qu'elle pianotait sur les touches. La voix du standardiste, pressée, professionnelle :

– Porte-hélicoptères *Jeanne-d'Arc*, j'écoute.

– Pourrais-je joindre le lieutenant de vaisseau Bonenfant ?

– C'est de la part ?

– De son épouse.

– Un instant, s'il vous plaît, madame.

Bonenfant, le nom du meilleur camarade d'Alain sur la *Jeanne* s'était imposé à son esprit. Bonenfant lui dirait au moins si... Le standardiste reprenait :

– Je regrette, madame. Le lieutenant de vaisseau Bonenfant est de quart. Voulez-vous le redemander à partir de 8 heures 15, soit 13 heures 15 pour vous ? Ou préférez-vous lui laisser un message ?

Elle dit non, pas de message, merci, je rappellerai. Elle raccrocha, très dépitée. Le fil fragile cassé, à peine noué. Près de deux heures de nouvelles incertitudes, deux heures à se triturer la cervelle, aux prises avec elle-même. Elle ne le supporterait pas, il lui fallait quelqu'un à qui parler. Mme Ménestrol ? Pas question. Avec elle pas de tricherie possible. Or elle ne se sentait pas la force d'avouer la vérité à sa belle-mère :

– Depuis quarante-huit heures, votre fils...

Non, impossible. Mais Roland Moutier était sans doute rentré chez lui ? Elle se brancha aussitôt sur l'impasse de la Baptistine. Le chevrotement là-bas, qui se reproduisait, régulier, paisible, intolérable. Elle s'accorda une marge d'espoir, avant de céder devant l'évidence. Inconcevable qu'il ne soit pas à la maison. Il est peut-être allé se réfugier chez sa fiancée? songea-t-elle méchamment. Tout l'agaçait, tout était suspect. Bonenfant, Moutier, même silence. A croire qu'ils s'étaient donné le mot pour se défiler.

Elle se dit qu'elle était injuste et stupide. Oui, elle perdait la tête et elle étouffait. Respirer, voir des gens bouger et vivre, n'importe qui, ne pas rester seule.

Elle se rhabilla, attrapa son sac. Elle quitta l'appartement, sans savoir où elle allait.

– Comme c'est dommage! dit Chaumette. Xavière fait son marché.

Surpris en plein ménage, il tenait le plumeau à la main, un tablier à damiers roses et gris lui ceignait le ventre et il avait étalé sur son crâne en guise de bonnet un grand mouchoir blanc aux pointes assemblées.

– Entrez, dit-il. Vous allez l'attendre, si vous n'êtes pas trop pressée.

– Oh non, ne vous dérangez pas pour moi, dit Patricia. Je passais simplement.

C'était vrai, elle n'avait aucun motif particulier de voir Xavière. Chaumette remarquait enfin sa pâleur :

– Ça n'a pas l'air d'aller très fort, on dirait, madame Ménestrol?

Elle avait escaladé les six étages au pas de charge, négligeant l'ascenseur, elle haletait. Elle eut un début de faiblesse, posa sa main sur le chambranle.

– Vous devriez entrer vous reposer un moment, insista Chaumette.

Il dégoulinait de compassion, un très bon garçon sans aucun doute, se disait Patricia, mais elle déclina l'invitation, ils n'auraient rien à se dire. Elle remercia Chaumette, admit qu'elle s'était un peu asphyxiée en courant dans l'escalier, mais tout rentrait dans le rang.

– Encore merci, je vous laisse travailler, mes amitiés à Xavière.

Elle lui tourna le dos, redescendit, par l'ascenseur cette fois. En s'extrayant de l'immeuble, dans la lumière crue et froide, elle éprouva un nouveau malaise. Des papillons noirs voletaient devant ses yeux, ses jarrets fléchissaient, elle se dit qu'elle allait tomber. Elle avait eu tort de ne pas s'arrêter chez Chaumette quelques minutes.

Titubante, elle traversa la rue, en dehors des clous, manqua se faire accrocher par une camionnette de livraison. Elle entendit l'apostrophe coléreuse du chauffeur :

– Connasse !

Elle parvint à atteindre un bar, elle s'y engouffra, s'affala sur le premier siège inoccupé. Elle commanda un grand café noir. Elle était transie. Le liquide lui brûla l'estomac. Elle absorba sa tasse très vite, se sentit mieux. La pendule au-dessus du comptoir marquait 12 heures 5. Dans son cerveau une lueur clignota. Gilbert Gabel. Elle se souvint qu'elle s'était promis l'avant-veille de s'efforcer de le joindre à Egine. Gabel, une chance peut-être de rétablir une manière de contact avec Alain. Elle régla l'addition, se leva, réfléchit, en marchant vers la porte, qu'elle avait intérêt à passer par Poupy. Depuis deux jours la jeune femme pouvait avoir eu des nouvelles de son ami ?

A la boutique « Amphora » l'employée était seule : sa patronne, qui recevait pour les fêtes de la famille de Manosque, avait pris sa matinée. Voyant Patricia contrariée, la vendeuse lui suggéra de rencontrer Poupy à son domicile.

– Attendez. Je m'assure qu'elle est chez elle.

Elle appela. Poupy était bien au logis et faisait savoir qu'elle serait ravie de la visite. L'employée écrivit l'adresse sur un carton : rue des Frères-Blancard, ce n'était pas loin du quartier de Patricia, qui remercia et sortit du magasin. Elle remonta en voiture

... Poupy l'avait fait asseoir sur le canapé dans le coin salon. Elle avait pris place à côté d'elle, tout près, et posait sur Patricia un regard de clinicien.

– Qu'est-ce qui ne va pas? dit-elle d'une voix douce. Patricia, je peux quelque chose pour vous?

Dès ces premiers mots de sympathie vraie, Patricia fondit. La compagne de Gilbert pouvait tout entendre, elle était l'amie et la complice, presque la petite sœur. Patricia donc ne lui cacha rien.

Poupy l'avait laissée parler sans l'interrompre. Elle se leva :

– Vous avez l'air gelée, Patricia. Je vous fais un thé? un café?

– Oui, un café, je veux bien.

Poupy passa dans la kitchenette, s'activa à sa préparation, mit l'appareil en route. Elle revint s'asseoir.

– Je me souviens très bien des questions que vous avez posées à Gilbert la veille de son départ. Vous continuez à penser que Gil est à même de vous apporter quelque chose? Je veux dire, d'instantanément utilisable, compte tenu du contexte?

Patricia eut un geste accablé :

– Qui d'autre? Je n'ai personne.

Poupy attrapa un paquet de Royales, en offrit une à sa voisine, se servit. Le café commençait à glouglouter.

– Je vous l'ai déjà dit, reprit Poupy, je n'ai pas de nouvelles de Gilbert. Pas d'adresse non plus où l'atteindre.

– Mais par la CREDO?

Poupy souffla sèchement sa fumée.

– Oui, on peut encore tenter la chance.

Et devant l'expression surprise de Patricia :

– J'ai déjà essayé, dit-elle.

Elle consulta sa montre :

– 12 heures 35. Ça doit être ouvert, je crois qu'eux aussi ils font la journée continue.

Le téléphone était posé sur un guéridon mobile contre le canapé. Poupy fit rouler le meuble, décrocha le combiné, tapa un numéro. Après une hésitation, elle tendit à Patricia le second écouteur.

– La CREDO, à votre service, annonça une voix féminine.

– Bonjour, madame. Je vous téléphone au sujet d'un de vos collaborateurs, Gilbert Gabel, actuellement en service en Grèce, à l'île d'Egine.

– M. Gabel, parfaitement.

– Vous avez des nouvelles de lui?

– Des nouvelles? Un instant, je vous prie.

Elles l'entendirent qui annonçait la requête à la cantonade. Puis le son fut coupé durant quelques secondes. Et une voix d'homme, assez rude :

– Allô? C'est vous qui vous intéressez à M. Gabel? Vous êtes qui?

– Une amie de Gilbert.
– Je vois.
Une pause. L'écho étouffé d'un conciliabule. Et l'homme tranchait :
– Nous n'avons pas d'information particulière, madame, concernant Gilbert Gabel. Désolé. Pourquoi ne contactez-vous pas directement Egine ? Voulez-vous le numéro de téléphone du chantier ?
– Non, merci, ce ne sera pas nécessaire.
– Je regrette. Au revoir, madame.
Poupy replaça le combiné et l'écouteur dans leur logement avec une lenteur inusuelle.
– Je peux vous l'avouer maintenant : samedi matin, j'ai appelé Egine. Les bureaux étaient fermés, j'ai eu un répondeur, auquel j'ai dicté quelques mots pour Gilbert. A cette heure, il a logiquement eu mon message.
Du genou elle repoussa le meuble roulant.
– Il ne répondra pas.
Il y avait dans ces derniers mots une telle désespérance que Patricia la dévisagea stupéfaite.
– Pourquoi n'avez-vous pas dit au type de la CREDO qui vous étiez ?
En même temps elle songeait, moi aussi tout à l'heure au standardiste de la *Jeanne* j'ai caché mon nom.
Poupy secoua la tête :
– Qui suis-je ? J'ai été l'amie de Gil. Une discrète amie de cinq semaines. Voilà.
Un silence. Les gazouillements de la cafetière s'étaient tus.
– Vous l'aimez ?
Poupy se leva vivement sans répondre, s'isola dans la kitchenette. Elle réapparut avec un plateau

garni qu'elle posa sur la table basse. Elle emplit les deux tasses.

– Du lait?

– Merci, non, dit Patricia.

Poupy se rassit.

– Comme c'est bizarre la vie, remarqua-t-elle. Vous êtes venue me confier vos problèmes, vos très graves problèmes, sans imaginer que les miens n'en étaient pas très éloignés.

Elle prit l'une des tasses, mouilla ses lèvres au liquide.

– Je suis comme vous, Patricia. Moi aussi, j'attends, je guette un signe qui me prouve que...

Elle chercha le regard de sa visiteuse :

– Dites-moi que je me trompe! Dites-moi que si Gilbert n'a pas répondu à mon appel ce matin...

Elle n'acheva pas. Elle fit un petit geste désinvolte des doigts comme si elle regrettait sa sortie, se renversa contre le dossier. Elles finirent de boire leur café en silence.

Patricia s'était levée pour prendre congé.

– Qu'allez-vous faire? dit Poupy.

– Je ne sais pas. Essayer de revoir Roland Moutier, rentrer chez moi, attendre... Je ne sais pas.

– Si vous avez besoin de quoi que ce soit, n'hésitez pas. Je serai toujours là pour vous.

– Merci.

Elles s'embrassèrent.

– Courage, Patricia.

– A vous aussi.

– Oui, dit Poupy avec un sourire forcé, nous tenons assez à eux pour être courageuses!

Et Patricia était à nouveau dehors. Le jour était

devenu la nuit, plus d'étoiles, plus de boussole. Des mouettes au-dessus d'elle criaient à la mort.

Elle commença à marcher par les rues, ballottée comme un bouchon de liège sur la crête de la foule. Elle ne se rappelait même plus qu'elle avait une voiture, garée dans le quartier, quelque part.

28

23 décembre. – Peyrolles
13 heures 10

– Et il a même un nom de guerre ! Robin ! s'esclaffa Roland Moutier. Robin ! Ben, voyons ! Pourquoi pas « Robin Hood » ? C'est du roman-feuilleton, Julien ! Où as-tu pêché ça ?

– Je me suis engagé à ne pas révéler ma source, dit Desfossés. Une source parallèle, il va sans dire, mais que j'ai de bonnes raisons de croire sérieuse.

Le salon-boudoir des Desfossés à Peyrolles était vaste, lumineux, meublé en provençal, de solides vieux meubles de noyer, ventrus, fleurant le miel. Les deux hommes se faisaient face, assis au centre de la pièce dans des fauteuils à hauts dossiers cloutés de cuivre. Des parfums de pâtisserie chaude arrivaient de la cuisine. Dans un corridor des enfants se poursuivaient en glapissant et on entendit la voix de Marguerite Desfossés qui grondait :

– Cela suffit ! Allez-vous-en jouer dans la véranda !

Son coup de gueule donné, Moutier ne songeait

plus à fanfaronner. Il remâchait l'information, abasourdi, écrasé.

– Alain aurait travaillé pour les services de renseignements français à Athènes ? C'est aberrant !

Desfossés se contenta d'opiner d'un bref balancement de tête. Le pauvre garçon, songeait-il. Et encore Roland ne savait rien ! Il ne lui avait confié qu'une part des révélations de son informateur, la part favorable. La seule façon de calmer son ami, qu'il avait senti au téléphone mûr pour toutes les folies. Simple opération de retardement dont il mesurait les limites.

Moutier sondait sans bienveillance la figure lisse de son ami. Il a le masque d'un procurateur romain, songea-t-il fielleusement. Ponce Pilate devait avoir cette bobine, la moustache en moins.

– Gilbert Gabel avait déniché quelque chose, reprit-il. Il l'a peut-être payé de sa vie. Qui est Vassili ?

– Impossible de te répondre.

– Parce que tu refuses de me le dire ?

– Parce que je l'ignore, un point c'est tout.

Moutier réfléchissait, méfiant, la face tétanisée par des spasmes.

– Les problèmes actuels d'Alain seraient liés à cette histoire de tordus ?

Desfossés toussa menu au creux de sa main.

– Il est logique de le penser. Je dois, hélas, me limiter à la tranche d'informations qu'on a bien voulu me livrer. La portion congrue. C'est vraiment le monde du silence.

– Le monde de l'imposture, tu veux dire ! grinça Moutier. Un cloaque de paranoïaques !

Desfossés eut un geste benoît des deux mains écartées, qui pouvait à la rigueur passer pour un assentiment. Ponce Pilate, se répéta rageusement Moutier.

– Leurs lois en tout cas ne sont pas les nôtres, dit Desfossés. Face à eux, nous sommes bien désarmés.

Moutier s'enflamma tout rouge :

– Désarmés? Mais je rêve! Un homme est au péril de la mort, à des milliers de kilomètres de sa patrie, et on se contenterait de courber la tête et de pleurnicher, inch'Allah! Pas d'accord, Julien! Tu ne me feras pas manger de ce pain-là!

Sa voix par paliers s'était haussée, avait mué en fausset criard. Julien Desfossés lorgna craintivement vers la porte.

– Calme-toi, voyons! Mon Dieu, Roland, tu n'as pas changé : tout d'un bloc et fort du clapet! Bon, soyons réalistes. Qu'est-ce que tu proposes?

Moutier s'était maîtrisé.

– En premier lieu, je veux la lumière! La lumière seule peut encore assurer la sauvegarde de mon filleul. Alain n'est pas un espion de vocation, il est marin. A Athènes aussi il se trouvait en service commandé! J'affirme que, quoi qu'il ait entrepris, le lieutenant de vaisseau Ménestrol n'a pu agir sans le feu vert de ses chefs. S'il a commis des fautes, qu'on lui trouve des juges!

Desfossés médita plusieurs secondes, les lèvres contre l'arête de ses mains jointes, les deux index furetant dans les poils gris épars de sa moustache.

– Ce n'est peut-être pas si simple, dit-il. J'ai la conviction, l'absolue conviction, Roland, que l'ignorance des responsables que tu as interrogés n'était pas feinte. Mais comprends bien ceci. Même à supposer que les supérieurs de Ménestrol, à un moment quelconque, aient eu vent de ses activités, de *toutes* ses activités...

Il se pencha vers son ami, qu'il prit à témoin :

– La marine, Roland, est une vieille dame, très digne, très fière, très secrète. Chaleureuse aussi, capable d'aider un des siens dans l'épreuve...

Il rompit le contact, parut s'intéresser au sifflet perçant d'un minuteur qui appelait dans la cuisine. Très doucement il ajouta :

– L'Eglise aussi, autrefois, aimait bien ceux qu'elle abandonnait aux bûchers...

Moutier le dévisageait, interdit :

– Qu'est-ce que tu veux dire, avec ton Eglise ?

– Oh rien, fit Desfossés. Ce n'était qu'une image, une très mauvaise image.

Il regarda à nouveau son vis-à-vis avec sympathie :

– Je comprends ce que tu éprouves, Roland, sois-en certain.

– Alain est l'enfant de celui que je considérais comme mon frère. Enfin quoi, sacré Dieu, je ne vais pas laisser assassiner mon gosse ? Je vais crier, Julien, crier partout. J'exige la vérité ! Et qu'on abatte les cartes ! Toutes les cartes !

Desfossés eut un sourire contraint :

– Je doute que tu aies choisi la meilleure méthode. Et je n'ai guère confiance en tes capacités de diplomate !

Il soupira. Il devait absolument reprendre l'initiative. Encore gagner du temps.

– Bon. Laisse-moi me retourner. Je vais encore essayer de jouer les intermédiaires, je te promets d'essayer.

– Alors fais-le très vite, dit Moutier.

Il se leva, eut comme un vertige, il chancela, se pétrit les paupières. Desfossés debout lui aussi l'observait, troublé. Il ne pouvait pas le laisser repartir ainsi, se disait-il, Moutier n'était pas en état de conduire.

– Tu ne t'en vas pas? Déjeune avec nous? Je vais prévenir Marguerite que...

– Non, merci. Je dois rentrer, impérativement.

– Tu m'inquiètes. Pourquoi? Ça ne peut pas attendre une heure?

Les yeux de Moutier lentement se portèrent à la rencontre du visage du vieux camarade, s'y accrochèrent :

– J'ai besoin d'être seul. Pour faire le point. Ou pour hurler. Oui, hurler pour moi seul, dans ma voiture, de toutes mes forces : Alain n'est pas un déserteur!

Il fit mine d'interroger sa montre :

– Il faut que je revoie Patricia, tout de suite. La pauvre petite... Adieu, Julien.

– Attends, Roland! Ne pars pas comme ça! Attends, je te dis!

Mais Moutier était déjà dehors.

29

23 décembre. – Toulon
13 heures 40

C'était une gigantesque étoile de mer, dont les cent bras ondulaient à la surface de l'eau.

Debout à l'extrême bordure de la jetée, Patricia la contemplait, fascinée. Le vent secouait ses cheveux qui flottaient souplement sur ses épaules. Elle n'avait plus son chapeau rouge, elle l'avait posé quelque part, oublié, elle ne savait pas où, ne s'en souciait point, elle était en extase devant l'étoile qui rutilait sur l'eau.

Celle-ci s'était mise à tourner sur elle-même, en traçant des arcs, qui jetaient de brèves phosphorescences et s'éteignaient. Le mouvement s'accéléra, l'étoile se transfigurait, devenait rose des vents emballée, soleil tournant d'apothéose.

Et Patricia dansait. Ses jambes demeuraient immobiles, collées au béton de la jetée, mais son buste, sa tête oscillaient, solidaires, en avant, en arrière, un bercement régulier de métronome, à la une, à la deux... La cadence se faisait plus nerveuse, les amplitudes du balancement s'étendaient. Et les mouettes du port entraient dans le bal, leur mélopée scandait le mouvement, le soutenait, à la une, à la deux – à la une, à la deux – à la une... Plus vite, plus loin, jusqu'au creux de la spirale effrénée où la roue de feu tourbillonnait, toute proche...

Un bruit secoua le sortilège. La danse se cassa. Un rideau glissait avec un crissement d'étoffe déchirée. Hébétée, Patricia regardait au-dessous d'elle la lave verte de la mer, striée de lambeaux d'huile que la houle irisait. Son étoile... Des mouettes nasillaient dans le vent, épinglées à la coupole ardente du ciel. Sur toute la profondeur du bassin, les drisses des plaisanciers à l'ancre croisaient leurs claquements de castagnettes. Un « pointu » là-bas se détachait du môle, l'eau moussait sous l'hélice. Des relents de mazout se traînaient.

Un grand yacht grinçait sur ses aussières, amarré à l'un des embarcadères. Deux hommes à l'arrière manœuvraient un treuil. A la une, à la deux... A la trois : il s'en était fallu d'un souffle.

Elle recula, s'adossa jambes flageolantes à la muraille qui délimitait le plan d'eau du port de plaisance. Devant elle, à travers la forêt des mâtures dansantes, enchevêtrées, elle apercevait les hautes tours surplombant le port, inondées de soleil. Sur sa gauche, la croupe dodue d'un cargo couleur de rouille roulait lentement, on lisait à son flanc : « ZEEBRUGGE ».

Elle se mit à arpenter l'étroite digue, collée au mur, tremblante de peur rétrospective. Le quai des Sous-Mariniers était désert, cinglé par les gifles de vent qui poussaient sur le ciment des lignes de poussière pétillante. Elle le remonta à grandes enjambées, accompagnée par l'obsédant concert de crécelles des cordages. Elle suivit un moment l'avenue de l'Infanterie-de-Marine, puis s'inséra dans de petites rues au hasard. Elle n'avait pas de projet, ignorait l'heure : elle avait aussi oublié sa montre. Sa tête était vide et chaude, elle se disait, j'ai échappé à un fameux danger! La tache d'huile qui miroitait à la surface de l'eau glauque, en étoile... Peu de passants, les gens étaient sans doute à table. Des odeurs de grillades sortaient d'un restaurant. Elle aurait aimé y entrer, elle n'avait pas vraiment faim, mais elle aurait aimé être parmi d'autres personnes, et en même temps elle n'osait pas franchir le seuil, s'avancer sous les regards.

Elle continua de vadrouiller comme un chien perdu, elle traversa les cours intérieures d'une cité populeuse, longea des bâtiments délabrés, se tordit les pieds sur des trottoirs crevés, parmi des relents de lourdes mangeailles. Accrochées à des ficelles tendues devant les fenêtres, des batteries de couches se trémoussaient au vent.

Au pignon d'un immeuble une grande inscription bombée en noir disait :

AVEC LE FRONT NATIONAL NETTOYONS LA CITÉ

Cela lui rappela le tract dans sa boîte, quelques jours plus tôt!

« ... Nettoyer notre ville de ses deux lèpres hideuses. Toulon ne doit être ni une Cour des Miracles ni un gourbi! »

Elle commençait à être lasse. La barrette de sa chaussure droite lui cisaillait le cou-de-pied. Elle se dit, je vais marcher pieds nus! Elle s'imagina déambulant sans souliers ni chapeau, et cela la divertit. Elle se mit à fredonner une chanson de son enfance :

When the moon shine
Over the kitchen...

Deux vers parmi d'autres qui remontaient le temps, sans raison...

Elle tourna encore en rond, finit par déboucher sur une large artère, se repéra enfin : elle était sur le boulevard de Bazeilles. Avec soulagement, elle retrouva la fièvre d'une voie fréquentée, la jubilation des voitures, les gens sur les trottoirs trimbalant leurs paquets de fête et leurs envies rentrées, blancs et bronzés, cheveux plats et tignasses crépues.

Et puis Tino Rossi dans les hauteurs qui tutoyait le « Petit Papa Noël ». Toutes les boutiques étaient ouvertes. Elle acheta un pain au chocolat à un éventaire de viennoiseries, le grignota tout en marchant.

Elle entendit des trémulations cuivrées, remarqua l'attroupement sur l'autre trottoir. Elle traversa la rue, s'approcha et regarda pendant qu'elle finissait de croquer son pain. Une brigade de salutistes avait pris position à la porte d'un salon de thé. Le petit orchestre, trompette, trombone et saxo, interprétait « Silent Night », cependant que deux sœurs quêteuses sollicitaient le bon cœur des passants en faisant tinter leurs sébiles.

Elle ne vit pas venir le clochard. Il la frôla, se faufila sans complexes parmi les spectateurs, s'arrêta au premier rang. Un grand échalas, chevelure hirsute et barbe de fleuve, affublé d'une antique capote militaire vert décoloré, trouée aux coudes. Il observa un court moment les musiciens, puis il accosta une des quêteuses et lui tendit la main. D'abord décontenancée par la cocasserie de la situation, elle eut un sourire indulgent et préleva quelques pièces au fond de son escarcelle, les lui offrit. Il la remercia d'une révérence bouffonne, s'éloigna.

Patricia se fendit de son obole et reprit sa déambulation dans la foule, parmi les odeurs et les musiques, pensée bloquée. Elle avait très chaud maintenant, elle ne ressentait plus sa douleur au pied.

L'homme se détacha d'un abribus, fonça sur elle, main ouverte, gémit :

– J'ai faim, ma p'tite dame!

Le clochard. Il bavotait dans sa barbe roussâtre, il exhalait une odeur de saleté et de misère. Patricia fit un écart, poursuivit sa route.

AVEC LE FRONT NATIONAL NETTOYONS LA CITÉ

Elle l'entendit qui courait derrière elle, ses brodequins éculés clapotaient contre l'enrobé. Il était dans son dos, il la harcelait, la même requête geignarde :

– J'ai faim, ma p'tite dame!

Et d'une voix basse, très ferme (à cet instant seulement elle releva l'accent étranger) :

– Ne vous retournez pas. Je viens de la part d'Alain. Continuez. On se retrouve plus loin. Une monnaie, vite!

Elle avait stoppé, elle s'était mise à trembler. Elle eut l'impression que quelque chose se décrochait dans sa tête et basculait. Elle cligna des paupières comme si elle débouchait d'un songe. Et c'était exact, elle se réveillait, elle se dépêtrait de sa torpeur de narcose, elle revivait! Le clochard l'avait contournée et renouvelait sa psalmodie grêle :

– J'ai faim, ma p'tite dame!

Elle fouilla dans son sac, réussit non sans mal à attraper une pièce de dix francs, qu'elle déposa dans la paume étalée. Il refit sa courbette burlesque, s'en alla en raclant le trottoir.

Patricia referma son sac et le suivit à distance, frémissante. Ses cheveux d'or dansaient sur ses épaules. Elle devait avoir quelque chose d'étrange, elle notait des regards étonnés, des gens marquaient le pas pour mieux la dévisager.

Parfois une envie l'assaillait d'accélérer, de rattraper l'inconnu, de le presser de questions.

« Je viens de la part d'Alain. »

Elle refrénait son impatience, se forçait à garder un rythme de promenade naturel, l'œil rivé sur la forme dégingandée qui serpentait à quelques mètres.

L'un tirant l'autre, ils coupèrent plusieurs voies perpendiculaires, abordèrent la rue Castillon. Sans hésiter le clochard s'engagea sur la chaussée.

Tout se passa très vite. De la rue une grosse Volvo noire jaillit. L'homme la vit trop tard. Il tenta pourtant de se mettre à l'abri, il prit son élan. La voiture vint le cueillir à un mètre du trottoir, de plein fouet, et le catapulta violemment. Elle vira aussitôt à droite dans le miaulement des pneus rabotant l'asphalte, fila sur le boulevard.

Patricia avait poussé un cri d'horreur et s'élançait. Elle fut la première, elle se pencha sur le corps qui gisait sur la chaussée, la nuque contre la pierre de bordure, comme disloqué. Le sang engluait la barbe roussâtre, les yeux avaient déjà l'opacité de la mort. Pourtant dans les pupilles qui se révulsaient une brève lueur s'alluma, la bouche palpita, des syllabes se dégagèrent d'une bouillie de sons incompréhensibles :

– Méfiez... méfiez-vous... de... de...

La tête chavira contre l'épaule, cassée, resta inerte.

A la même seconde, Patricia se rendit compte qu'elle n'était pas seule. Autour d'elle des voitures grondaient, freinaient en cascade. Bruits de portières, cris, les passants accouraient et commençaient à s'agglutiner. Elle se redressa, monta sur le trottoir, traversa le groupe des curieux, s'enfuit par la rue Castillon.

Elle effectua une grande boucle, rattrapa le boulevard Cunéo par la corniche. Elle atteignit l'immeuble asphyxiée, l'estomac au bord des lèvres. Le hall. Contre la vitre de sa loge, que barrait une imposante inscription de givre calligraphiée : « JOYEUX NOËL », Abouna étalait sa trogne bonasse. Il cligna de l'œil, ses dents étincelaient. Elle grimaça, roula plus qu'elle ne marcha jusqu'à l'ascenseur. La cabine se trouvait à niveau, Patricia s'y engouffra.

Surgie sur ses talons, une silhouette noire s'enferma avec elle. Benoît, le voisin. Il prévint son geste, porta vivement la main à la tablette des commandes. Il sembla pris de scrupules. Sans abaisser le bras, il se retourna, inspecta la jeune femme de pied en cap. Il proféra, réprobateur :

– Votre manteau !

De l'index de sa main libre, il visait le bas du loden. Subjuguée, Patricia inclina la tête. Elle aperçut à la lisière inférieure du vêtement la tache pourpre, toute fraîche. Elle releva les yeux. Brusque sentiment d'être acculée, claustrée, piégée. Elle voulut ressortir, mais il barrait l'issue. Elle dit sans doute :

– Laissez-moi passer !

Ou autre chose, ou rien. Ce fut en tout cas le moment où il se décida à appuyer sur le bouton. Il resta campé devant la porte, bras au corps, avec sa tête de hibou funèbre, coulé d'une pièce dans le pardessus noir comme dans un moule de métal. Le pasteur paranoïaque du film suédois, songea à nouveau Patricia. Le visage de Benoît était très proche, elle remarquait sous la narine droite une loupe mauve, piquée de deux crins noirs.

Les étages défilaient. Une odeur de naphtaline flottait dans la cage, qui acheva d'écœurer la jeune femme. Elle recula, s'adossa à la paroi glacée. La figure devant elle se déformait, la loupe grossissait, devenait un chancre livide, un bubon monstrueux gonflé de pus. La face se distendit, s'aplatit comme un masque de caoutchouc, se tordit dans un rictus de gargouille. Patricia cria, peut-être. Elle perdit conscience.

30

UNE tache rosée, très floue, estompée par l'écran d'une étamine translucide que la brise creusait d'ondulations. La tache se précisa, un crayon invisible soulignait le contour d'un visage, dont les traits et le relief ressortaient peu à peu, comme un négatif dans son bain.

– Ça va mieux ?

Les paupières mi-closes de Patricia frémirent. Cette voix au-dessus d'elle, l'odeur... Elle ouvrit les yeux, se heurta à la face absorbée, en gros plan. Benoît.

Elle eut un sursaut de répulsion, elle se redressa sur les coudes, parcourut la pièce d'un regard stupide. Elle ne comprenait pas pourquoi elle était étendue sur le divan du salon, en vêtement de sortie, son voisin penché sur elle.

Il s'écarta.

– Vous m'avez donné du souci, madame Ménestrol !

Patricia s'assit. Elle se frotta le front.

– Que s'est-il passé ?

– Un malaise dans l'ascenseur. Par chance, je me trouvais là. Vous aviez vos clés en main, je me suis permis de vous ramener chez vous.

– Mes clés? dit-elle, sur la défensive.

Elle ne se voyait pas sortant le trousseau. Elle remarqua le sac posé sur le divan, creusa sa mémoire. D'une détente, elle fut sur pied, elle dévisagea Benoît avec dégoût. La scène pénible de l'ascenseur, oui, elle se la rappelait et aussi... Le passé déferlait. Le clochard... « Je viens de la part d'Alain. » Alain est vivant! Vivant! Il pense à moi! Vivant!

Une image atroce : le clodo barbu qui agonisait contre le trottoir. « Méfiez-vous de... »

– Qui êtes-vous? dit-elle.

– Mais votre voisin, dit Benoît. Un ami.

– Vous n'êtes pas mon ami. Je ne vous connais pas.

Elle continuait à scruter le visage de l'homme en noir, intensément. Le pasteur fou, se répéta-t-elle. Un fou? non. Elle eut une illumination :

« Méfiez-vous de... »

Ses yeux se dessillaient. Certitude, éblouissante : Benoît! Benoît était l'homme contre qui le moribond avait voulu la mettre en garde!

Elle se détacha du divan, recula pas à pas, les yeux toujours collés à lui.

– Le clochard tout à l'heure... C'est vous qui l'avez fait assassiner!

Il eut une expression vexée :

– Quel clochard? Expliquez-vous. Je ne crois pas avoir mis à mal aujourd'hui un de mes semblables, même taré!

Il ajouta avec un humour peut-être involontaire :

– Je m'en souviendrais!

Il se rapprocha. Patricia jeta les mains en avant. Il bifurqua aussitôt, constata d'un ton de regret :

– Je vous fais encore peur. Alors que je ne suis ici que pour vous aider !

– Qui êtes vous ? redemanda-t-elle.

Il ne répondit pas. Un moment il erra dans le séjour, mains au dos, tête basse, roulant de tortueuses pensées. Il fit halte à la hauteur de l'icône, qu'il observa fixement. Patricia nota que les volets d'argent martelé étaient grands ouverts. Ça ne pouvait être que l'œuvre de Benoît, il avait dû fureter à loisir dans l'appartement pendant qu'elle était inconsciente. A l'horloge il était 15 heures 7, mais elle ignorait quand elle s'était évanouie : depuis le matin elle n'avait aucune notion de l'heure.

Benoît revenait dans le salon. Il contempla quelques instants le sapin décoré et il murmura d'une voix terne, sans regarder Patricia :

– Il n'a pas tiré le bon numéro. Un moment d'égarement, c'est toujours ainsi que ça commence.

De la poche intérieure du pardessus il sortit un portefeuille, y préleva une photographie.

– Venez voir, madame Ménestrol.

Elle obéit, s'avança, certaine qu'elle n'avait pas encore atteint le fond du malheur. Elle prit le cliché qu'il lui tendait. La photo, en noir et blanc, était d'une qualité médiocre, mise au point bâclée, contrastes chargés. Elle représentait une grande table carrée, crûment éclairée. Assis autour, cartes en main, quatre hommes en habits de soirée, parmi lesquels Patricia reconnut Alain, bien que son visage ne fût qu'un cercle blanc.

– Athènes, commentait Benoît, il y a dix-sept mois. L'attaché naval adjoint Ménestrol dans ses œuvres !

Patricia releva les yeux et attaqua :

– Et alors ? Qu'est-ce que ça prouve ? Une photo minable, sans doute truquée ! Et puis quoi, c'est un crime de faire un bridge avec des amis ?

Il lui rafla prestement le document, le mit à l'abri.

– Vous avez tort de le prendre ainsi, madame Ménestrol. Votre mari a beaucoup joué à Athènes, c'est la cruelle réalité, et pas seulement au bridge ! Avec réussite quelquefois. D'autres séances, malheureusement... La roue tourne ! Bref, il a eu de très gros besoins d'argent. On lui en a offert sans lésiner. A charge pour lui, vous le concevez, de rendre quelques services.

– Quels services ?

Elle se refusait à comprendre. Affolée, haineuse, elle le secoua, exigea les précisions qui l'accableraient encore un peu plus :

– Qui lui a offert quoi ? Parlez ! Qui ? Vous ?

Les lèvres pâles s'effilèrent.

– Je ne l'ai jamais rencontré. Je ne suis pas de son monde, madame !

– Alors, que lui voulez-vous ?

– Mais je ne lui veux rien, madame Ménestrol ! A personne !

Il grimaça, se piqua le creux de l'estomac :

– Ma petite bête !

Il prit dans une des poches de son pardessus une boîte métallique ronde, y cueillit un bonbon étoilé à la violette, se servit. Il ramassa la boîte et poursuivit sur le mode de la confidence :

– Pour en revenir à votre mari, je me demande d'ailleurs s'il n'est pas trop tard.

– Trop tard ?

– Mais oui. Qui peut affirmer qu'il n'a pas déjà fait le mauvais choix ?

Il se remit à rôdailler dans la pièce.

Patricia n'avait pas bougé.

– Vous me fatiguez avec vos devinettes ! dit-elle la voix blanche. Ça veut dire quoi, le mauvais choix ?

Benoît était devant la mappemonde. Son doigt zigzagua entre les petits drapeaux, se fixa :

– Ça, dit-il.

De l'endroit où elle se trouvait, elle devina le profil caractéristique de la grande île étalée sur l'eau comme un index incurvé. Cuba. Pourquoi Cuba ? Confusément, elle saisit le sens de l'insinuation.

– Alain n'a jamais fait de politique !

Il pesa l'information quelques secondes en suçotant sa pastille.

– Peut-être non, en effet, reconnut-il.

Coup d'œil vers l'icône qui semblait l'envoûter lui aussi.

– Il vous aime. Il va très certainement prendre contact avec vous. Qui sait s'il ne vous demandera pas de le rejoindre ? Aidez-le à recouvrer la raison.

Elle éclata :

– La raison ! Tous, vous n'avez que ce mot à la bouche ! Je ne vous crois pas, Benoît ! Vous êtes son ennemi ! C'est vous qui depuis des mois harcelez mon mari ! Vous et ceux qui vous paient ! Vous êtes en train de lui tendre un nouveau piège. Mais je vous préviens, ça ne marchera pas ! Il y a des lois pour les malfaiteurs !

Elle courut vers le téléphone, saisit le combiné, tourna les pages de l'annuaire.

– Que faites-vous ? dit Benoît.

– Vous voyez bien : je convoque les flics !

La nouvelle le laissa aussi froid que l'avait fait sa diatribe.

– L'erreur à ne pas commettre, se contenta-t-il de remarquer. Enfin, si vous y tenez, essayez plutôt le 17. Ça sera plus rapide.

Son rôle apparemment terminé, il prit la direction du hall, laissant derrière lui un sillon de parfum sui generis. Devant la porte, il se ravisa, il revint fermer les volets de l'icône. Il se retourna légèrement :

– Vous n'êtes pas seule, madame Ménestrol, vous avez un fils, pensez à lui. Nous tenons à nos enfants, n'est-ce pas? C'est notre faiblesse, notre terrible faiblesse.

Il repartit, lui jeta encore, par-dessus l'épaule :

– Vous devriez vraiment nettoyer votre manteau!

Il se glissa dans le vestibule, disparut.

Patricia avait toujours le combiné dans sa main gauche, l'autre était bloquée sur le socle de l'appareil. En elle, un chaos de pensées, d'images, de mots, qui se chevauchaient et pilonnaient son cerveau : « Votre mari est réellement touché... Maladie de la persécution... Le mauvais choix... Pas exclu qu'il ait commis une grave imprudence... Le mauvais choix... Il a eu de très gros besoins d'argent... A charge pour lui de rendre quelques services... Le mauvais choix... »

Elle devait rêver, oui, elle rêvait, elle délirait, elle n'arrêtait pas de divaguer! Alain... C'était absurde! Alain n'avait pas pu... Une immonde machination. Cette meute à ses trousses. Qui était Benoît? Le mauvais choix...

Une onde de rancune la traversa. Pourquoi son mari lui avait-il soustrait cette face de sa vie? La face nocturne et tourmentée? Elle y voyait un manque de confiance blessant, une indigne mystification! Mais venait immédiatement la riposte, le flot d'indulgence farouche qui la submergeait, emportant tous ses griefs. Elle était avec lui, pour le meilleur et pour le pire! Dans son camp à jamais!

Elle raccrocha. Non, pas la police, sur ce point au moins Benoît avait raison.

Elle leur dirait quoi, aux policiers?

– Je réclame votre protection pour mon époux, le lieutenant de vaisseau Ménestrol, qui a déserté pour échapper à ses complices!

Ses complices. Le mot lui fit mal, elle eut du remords de l'avoir pensé. 3 heures 20. Roland Moutier était certainement de retour chez lui, réfléchit-elle.

Elle tapa le numéro, écouta l'indécent bêlement de l'absence. Elle s'entêta, contre toute raison, elle implora même, comme si les mots pouvaient provoquer le déclic espéré :

– Monsieur Moutier, répondez-moi, je sais que vous êtes là! Vous n'allez pas me laisser tomber, vous aussi? Vous ne voyez pas que je suis perdue?

Roland Moutier demeura muet. Patricia capitula, elle s'affala sur place, resta tassée au pied du téléphone, les épaules secouées de sanglots silencieux.

Une nouvelle panique la remit debout. Qu'est-ce que Benoît avait dit en partant?

« Nos enfants, notre terrible faiblesse! »

Ce ton qu'il avait eu...

« Vous n'êtes pas seule, pensez à votre fils... »

Le ton de la menace, du chantage. Elle poussa un cri de bête, Nicolas! Nicolas lui aussi était en danger!

Elle ne fit ni une ni deux, se retrouva aussitôt

dehors, la coiffure en désordre, les vêtements fripés, oubliant la trace de sang au bas du loden.

Mme Ménestrol eut peine à reconnaître sa bru dans la furie échevelée qui venait de malmener sa sonnette.

– Patricia!

– Nicolas, où est Nicolas?

Elle força le passage. Au galop, elle monta jusqu'à la chambre à l'étage, trouva l'enfant tranquillement assis dans le parc, entouré de sa ménagerie familière. Elle l'enleva, le pressa sur son cœur, lui bécota les joues passionnément :

– Mon bébé adoré, my dear, my lord! My little big man[1]!

Mme Ménestrol était entrée derrière elle et découvrait la scène, sidérée. Sa respiration sifflait. Patricia fit volte-face et lui jeta d'un ton de provocation, les yeux flamboyants :

– Je le reprends! Tout de suite!

– Tout de suite? s'étonna Mme Ménestrol! Il était bien convenu que je vous l'amènerais demain après-midi?

– Non, dit Patricia, je le veux maintenant! C'est mon enfant, non? J'ai quand même le droit d'avoir mon enfant?

Et elle le serra de plus belle contre son sein.

– Mais oui, Patricia, mais oui, dit Mme Ménestrol doucement. Je vais préparer ses affaires.

Elle quitta la chambre.

Patricia s'était mise à danser, Nicolas dans ses bras, un pas de boston très lent, et elle roucoulait à son oreille, comme une incantation :

– My dear, my little big man!

1. Mon chéri, mon prince! Mon petit « grand bonhomme »!

Le téléphone sonna. Mme Ménestrol décrocha dans une pièce voisine. Elle poussa un cri, dit quelques mots que sa belle-fille ne comprit pas. Patricia continuait de tourner en cadence avec son enfant :

– My little big man!

– Patricia...

La jeune femme s'arrêta, de mauvaise humeur. Mme Ménestrol se tenait immobile dans l'encadrement de la porte, très pâle.

– Patricia, c'est un très grand malheur. Roland Moutier...

Les mots passaient mal, des convulsions travaillaient les lèvres et les joues de la vieille dame. Patricia mordit dans son souffle, attendit, la face vidée de son sang, statufiée. Sur son avant-bras, l'enfant se trémoussait et riait.

– Un accident. Sa voiture a quitté la route dans les lacets après Barjols.

– Il est...

– Oui, dit Mme Ménestrol.

Elle appliqua sa main contre son visage.

– A présent, je suis vraiment seule, dit Patricia d'une voix sourde.

Elle étreignit farouchement le bébé :

– On rentre, mon poussin. On va attendre papa!

A travers ses doigts mouillés, Mme Ménestrol la regardait, atterrée.

31

23 décembre. – Aéroport de New York-Kennedy
11 heures 20 (heure locale)

Celui que l'on appelait Max avait la quarantaine, une longue face inexpressive, des yeux pâles aux paupières étirées. Il portait un confortable manteau à chevrons beige; une écharpe de soie bleue, ramenée sur l'épaule, entourait son cou grêle où la pomme d'Adam saillait comme un œuf de caille. Il avait ôté un de ses gants fourrés pour tenir la mince cigarette au filtre souligné de deux cercles d'or. Un rubis étincelait à son majeur, serré par une griffe de platine.

Assis à côté de lui, Ménestrol compulsait des papiers dans une pochette en plastique fauve ouverte sur ses genoux. Il avait le torse moulé dans un anorak kaki, trop juste d'une bonne taille, dont il gardait relevé le col matelassé. Ses lunettes de résine aux verres noirs accusaient la teinte crayeuse du visage et ne dissimulaient guère ses traits marqués. Il était grossièrement rasé, une estafilade de deux centimètres lui barrait le menton.

Max tétait sa cigarette baguée d'or, un œil sur Ménestrol, l'autre photographiant les rares arrivants qui passaient la porte à tambour. La salle « de repos » où ils s'étaient donné rendez-vous, dans l'un des sous-sols de l'aéroport, était tranquille, mal éclairée, glaciale. Peu de clients. Un grand Nègre ronflait, couché en chien de fusil sur une banquette, un couple âgé se pelotait tristement pour se donner chaud, quelques isolés, éparpillés avec leurs bagages sur les sièges avachis, s'évertuaient à lire malgré la lumière indigente ou rêvassaient en mâchant de la gomme. Le parquet synthétique était jonché de papiers, d'épluchures, de pots de carton vides. Régulièrement, le grondement des long-courriers ébranlait plafond et murailles.

Ménestrol referma le passeport qu'il venait de feuilleter et le glissa dans la poche intérieure de son anorak. Il manœuvra la fermeture à glissière de la pochette.

– Merci. C'est du beau boulot.

– On y va? dit Max.

Ils accédèrent aux halls par l'un des ascenseurs, s'immergèrent dans la fourmilière fiévreuse, sur laquelle glissaient les voix mièvres des hôtesses dévidant leurs messages. Les voyageurs qui se pressaient vers les portes de départ étaient chaudement vêtus, on devinait le froid rigoureux qui sévissait dehors. Certains transportaient des skis ou des luges, d'autres les paquets enrubannés de circonstance. On était le 23 décembre. A tous les comptoirs des lucioles multicolores dessinaient leurs festons. Suspendu à la voûte, un gigantesque sapin artificiel aux branches fourmillantes de cristaux tournait lentement. Quelque part la voix d'Elvis Presley susurrait, charmeuse, « Peace in valley ».

Alain Ménestrol désigna l'alignement des blocs téléphoniques :

– Je vais encore essayer.

– Oui, allez-y, dit Max. On est en avance.

Ménestrol s'éloigna. Max le vit s'infiltrer dans un des boxes et détacher l'appareil mural, s'activer sur le cadran, puis se retourner et attendre en regardant les allées et venues des partants et des autres. Les verres noirs lui faisaient un masque tragique.

Il revenait.

– Hans ne répond toujours pas. Ce n'est pas normal.

– Il est 17 heures 30 en France, dit Max avec placidité. Il a le droit d'être sorti.

Ils se mirent à marcher de front dans la foule.

– L'appartement est certainement contrôlé, reprit Ménestrol. Hans m'a prévenu, ils sont dans l'immeuble. Je me demande ce que je peux faire.

Max lui jeta un regard acéré :

– On s'en tient au schéma, O.K. ? D'abord, vous mettre à l'abri. La famille, ça sera pour après. Je vous rappelle que là aussi nous avons un plan très élaboré, très fiable.

– Ils ne les laisseront pas sortir, dit Ménestrol durement. Et vous le savez bien !

Max derechef guigna son compagnon. Il se répéta qu'il était en train de paniquer et qu'il ne serait tranquille, lui, que le gars embarqué et vissé sur son fauteuil de première. Il s'arrêta.

– Attention, mon vieux. Vous avez eu beaucoup de chance jusqu'ici, figurez-vous ! La vie sauve, une terre d'accueil assurée... Ne jouez pas avec le feu.

Il alluma une autre cigarette, posément. Ménestrol l'observait avec envie. Max avait le geste mesuré, méthodique, efficace. Pas de nerfs, un visage inaltérable, lisse comme son prénom, une voix d'où ne filtrait pas plus de sentiment que d'accent distinctif. Un bloc de glaise. Max détachait la précieuse cigarette de ses lèvres minces, soufflait un filet de fumée. Leurs regards se croisèrent, Max eut un sourire strictement canalisé. Dans la fente des paupières les pupilles vert pâle étaient comme une eau sans fond. Ménestrol détourna la tête.

Ils reprirent leur déambulation à travers le hall.

– Pensez au chemin déjà parcouru, dit Max. Il serait tout de même navrant que des considérations d'ordre intime, que certes je ne mésestime pas, mais qui dans la circonstance...

Ménestrol l'écoutait à peine. Il suivait des yeux un bambin cuirassé dans une combinaison jaune ouatinée, qui trottait auprès de sa mère, serrant dans ses bras un pékinois endormi. L'enfant et la femme s'effacèrent, absorbés par la houle humaine.

Ménestrol maintenant avait la tête levée vers les grands panneaux électroniques où s'inscrivaient les horaires des prochains départs.

32

24 décembre. – Toulon
Vers 16 heures

Depuis une heure, Verjus, le directeur de la CREDO, planchait dans son bureau. Il avait annulé ses rendez-vous, fait annoncer qu'il n'était visible pour personne, débranché l'interphone, et pour éviter toute surprise, il avait condamné sa porte en poussant le verrou.

Verjus aimait être seul et tranquille quand il avait un cas épineux à régler. Celui qui l'occupait cet après-midi était de taille. Heureusement, bougonna-t-il, que le 24 décembre c'est pas chaque semaine ! J'y laisserais ma peau !

Il se tapota le front avec sa pochette de soie sauvage. Il était épuisé. Ramené à l'essentiel, le problème qui l'agitait paraissait pourtant simple. Dans quelques heures il réveillonnerait avec des amis dans la propriété au flanc du mont Faron que les parents de Jessica, sa femme, leur abandonnaient pour la soirée. Dix-sept convives. Question : comment distribuer harmonieusement dix-sept personnes autour d'une solide table de monastère en bon châtaignier du Quercy ?

Eh bien, c'était la quadrature du cercle, l'authentique casse-tête chinois! Le type de situation à vous rendre chèvre! On introduisait le petit doigt et hop! le tronc entier y passait, et la tête et les nerfs. Des tas de paramètres à respecter. Le plus incontournable : la surboum alignait dix mâles pour sept femmes. Ça n'avait l'air de rien, mais ce déséquilibre initial faussait le jeu et à tout bout de champ on frôlait le point de rupture ou l'engorgement.

Tenir compte aussi de l'âge de chacun, prévoir les affinités et les antagonismes. Impossible, par exemple, de loger Manu, le frangin écolo de Jessica, dans le secteur de Norbert Salinges qui, depuis quelque temps, flirtait dur avec la bande à Le Pen. Et Manu, après trois verres, était très taquin! Verjus annoncerait la couleur, bien entendu, pas de politique ce soir, les enfants, on bouffe, on picole, on s'éclate, c'est le réveillon, nom de Dieu! pas le conseil municipal! Mais comment être sûr que ça ne déraperait pas quelque part? D'où nécessité, pour minimiser la part de risque, de mettre d'emblée une bonne longueur de no man's land entre ces deux loustics. Et le reste à l'avenant.

Souhaitant traiter l'affaire, selon son habitude, dans un esprit scientifique, Verjus avait dessiné la table de monastère en projection plane sur une feuille de papier Canson et avait inscrit le nom des participants sur de petits rectangles de carton, qu'il manœuvrait en stratège : « Si je déplace Lécluse ici, je peux positionner Chrystèle là... Ce qui me permet de rétrograder le docteur Blanche de deux cases et... Merde, ça ne gaze pas! J'ai à nouveau trois mecs en rang d'oignons! Ah! ma tête! »

On frappa à la porte, deux coups discrets.

Verjus décolla le nez de l'échiquier et gueula, furibard, au bord de l'apoplexie :

– Ouais, qui est-ce? J'avais pourtant interdit qu'on me dérange!

– Y a un télex qui vient de tomber, dit-on derrière le panneau. Excusez-moi, monsieur Verjus, c'est du genre urgent.

Il reconnut la voix sucrée de Lapoulade, l'adjoint détaché au service « Personnel ». Il se leva, saleté de métier, pas une minute à soi, les emmerdes à jet continu. Il considéra les petits cartons emboîtés. S'il les apercevait, ce faux derche de Lapoulade serait encore fichu de couiner partout que... Un plan de la ville traînait dans un tiroir, il le déplia et en recouvrit avec soin le théâtre des opérations. Il s'en fut ouvrir.

Lapoulade se faufila dans la pièce, onctueux comme un prélat bénisseur. Il avait des joues vineuses, bien que depuis son hépatite il ne touchât plus à l'alcool, et deux larges incisives hors alignement à la mâchoire supérieure. Quand il souriait, il ressemblait à Bunny.

– Ça vient du bureau d'Egine, dit-il. C'est au sujet de Gabel.

Verjus prit le papier.

« Sans nouvelles depuis trois jours de notre agent Gilbert Gabel – Hors-bord personnel de l'intéressé retrouvé vide dérivant large de Poros – Recherches activement menées, mais légitimes inquiétudes – Prudent prévenir famille avec précautions usage. »

Le directeur jeta le document sur la table de travail :

– La poisse! Choisissent bien leur jour ces lascars!

Il eut conscience que sa sortie manquait de

dignité. Il se retourna vers Lapoulade, qui attendait les consignes l'arme au pied :

– Pas de chance, le pauvre Gabel. C'était un brave type, un peu follingue, hein, mais un très bon gars. Et un sacré bosseur! En faudrait quelques-uns de cette pointure à la CREDO, hein, Lapoulade?

Il pourfendit d'un regard lourd de sous-entendus son adjoint, qui opina, en exhibant à toutes fins utiles ses deux dents de lapin.

Verjus s'assit à son bureau et examina ses ongles avec accablement :

– Prévenir la famille, c'est vite dit! Gabel n'en avait pas.

– Pas à ma connaissance en tout cas, dit Lapoulade, il n'était pas du coin. En plus, célibataire...

– La fille qui a appelé à plusieurs reprises?

– Oui, une amie, elle n'a pas décliné son nom. On pourrait peut-être essayer de la retrouver? Ça serait bien le diable si... Non, vous n'êtes pas d'accord, monsieur Verjus.

Verjus effectivement faisait la moue :

– Ça me paraît délicat. Qu'est-ce qu'on sait de la nana, de ses relations exactes avec le disparu? Rien. Alors gare aux impairs!

Il songeait, 16 heures 20, une veille de Noël, la corvée des démarches pouvait attendre, non? Il avait ses foutus invités à caser autour de cette foutue table de monastère, et une liste longue comme ça de courses encore à se farcir pour Jessica avant de rentrer.

– Ils ont dit « la famille », on s'en tient aux termes du message. Black-out donc pour le moment. On avisera après la fête.

Lapoulade, comme de bien entendu, jugea la

dialectique du patron inattaquable. Il quitta la pièce.

Durant quelques instants, Verjus ne bougea pas. Il repensait à ce pauvre Gabel, un peu ému quand même, trente ans et des poussières c'était jeune pour faire un mort. La grosse déveine, quoi.

Il s'arracha un soupir, fin de l'oraison funèbre, la vie continuait, hélas, et pas toujours folichonne pour ceux qui restaient. Il alla pousser la targette de la porte et se remit à son pensum.

33

22 heures 10

Elle était devant le téléviseur, à demi assise sur l'accoudoir du canapé pour ne pas froisser sa robe, elle écoutait les quatre personnalités de service – faces poudrées, nœuds papillons et dents blanches – qui dissertaient sur le sens de Noël : Noël-la-solidarité, Noël-la-tendresse, Noël-le-bonheur-pour-tous, ils étaient intarissables et charmeurs. Du vent parfumé. Mais ça l'occupait. Elle avait ouvert la totalité des lumières de l'appartement, sauf dans la chambre de Nicolas, qui dormait : lustres, appliques, spots, lampes de consoles et de parquet, qui se répondaient et se multipliaient à l'infini dans les miroirs, les verres des cadres et de l'horloge. La guirlande du sapin jetait sa hachure syncopée, le strass des étoiles crépitait, des geysers s'allumaient parmi les cheveux d'ange. Et les bagues de Patricia aussi étaient embrasées, les pendentifs d'aigue-marine, les perles du sautoir, ses escarpins en tissu brodés d'écailles nacrées, les paillettes d'or dont elle avait saupoudré sa chevelure. Quand elle faisait un geste, elle ressemblait à une pierrerie vivante.

Elle avait passé beaucoup de temps à sa toilette, elle avait mitonné sa mise en plis, galbé ses cils, ombré en vert amande ses paupières et laqué ses ongles de bois de rose. Sa bouche était pareille à une blessure fraîche ou à la crevasse d'un fruit trop mûr.

Elle portait une robe de soie noire mi-longue, très habillée. C'était celle des fiançailles à « Burnt House », une autre veille de Noël, quatre ans plus tôt. Elle ne l'avait guère remise par la suite, et comme elle avait maigri ces derniers temps, l'encolure ras du cou bâillait et Patricia avait dû serrer au dernier cran la grande ceinture drapée qui lui moulait les hanches.

L'horloge marquait 22 heures 10. Patricia songea qu'à cette heure elle n'avait plus à redouter d'être importunée. Depuis qu'elle était rentrée avec Nicolas la veille – par le bus : elle n'avait toujours pas récupéré la 205, abandonnée près de chez Poupy – elle n'avait pas pointé le nez dehors. A peine au logis, la porte extérieure bouclée, elle avait fermé les volets, tiré rideaux et doubles rideaux. Tout était resté en l'état aujourd'hui. L'appartement était devenu une cellule protégée, un îlot de chaleur et de lumière au cœur de la nuit hostile.

Plusieurs fois dans la journée, le téléphone avait sonné. Quelques secondes d'angoisse et de fol espoir entrelacés. Et puis, reconnues les voix familières, celles de Mme Ménestrol, de Poupy, de Xavière qui venaient aux nouvelles et toutes, à des degrés divers, s'inquiétaient de son sort, lui proposaient assistance ou compagnie, elle s'était enroulée dans sa coquille, comme un bernard-l'ermite, à chacune elle avait lancé, sibylline :

– Merci, mais tranquillisez-vous : je ne serai pas seule !

Comme leur touchante sollicitude lui pesait ! Superflue, au demeurant, Patricia n'avait besoin de personne ce soir pour veiller.

Elle avait disposé les cadeaux au pied de l'arbre, chacun avec une étiquette ornée d'un myosotis au nom du destinataire. Sur l'un des paquets elle avait écrit : « Alain. »

Elle se leva. Le babil du quatuor au poste avait eu raison de sa patience. Elle le rendit au néant. A pas feutrés elle alla entrouvrir la porte de la petite chambre. La tête lovée au creux du plumetis bleu, Nicolas continuait à rêver aux anges. Elle referma, réintégra le séjour.

L'immeuble, habituellement paisible, était ébranlé de chocs et d'appels, l'ascenseur sans répit ronronnait, des talons cliquetaient dans les corridors, la grande fièvre de la plus longue nuit se mettait en place.

Au-dessus, des meubles étaient traînés, on discutait, on essayait des musiques. Elle se rappela avec ennui que les Vanoli réveillonnaient, leur présence risquait d'être bien envahissante.

Patricia alluma la chaîne et ouvrit le classeur à disques. Sans trop chercher, elle retint le « Magnificat » de Bach, dans la version « Pro Arte ». Non qu'elle prisât vraiment le morceau, mais ce disque avait la même histoire que la robe de soie noire : elle l'avait offert à Alain le soir de leurs fiançailles à « Burnt House », celui-ci lui ayant confié lors de leur première rencontre, à l'île de Wight, qu'il aimait Bach et Benny Goodman.

Elle écouta les premières mesures du chœur. Puis elle abaissa l'abattant du meuble-secrétaire, attira une chaise, y étala sa robe avec précaution.

Elle ouvrit le bloc de papier à lettres, prit un feutre, commença à jeter des mots, des phrases, au fil du cœur, mon amour, cette lettre qui ne t'atteindra jamais, cette lettre pour rien, où es-tu, mon pauvre amour, où te caches-tu, Alain, my love, my beloved...

Elle lâcha la pointe feutre. L'agitation de l'immeuble, qui grossissait rapidement, la harcelait et saccageait le tête-à-tête. Elle se leva, renforça la musique. La voix éthérée de la soprano soliste l'enveloppa, elle s'y livra, se laissa emporter, très loin du brouhaha qui battait contre sa porte...

Elle était avec Alain, une autre veille de Noël, dans le Cumberland. La cloche de la petite chapelle catholique de Keswick sonnait à la volée. Ils sortaient de l'office, chaudement habillés, il lui avait pris le bras, elle se suspendait à cette poigne vigoureuse, elle se disait qu'elle n'aurait plus jamais peur. La nuit était claire et glacée, fourmillante d'étoiles, il y avait du monde devant le porche, les chaussures claquaient sur le sol gelé, les gens se saluaient, Merry Christmas, se saluaient, se saluaient... Et c'était un peu plus tard. Ils se trouvaient réunis dans le manoir de « Burnt House » devant l'arbre. Le vieux Gregory venait d'allumer les bougies, on distribuait les cadeaux, ils étaient tous là, famille et serviteurs, près de la table décorée dont les cristaux polychromes brillaient aux flammes du foyer. On entendait les dernières notes de l'« Adeste, Fideles », que Judy était en train d'interpréter au piano... Plus tard encore, la même salle aux poutres de chêne, le feu de souches dans la cheminée, mais les bougies du sapin s'étaient éteintes, ils étaient seuls, Alain et elle, ils dansaient lentement autour de l'arbre, sur cette même musique de Bach inadaptée et idéalement juste...

L'horloge qui annonçait la demie de 10 heures dissipa le charme. Elle rouvrit les yeux, découvrit la fragilité de son asile. L'immeuble s'encanaillait, des pas arrogants battaient le dallage des couloirs. Chez les Vanoli, les invités étaient au rendez-vous. Piétinements de souliers, rires, conversations haut perchées comme des querelles. Une femme entonna « Mon beau sapin », dérapa dans la montée, lâcha un « merde » sonore. Hourras.

Patricia ressentit une crispation dans la poitrine, un malaise qui tournait à l'angoisse. Le disque s'était tu. Le sabbat grossier tourbillonnait et assaillait le refuge. Elle flotta durant plusieurs secondes, cherchant ses repères. Un réflexe d'enfant la poussa vers le téléphone. Elle fit le numéro de « Burnt House ». Gregory décrocha, chevrota :

– Hello?

– It's Pat. Happy Christmas, Gregory! Thanks, thanks! Could I speak to daddy[1]?

Déception : son père assistait à l'office avec Joan, et Judy n'était pas encore arrivée. Elle ne voulut pas déranger sa mère qui se trouvait dans son bain et dont les déplacements étaient difficiles; elle promit qu'elle rappellerait, raccrocha, désappointée.

Elle alla retourner le disque sur la platine. Puis elle se versa un verre de scotch, alluma une cigarette. Elle vida son verre, se servit à nouveau.

Il y eut une galopade dans l'escalier et le couloir de l'étage, des battements de pas devant sa porte.

1. Allô? – C'est Patricia. Joyeux Noël, Gregory! Merci, merci! Je pourrais parler à Père?

Chuchotements, rires qu'on étouffait. La sonnerie émit sa double note. Patricia posa le verre, écouta méfiante, se promit qu'elle ne répondrait pas.

Au second appel pourtant, elle céda, avec répugnance, elle déverrouilla l'huis, l'entrebâilla, distingua un petit groupe étrange, quatre, cinq personnes déguisées et masquées, marquise, patricien romain, gugusse de cirque, arlequin... Le clown remontait son masque de carton bouilli, elle reconnut la moustache grasse de Vanoli. Il sourit, timidement :

– Madame Ménestrol, on est là-haut une bonne bande d'amis, on a pensé... ma femme me charge de vous dire... Voulez-vous vous joindre à nous ?

– Non, merci, dit Patricia, vous êtes très gentils, mais je ne peux pas accepter.

– Ah... Montez boire une flûte de champagne alors ? On sait ce que c'est, hein, pas drôle de passer Noël comme ça et...

– Je vous remercie, répéta-t-elle, déjà lassée, ce n'est pas possible. J'attends quelqu'un.

Tête du voisin, qui bafouillait :

– Ah bon ? Ah, excusez-moi. Bon Noël, madame Ménestrol.

– A vous de même. Joyeux Noël.

Elle referma sa porte, revint terminer son verre de whisky. Il était 10 heures 40 à l'horloge. Les choristes et l'orchestre en étaient au « Gloria » final.

34

22 heures 40

Ménestrol ne perdait pas de vue la porte en verre de l'immeuble. Il s'était tapi au fond de la niche précédant l'entrée du magasin « Les Asphodèles – Fleurs et articles funéraires », qui faisait l'angle du boulevard Cunéo et du quai Belle-Rive. Le pompeux péristyle aux trois colonnes toscanes en faux marbre coiffant la devanture l'isolait du passage, tout en préservant son champ de vision. En se cassant, il distinguait les quatre fenêtres de l'appartement, dont les volets étaient clos. Mais Patricia était au logis, il le savait, elle lui avait écrit qu'à la différence des années précédentes elle ne passerait pas les fêtes dans le Cumberland.

C'était pour elle qu'il était là, pour elle seule qu'il avait déchiré in extremis le canevas du salut, effectué ce périlleux, cet insensé voyage. Cela faisait un bon moment qu'il se préparait, boulé dans son encoignure. Il avait observé l'animation à la porte, le va-et-vient des visiteurs et des résidents, le ballet des toilettes, il avait même entrevu des silhouettes costumées qui se glissaient à l'intérieur. Tout était redevenu calme dans le quartier, les passants étaient rares, la température très fraîche n'incitait guère à la promenade et les gens ce soir avaient d'autres centres d'intérêt. Les voitures roulaient vite sur le boulevard, elles tournaient en miaulant au rond-point et filaient vers les restaurants de la corniche. Seuls la carotte vermillon du bureau de tabac resté ouvert, trois cents mètres plus loin et, en face, le ruissellement de lumières sur la façade du « Grand Bar de Paris » signalaient une atmosphère inaccoutumée.

Ménestrol n'avait que cette rue à traverser pour se retrouver chez lui, quelques mètres de bitume à écraser sous ses chaussures, et il n'osait pas se lancer, lui qui depuis trois jours sillonnait ciel et terre avec toute la bande à ses trousses. La bande, justement. Un sixième sens l'avertissait que ses adversaires n'étaient pas loin : eux aussi, à cette seconde, avaient dans leur mire la façade bourgeoise aux douze niveaux, il respirait leur présence lancinante. Hans dans son dernier message avait prévenu qu'ils avaient investi l'immeuble. Hans qui avait disparu : Ménestrol avait encore téléphoné tout à l'heure à l'adresse convenue, pas de réponse. Et ce silence, plus encore que le risque immédiat, le paralysait.

Cette portion de boulevard était éclairée par les trois lampadaires du rond-point. La haute porte de verre se détachait luisante sur le hall dont les lampes, exceptionnellement ce soir, restaient allumées. Ménestrol avait envisagé toutes les formules, comme, par exemple, de passer par le parking souterrain, rue du Commandant-Orsini. Possible. Sauf que l'accès au hall était toujours fermé à clé : Abouna, intransigeant sur le chapitre de la sécurité, y veillait scrupuleusement. Quant à téléphoner à Patricia, il ne s'y hasarderait pas, averti depuis longtemps que leur ligne était surveillée.

Les minutes s'additionnaient et il rongeait son frein, c'était trop stupide, quelqu'un fatalement finirait par repérer cette forme collée au manteau de fer de la boutique d'articles funéraires. Un badaud, ou un autre...

Il tendit l'oreille. Il lui avait semblé qu'on chantait dans la rue. Il se tassa contre le rideau métallique. Oui, on approchait sur le boulevard, un pas traînant, très irrégulier. Et la voix aussi du chanteur s'évaporait et ressurgissait, hachée. Une bouffée de mots lui parvint :

Au ciel, au ciel, au ciel
J'irai la voir un jour...

On cala, on s'arrêta pour tousser, une expectoration catarrhale, truffée de jurons. La marche reprit cahin-caha. Et Ménestrol le vit qui s'amenait, roulant bord sur bord, un Père Noël tout décati, la capuche sur le nez et la barbe de traviole, fin saoul.

Il atteignit le croisement. Il fit halte, eut l'air incertain de la direction à prendre. Ménestrol se rapetissa encore dans son abri. Le Père Noël s'était mis à soliloquer sur le trottoir, jambes fléchies, une main appuyée à l'une des colonnes du péristyle, l'autre battant l'espace :

– Alors j'y dis : si les Cosaques y s' pointent, moi j' grimpe sur le toit, v'là c' que j'y dis. Et toc ! Hein, les mecs !

Il se décida à traverser la voie, posa un pied sur l'asphalte. Une auto qui allait virer au rond-point faillit l'écharper. Il vomit un flot d'injures, remonta sur le trottoir, changea de projet. Toujours tirant ses bordées, il contourna le bas du boulevard en direction du quai Belle-Rive. Au passage Ménestrol eut droit à la répugnante odeur de vinasse. Après un temps de calcul, il sortit du renfoncement et se coula dans le sillage puant de l'ivrogne. Par bonds circonspects il atteignit le parking placé à la hauteur du dernier immeuble, face au port Saint-Louis, il s'accroupit.

L'homme s'était campé devant une cabine téléphonique et se soulageait, l'urine chuintait à gros bouillons contre le panneau de verre. En face, le phare de la petite jetée traçait sa parabole verte. L'ivrogne se secoua et tenta de reprendre son cantique au refrain :

Au ciel, au ciel, au ciel...

Il loupa sa montée au troisième ciel, un couac abominable, il n'insista pas. Sans s'arrêter de discourir, il erra quelque temps à la limite du quai, manquant vingt fois basculer par-dessus bord. Puis, visiblement égaré, le poivrot s'attaqua en soufflant à la rampe d'accès au sentier piétonnier qui desservait les grèves au bas des premières propriétés de la Mitre. L'endroit était tranquille, hors du champ des lampadaires du rond-point.

Ménestrol s'extirpa de sa cachette :

– Pstt! Pstt!

L'ivrogne se retourna, pataud, cherchant son assise.

– Qui c'est qui...

Il clignait des yeux à la lisière du capuchon, le ventre en avant. Sa robe était déchirée à l'un des genoux, il avait dû s'étaler à plusieurs reprises. Fraternel soudain, il ouvrit les bras, éructa :

– Vive la Coloniale, mon gars!

Ménestrol lui désigna du doigt quelque chose derrière. Il pivota, faillit s'abattre. Déjà Ménestrol était sur lui et cognait. Un coup peu appuyé à la base de l'occiput, qui suffit à l'endormir. Ménestrol le recueillit au creux de son bras avant qu'il ne touchât le sol. Il marmotta :

– Les Cosaques...

Et piqua une tête dans l'inconscience. Ménestrol le hala sur plusieurs mètres jusqu'à l'entrée du chemin. Il le coucha, lui arracha houppelande, barbe et moustache. Il passa le vêtement, ajusta vaille que vaille les postiches de sa victime, un petit vieux au crâne lisse, lequel émergeait déjà de son étourdissement et mâchonnait des syllabes sans suite entre deux rots aigres. Ménestrol le cala contre la poterne de fer d'une propriété : il allait pouvoir y cuver son vin tout à loisir.

Il l'abandonna sans trop de remords, redescendit vers le rond-point. Il coupa le boulevard, en imitant l'allure ondoyante du bonhomme, pesa sur le bouton d'ouverture automatique, libéra le pène, entra.

Abouna était debout devant sa loge, sapé comme un ministre, costume de ville et petit nœud. Du pouce Ménestrol lui montra les étages, lui signifiant qu'il était de la fiesta.

– T'as déjà deux confrères là-haut ! l'avertit le Noir. Y a même une Mère Noël !

Il rit à pleines gencives. Ménestrol fila vers l'ascenseur.

35

ELLE écouta tomber les onze notes à l'horloge. Elle n'avait pas bougé, continuait à fumer, debout au salon, une cigarette et puis une autre, comme une mécanique, elle inhalait sa fumée, brouillard dedans, brouillard dehors, indifférente aux œillades de la guirlande qui lui éclaboussait le visage. Les enceintes de la chaîne toujours allumée ronflaient doucement, elle n'avait pas le courage d'aller poser un autre disque sur la platine. Ni l'envie, elle n'avait plus d'envie.

Chez les Vanoli, on baignait dans l'euphorie. Une chorale mixte improvisée avait exhumé une rengaine des années 40, dont les pieds des soupeurs scandaient le temps fort :

C'est la java bleue
La java la plus belle
Celle qui ensorcelle
Et que l'on danse les yeux dans les yeux
Au rythme joyeux...

Le bruit atteignit son oreille à cet instant, très bref, ridiculement menu dans l'orgie sonore environnante, quelque chose comme un grignotement de souris, impossible à situer. Elle nota que son cœur avait réagi aussitôt, se demanda pourquoi, un simple craquement de boiserie, ou encore...

Le grattement léger reprit, perçant de part en part l'exhibition braillarde au-dessus, et elle était si concentrée à présent qu'elle le localisa aisément : cela venait de la direction du hall, dont la porte de communication était restée entrouverte.

Elle écrasa sa Craven et marcha vers le vestibule à pas lents. Elle s'immobilisa, respiration bloquée, le sang battant ses tempes. L'épaisse sérénade des réveillonneurs l'enveloppait, encore plus proche, comme s'ils avaient émigré dans l'appartement lui-même.

... Qui fait tourner la tête
Qui fait chavirer le cœur...

On frappa à la porte, trois coups nets. Elle risqua un nouveau pas, demanda avec effort :

– Qui est là ?

La réponse fut jetée dans un souffle :

– C'est moi. Ouvre, vite.

Surgie de l'impossible, la voix d'Alain.

Patricia étreignait son sein, comme pour amortir le pilonnage de la machine affolée. Dans sa tête aussi ça éclatait et ça fusait, toutes les composantes de son corps vibraient, il était là ! finie l'interminable attente ! Le rêve insensé avait pris chair, Alain était de retour ! Et elle sentait qu'elle l'avait toujours su, son extravagante faction n'avait pas d'autre sens : elle savait qu'Alain reviendrait ce soir !

Les doigts gourds, gauchement, elle tourna la clé, la mollette du verrou de sécurité, elle pesa sur la poignée.

Une forme s'infiltra dans l'ouverture et repoussa la porte. Ce n'était pas Alain.

Patricia recula, stupéfiée, devant le personnage carnavalesque en robe rouge. Mais il abaissait le capuchon, arrachait les postiches, se dépouillait en un tour de main de la houppelande. Alain était devant elle, moulé dans un anorak fourré aux poignets et au col et des fuseaux noirs. Il lui montrait sa pauvre figure laminée par l'épreuve, ses joues sales, ses yeux de fièvre. Il avait vieilli de dix ans. Dans la clarté crue tombant du lustre, ses paupières papillotaient sur les pupilles craquelées de filets de sang.

Une seconde ils se regardèrent, interdits, doutant encore. Et ils s'abattirent l'un contre l'autre, ils soudèrent leurs corps, à en étouffer :

– Alain dearest, my sweetheart !

Le premier, il s'écarta :

– Le petit ?

– Viens.

Elle l'entraîna par la main. Il lui obéissait comme un gosse, il vacillait un peu. Dans le séjour, il s'arrêta, déconcerté par le décor de fête et le flamboiement des lampes, plissant de plus belle les paupières.

– Viens, répéta-t-elle.

Ils étaient au bas du petit lit. Un rai lumineux échappé de la salle coulait sur la parure bleue et dorait la joue ronde du bébé endormi. Alain contempla quelque temps son enfant, sans prononcer un mot.

Puis il se tourna vers Patricia :

– Hans ? Tu as vu Hans ?

– Chut...

Elle le poussa hors de la chambre, referma la porte.

– Qui est-ce ?

– Je l'avais chargé de te contacter, pour te prévenir que...

Il n'acheva pas, lisant le verdict sur le visage de sa femme. Oui, Patricia avait compris, devant ses prunelles repassait la séquence sinistre du clochard barbu qui expirait contre le trottoir.

– Je crois que Hans est mort, Alain. Une voiture l'a fauché hier après-midi à l'entrée de la rue Castillon, alors que j'allais le rejoindre.

Alain ferma les yeux, murmura :

– Tout est bien fichu.

Elle fut effrayée par la décomposition de ses traits, et son corps aussi s'affaissait, comme si un fil quelque part s'était cassé. Elle lui prit le bras, elle le força à s'asseoir sur le canapé. Elle était courbée sur lui, elle frottait sa joue encore humide contre la peau râpeuse :

– Mais non, Alain! Puisqu'on est là, côte à côte!

Il laissa sa tête aller en arrière contre le dossier. Les éclairs de la guirlande de Noël cisaillaient d'un trait dur les pommettes anguleuses.

– Je suis fatigué, fatigué...

Et elle continuait de lui caresser la joue et d'embrasser ses paupières et ses lèvres, elle lui disait mon amour, mon cher amour, le cœur crevé de pitié, sourde aux vociférations des noceurs au-dessus de sa tête :

Que de promesses, que de serments
On se fait dans la folie d'un moment...

... La pièce était maintenant pleine d'ombre. Patricia avait débranché la guirlande et coupé toutes les lumières, à l'exception de celle, très tamisée, qui émanait de la colonne d'albâtre posée entre deux des fauteuils du salon.

Recroquevillé au centre du canapé, à la place où il s'était assis, Alain dormait, la bouche ouverte, comme un noyé, engoncé jusqu'au menton dans son vêtement fourré : elle n'avait pas osé le déshabiller, par crainte de troubler son sommeil. Des gouttes de sueur s'irisaient parmi les poils de ses joues. Par intermittence il geignait, des décharges nerveuses lui ébranlaient les membres. Puis il reprenait sa posture rigide de cadavre.

La liesse à l'étage supérieur s'était éteinte. Vers 23 heures 30, les Vanoli et leur troupe avaient brusquement déserté l'appartement. A quelques mots lancés par des invités qui descendaient l'escalier, Patricia avait cru comprendre que la bande allait se mettre en train dans une boîte de la ville. Leur départ avait créé un vide, au point que par contraste le silence paraissait total. Afin de mieux protéger encore le repos de son mari, Patricia avait neutralisé la sonnerie du carillon.

L'ascenseur s'ébrouait et filait sa note plaintive. Le panneau de plexiglas cliquetait au palier du dessous, des gens échangeaient des propos sonores, qui se répercutaient dans la cage d'escalier.

Alain rouvrit les yeux. Il se mit aussitôt sur son séant, porta la main à sa poitrine, ses ongles grattèrent la fermeture à glissière. Patricia se rapprocha et lui sourit :

– Je suis là, Alain. Je n'ai pas voulu te réveiller.

Il se décontracta, se frictionna le front et les paupières. Il chercha le cadran de la pendule, dont on ne discernait qu'un reflet blême dans la demi-obscurité.

– Quelle heure est-il?

– Pas loin de minuit. Les cloches des églises doivent commencer à sonner.

Elle alla ramasser au pied de l'arbre le grand paquet cubique noir et or qu'elle lui destinait, elle le plaça sur ses genoux :

– Joyeux Noël, mon chéri !

Il déchiffra son prénom, redressa la tête avec une expression d'incrédulité, puis il défit l'emballage, ouvrit le coffret, dégagea la caméra. Il la garda entre ses doigts.

– Ça te fait plaisir ?

– Mais oui... Oui, bien sûr, elle est magnifique.

La voix était sans chaleur. Il devait être en train d'apprécier le caractère irréel de la situation. Une caméra ! Ce symbole d'heures insouciantes et de liberté ! Pour lui ! En ce moment !

Il enveloppa l'appareil de sa housse de protection, le relogea dans la boîte, qu'il reposa sur le parquet. Il releva les yeux :

– Patricia, si je suis revenu... L'avion déjà partait... Une autre terre... très loin... Et je suis revenu. Il fallait que je te revoie ! Pour t'expliquer...

Elle étendit la main, comme si elle voulait boucher ses lèvres. Elle s'agenouilla devant lui.

– Ne parle pas. Je sais.

Il la dévisagea, soupçonneux.

– Qu'est-ce que tu sais ?

– J'ai eu la visite d'un type, à ce sujet. Il habite dans l'appartement mitoyen. Un nommé Benoît.

– Comment il est ?

Une lueur de peur vibrionnait dans les pupilles blessées. Un muscle à la pommette droite battait.

– Petit, maigrichon, noir, une verrue sous le nez. Très bizarre.

– Je ne le connais pas, dit Alain. L'appartement d'à côté, tu dis? Ils sont partout!

Après un temps, il demanda :

– Il t'a parlé d'Athènes?

– Oui.

– Que t'a-t-il dit?

Elle se releva.

– Ça n'a aucune importance, Alain.

D'un coup de reins il fut debout lui aussi. Il lui saisit le haut des bras :

– Si, Pat, ça en a beaucoup pour moi! Que t'a-t-il dit?

– Il a parlé de jeu, de dettes, il a prétendu qu'après...

Elle haussa les épaules avec lassitude, très malheureuse.

– Qu'après j'avais troqué mon bel uniforme de marin contre la livrée des espions? Il t'a dit pour qui j'espionnais? Il t'a dit qui en avait décidé? Réponds-moi : il te l'a dit?

Sans s'en rendre compte, il la secouait, lui comprimait cruellement les biceps.

– Je t'en prie, Alain! Je ne veux rien savoir! Alain, arrête!

Prenant conscience de sa brutalité, il desserra l'étreinte.

– Excuse-moi, Patricia.

Il attrapa une Craven dans le paquet abandonné sur la table, l'alluma. Patricia frottait ses bras endoloris. Sans la regarder, lui tournant presque le dos, il entama sa confession :

– Ça doit remonter à très loin. Bien avant d'aller en Grèce, j'avais été classé parmi les « sujets intéressants ». Sur ma fiche – on a tous une fiche qui tourne quelque part – figurait la flétrissure : « JOUEUR ». Une bénédiction pour les artistes de l'extorsion qui pullulent dans les basses eaux des Services spéciaux! Méthodiquement, quand j'ai pris mon poste à Athènes, des gens qui avaient leur idée se sont mobilisés pour réveiller la vieille maladie. Les occasions ne manquaient pas, on les a multipliées sous mes pas à plaisir. Et tout a recommencé. Je me suis remis à hanter les arrière-salles accueillantes et les cabinets discrets, à m'engluer, un peu plus chaque fois. Une nuit...

Il aspira la Craven à plusieurs reprises, par saccades. Dans la clarté sourde filtrant à travers la borne lumineuse, la tête d'Alain semblait flotter au milieu d'un brouillard gris, détachée de son corps.

– J'avais tout engagé, mon argent, mes biens même, et tout perdu. Saigné à blanc. Un homme mort. C'est alors qu'un de mes partenaires habituels m'a mis le marché en main. Un nommé Vassili. Il se faisait fort de m'aider à éponger ma dette, en échange d'un petit boulot qu'il me proposait. Il m'a confié qu'il était en cheville avec des gars du Renseignement français en Méditerranée orientale. Ils cherchaient un homme neuf, un non-professionnel de l'espionnage, ne risquant donc de figurer sur aucun listing spécialisé. J'avais d'après lui le profil adéquat. Au poste officiel que j'occupais, je serais très utile, et après tout là encore je servirais mon pays et le monde libre. Le monde libre!

Il émit un ricanement, poursuivit :

– J'avais le couteau sur la gorge. Tout à fait conscient de la manœuvre qui m'avait fourré entre leurs pattes – une machination parfaitement montée, Vassili ne s'en cachait même pas –, j'ai dit oui. On m'a expliqué ce qu'on attendait de moi. J'étais en contact quotidien à l'ambassade avec des diplomates de tous horizons. On m'a fixé quelques cibles dont je devais d'abord gagner la confiance. Ce point acquis, mon rôle consisterait à distiller à mes contacts des informations « top secret » d'ordre militaire ou commercial, rigoureusement choisies par ceux qui m'employaient : la vieille technique de l'intoxication. Voilà comment je suis devenu « l'agent sous contrôle » Robin, un numéro matricule, un pion sur un échiquier inconnu, conditionné et téléguidé pour des stratégies dont je ne savais rien !

Il se rassit, le brûlot aux lèvres, se prit le front entre les mains. Patricia n'avait pas bougé. Visage blanc et robe noire, elle avait la raideur hiératique des Choéphores de la légende.

La voix meurtrie continuait :

– J'approchais du terme de ma seconde année à Athènes comme conseiller naval adjoint. J'aurais pu rester à ce poste un an encore. C'est moi qui ai décidé de mettre fin à mon détachement, j'ai sollicité ma réintégration. En me passant de la permission de mes maîtres !

Il recommença à tirer sur sa cigarette. Son regard était fixe.

– Ils ont tout essayé, séduction, chantage, intimidation, les moyens les plus ignobles. Ils m'ont mis sous le nez un dossier tout prêt, bourré de photos, de documents compromettants, qui faisait de moi l'agent d'une puissance étrangère ! Cette même puissance étrangère qu'ils m'avaient ordonné d'infiltrer ! Je suis passé outre. A mon tour j'ai menacé : oui, j'exigeais de redevenir un homme libre. Et si on s'acharnait, eh bien, je savais beaucoup de choses, j'étalerais la marchandise, toute la marchandise ! Sans états d'âme.

Il se berça de ce songe, en suivant de l'œil le serpent de fumée.

– Ils n'ont jamais accepté. Je pensais avoir gagné et déjà j'étais condamné. Un traître et un renégat, avec de la mémoire et une haine intacte pour ceux qui l'avaient manipulé. Dangereux. Quelque chose comme de la dynamite vivante. Dès Athènes, ils m'ont expédié un de leurs hommes de main, une nuit, dans ma maison.

Il s'arrêta, les pupilles comme possédées encore par une vision d'effroi. Il murmura :

– Il s'appelait Lazlo Palech...

Il laissa tomber sa tête :

– Ça n'a servi à rien, ils ont recommencé, avec d'autres méthodes. La chasse n'a jamais cessé.

Elle était revenue près de lui, elle effleurait des doigts le front poisseux de transpiration :

– C'est fini, Alain, oublie. Un cauchemar, c'est fini.

– Non, rien n'est fini. Ils ont liquidé Hans.

Un silence, accablant.

– Qui était Hans? dit Patricia.

Il tarda à lui répondre. Il éteignait son mégot dans un cendrier, le broyait avec une insistance démesurée.

– Il travaillait pour un autre service, j'avais eu l'occasion à Athènes de lui être utile, il ne l'a jamais oublié. Tu te souviens de ma réaction au retour du bal? Ce soir-là j'ai compris que l'appartement pendant notre absence avait eu de la visite. Oui, ils étaient déjà dans la place, capables, quand ça leur chantait, de forcer ma porte! Alors, avant notre départ pour Brest, j'ai contacté Hans, il a accepté de veiller sur toi et Nicolas, dans l'ombre. Je crois que c'était un ami.

– Au motel d'Ancenis, c'était lui qui téléphonait ?

– Oui, pour me conseiller de modifier encore mon itinéraire. Il était très préoccupé. Il m'avait laissé un message aux « Rois Mages », mais il craignait qu'on ne me l'ait pas remis. Il m'a donc fait demander, pendant le repas. Je l'ai rappelé ensuite.

Il interrompit ses explications, répéta d'un ton de désolation :

– Ils ont liquidé Hans...

Elle réagit :

– Eh bien, nous allons nous battre !

– Nous battre !

Il eut un ricanement court.

– On ne se bat pas contre des zombies, Patricia ! Pas contre la maffia des ombres ! Ça je l'ai appris, trop tard. Ils sont partout et nulle part. Ils connaissent déjà ma présence ici. Même mes paroles, peut-être, à cette seconde...

Il promena son regard sur les murs, le plafond, comme s'il cherchait d'éventuels témoins cachés, il fit même mine de se lever. Il eut un geste qui signifiait que ça n'avait plus d'importance. Elle le sentait au bout du rouleau, sans influx, vidé moralement et physiquement. Elle s'enflamma :

– Et moi, qu'est-ce que je deviens ? Tu as pensé à moi ?

Il voulut la faire taire, mais elle n'était pas en état de l'écouter :

– Tu n'as pas le droit ! Tu ne vas pas me sacrifier, nous sacrifier tous les trois, sans même un sursaut ? Tu n'es pas revenu pour ça ? Pour offrir ta nuque au couteau, devant mes yeux ? Tu n'as pas le droit !

Ménestrol contemplait sa femme, écrasé du sentiment de sa déchéance.

– Ne sois pas injuste, Patricia. Je te jure que s'il me restait une chance, une seule chance...

– Tout est encore possible ! riposta-t-elle, devinant qu'il était ébranlé. Commençons par ameuter la résidence ! Appelons la police, les journaux, raconte ton histoire, donne des noms ! Dénonce les misérables qui ont joué aux dés avec ton honneur et ta vie ! Oui, fabriquons un énorme feu d'artifice ! Je vais alerter mon père, il ne laissera pas commettre ce crime, je te promets qu'il fera du bruit !

– Et après, Pat ? Tu imagines notre existence après ce déballage ?

– Je me fous du scandale ! Il s'agit de sauver ta peau !

– Ma mère n'y survivrait pas. Et Roland Moutier, quand il apprendra que...

– Roland Moutier est...

Elle se mordit la lèvre. A quoi bon lui assener ce nouveau coup ? Elle ne lui dirait rien.

– D'accord. Alors partons. C'est bien ce que tu t'apprêtais à faire ? Où, peu m'importe. J'irai où tu seras. Au Paraguay ou chez Castro ! Je suis avec toi !

– Ma chérie ! dit-il.

Il plaqua ses mains contre sa face, et elle se demanda s'il pleurait. Puis elle l'entendit qui réfléchissait tout haut :

– Ils ne prendront pas le risque de m'attaquer ouvertement chez moi. Ça ferait trop de vagues, et la publicité, ils n'aiment pas ça. En tablant là-dessus on pourrait...

Il dévoila son visage.

– C'est bien, Pat, je vais essayer. Mais je partirai

seul. Si je m'en sors, je te fais signe, tu viens me rejoindre avec Nicolas.

– Non, dit-elle, hors de question. Je ne te quitte plus !

Il y avait une telle détermination dans sa réplique qu'il renonça aussitôt à la dissuader. Elle était la plus forte, il le ressentait, l'acceptait sans doute. Il demeura muet plusieurs secondes à agiter ses pensées. Il se leva :

– Entendu.

Il actionna la fermeture Eclair de l'anorak, dégagea un pistolet, poussa le cran de sûreté.

– Que vas-tu faire ?

Elle fixait l'arme, figée. Il désigna la cloison, mit un doigt sur ses lèvres, dit seulement :

– Prépare-toi. Réveille le petit.

Il s'éloigna vers le hall, se glissa hors de l'appartement sans bruit. Peu après la porte voisine fut ouverte. Une exclamation, immédiatement bâillonnée et ce fut tout. Le silence.

Elle écouta encore, tremblante, au bord de la défaillance. Rien. Des rumeurs lointaines de conversations et de musiques, la palpitation normale de la vie. « Il est avec Benoît, il va... » Elle était terrifiée. Les mâles dispositions qu'elle affichait un instant plus tôt s'effritaient au choc du passage à l'acte. Quelqu'un, de l'autre côté de ce mur, était occupé à donner la mort. Alain, son mari...

Elle traversa les minutes qui suivirent comme une somnambule. Ses mains ouvrirent placards et commodes, vidèrent des tiroirs, attrapèrent du linge, des objets de toilette, les jetèrent dans un sac de voyage.

Des bruits d'immeuble la secouèrent. Elle courut reprendre le guet dans le hall. L'ascenseur ronflait, on gravissait l'escalier en discourant, les voix claironnaient, excitées, deux femmes avaient l'air de se crêper le chignon, une basse essoufflée fredonnait « Minuit, Chrétiens ». C'étaient les Vanoli qui rentraient de leur brève escapade : les pas qui écrasèrent le plafond peu après et le bourdonnement grossissant des voix signalaient que les réveillonneurs avaient rallié leur base.

L'alerte passée, Patricia retourna achever ses préparatifs. Puis elle s'occupa de Nicolas, l'emporta à moitié endormi dans la salle de bains.

Elle avait presque fini de l'habiller lorsqu'elle perçut le frémissement de la porte extérieure. Elle casa l'enfant dans le parc et gagna le séjour. Alain débouchait du hall et allumait le grand lustre. Il sembla à Patricia que sa figure était encore plus hâve, des trémulations agitaient ses pupilles tachées de sang. Elle bégaya :

– Est-ce que... est-ce que tu l'as...

Il approuva en remuant la tête, il tapota sa poitrine :

– Pas eu à m'en servir. J'ai simplement...

Sa main coupa l'air comme un couteau.

– Sa chambre était bourrée d'appareils, il était tenu au courant de tout. Même notre conversation ce soir avait été enregistrée. J'ai dû faire le ménage.

Elle gardait son mutisme, moins effrayée que choquée par ce viol de leur intimité.

– Il n'écoutera plus, conclut-il. Mais ça m'a pris du temps.

Il boucla l'anorak jusqu'au menton, lut l'heure à la pendule :

– Minuit vingt. Tu es prête ?

– Oui, Alain.

Il se concentra.

– Tu vas sortir l'Audi. Ah... L'essence?

– Pratiquement un plein. Elle n'a pas quitté le garage depuis mon retour de Brest.

– Parfait. Tu t'installes avec le gosse. Moi je file de mon côté.

Il se retourna et montra le déguisement éparpillé au milieu du hall :

– Avec ça, je passe aussi facilement que je suis entré. Tu m'embarques rue Orsini, disons devant le pressing. Tu vois?

– Très bien. Alain, on s'en va sans...

Elle hésita.

– J'ai promis d'appeler en Angleterre, ils doivent attendre. Toi-même, ta mère...

Il lui jeta un regard malheureux. De grosses gouttes de sueur coulaient sur ses joues. Il secoua la tête avec une sorte de rage :

– On n'a pas le temps. On leur présentera nos souhaits... plus tard.

– Comme tu veux, Alain. Je vais prendre le petit.

Elle revint quelques instants plus tard avec Nicolas, le sac de voyage à la main. Elle avait juste enfilé sur sa robe son manteau de ragondin fauve. Alain avait déjà revêtu le travesti. Il abaissa la capuche, tint un moment l'enfant serré contre lui. Chatouillé par la barbe, Nicolas riait aux éclats. Alain le rendit à sa mère.

– Je prends les devants. A tout de suite. Face au pressing.

Il rajusta sa coiffure, éteignit les lampes du hall, ouvrit la porte en douceur, inspecta le couloir. Il disparut.

36

A la montre du bord il était 5 heures 35. L'Audi cahotait d'un talus à l'autre dans la lave crémeuse qui crépitait sous les chaînes. On grimpait toujours, entre deux murailles scintillantes que les fûts des sapins crénelaient, piqués dans la croûte glacée comme des bougies d'anniversaire.

Alain qui sondait le tunnel blanc, le nez écrasé contre le pare-brise, maugréa :

– Bon Dieu, ça doit bien mener quelque part !

Patricia en était moins certaine, mais elle ne répliqua point. Elle avait le cerveau trop empâté pour entamer une discussion. Elle ne réussissait même pas à maintenir ses paupières ouvertes, la réverbération du décor sous le feu des projecteurs l'éblouissait, sans cesse elle glissait dans une somnolence qu'une nouvelle secousse de la voiture venait vite interrompre.

Depuis leur courte halte, à la sortie de Gap, elle avait son manteau et malgré le ventilateur qui brassait généreusement l'air chaud elle répugnait à faire l'effort de se déshabiller. Protégé par plusieurs épaisseurs de couvertures, Nicolas dormait dans le « multi-relax » ancré à la banquette, derrière elle.

Ils roulaient depuis plus de quatre heures et demie. Le départ s'était fait sans anicroches, conformément au plan. Dès qu'il avait été dans la voiture, tout en se dépouillant du déguisement, Alain lui avait fixé l'objectif en quelques mots : la Suisse. Sur place, ils aviseraient de la suite du voyage. Il lui avait demandé de garder le volant pour le moment. Ils avaient pris l'autoroute en direction de Valence. A la hauteur d'Aix, inopinément, il l'avait fait bifurquer sur la Nationale 96, pour rattraper Gap.

– On y perdra un peu de temps, mais c'est plus sûr.

Elle n'avait pas commenté ce choix. Pourtant le souvenir d'un autre trajet mouvementé, deux mois auparavant, lui avait traversé l'esprit, et sachant ce qu'elle savait aujourd'hui, elle avait compris qu'il vivait dans la hantise d'être une fois encore pris en chasse. De fait, durant la première tranche de parcours, il avait semblé nerveux, il ne cessait de se retourner et d'interroger la nuit à travers la lunette. S'il la laissait conduire, c'était pour cette raison, afin de surveiller ses arrières et d'avoir les mains libres en cas de coup dur.

Il ne s'était détendu qu'une fois passé Sisteron. Les vrais problèmes, par contre, avaient alors commencé. Des plaques de verglas rendaient le pilotage de l'Audi très délicat, Patricia avait dû lever le pied : ils avaient mis plus d'une heure à rallier Gap.

Après une pause occupée à la fixation des chaînes, Alain avait remplacé sa femme aux commandes. Le col Bayard avait été un gros morceau à avaler, la neige qui était tombée en abondance au cours de la nuit freinait l'ascension, ils s'étaient traînés. Cahin-caha ils avaient continué sur Grenoble. L'Audi chassait dangereusement et à deux reprises Alain n'avait pu contrôler qu'à l'extrême limite la dérive vers le ravin. Ivre de sommeil, Patricia n'était plus à même d'assister le conducteur.

Alain avait soudain déclaré qu'ils allaient s'accorder une halte.

– On récupère, une heure ou deux. Et après on remet ça!

Patricia aurait préféré passer le plus vite possible de l'autre côté de la frontière, mais cette fois encore elle garda pour elle ses objections. Sans qu'il eût précisé son plan, ils avaient quitté la Nationale et s'étaient engagés dans cette espèce de bretelle escarpée, chemin de randonnée plus que route, où ils peinaient depuis une vingtaine de minutes. Alain recommençait à s'énerver. La couche de neige s'épaississait et même avec les chaînes l'Audi s'arrachait de plus en plus difficilement à cette pâte lourde et visqueuse comme un emplâtre, les roues tournaient à vide, le moteur se cabrait. A travers sa torpeur Patricia recueillait la plainte qui s'effilait jusqu'à l'aigu, de violentes trépidations ébranlaient la carrosserie, Alain jurait, on repartait.

Du temps passa sans doute. Et elle perçut l'exclamation de son mari :

– Eh bien! C'est pas trop tôt! Un refuge!

Elle rouvrit les yeux. L'Audi débouchait sur une vaste aire immaculée. On devinait, dans la clôture de sapins alignant tout autour leurs suaires, les trouées de plusieurs chemins, et Patricia crut même reconnaître contre les troncs les flammes des panneaux de signalisation, recouverts de leur carapace de gemmes.

Au pas, la voiture traversa le carrefour. Les

phares cernèrent une construction en planches, nichée sur une petite éminence parmi les arbres. Mètre après mètre, l'Audi grignota la dénivellation, elle longea la bicoque et vint stopper presque à l'arrière, au ras des sapins.

Alain éteignit le moteur et les phares.

– Je vais voir.

Il ouvrit la portière et mit les pieds dehors, tandis qu'un filet de glace s'insinuait dans l'habitacle. Elle entendit sa progression pesante, le crissement de la neige foulée, puis des craquements de bois, le cri rouillé des charnières. Elle tourna la tête. Une lueur jaune tremblait contre un carreau au flanc de la baraque. La porte une seconde fois grinça et Patricia vit la silhouette noire qui se déhanchait dans la neige.

Il ouvrit à l'arrière.

– On est vernis ! Il n'y avait qu'un simple loquet. Viens, Pat. Je me charge du petit.

Il attrapa les lanières de la nacelle, l'emporta. Patricia remonta le col de son manteau et descendit du véhicule. Elle clopina dans les traces de son mari jusqu'au refuge, entra, bloqua la bobinette. Une bougie éclairait le réduit, fichée au goulot d'une bordelaise posée sur la table rudimentaire qui avec les deux bancs constituaient l'ameublement du gîte.

A croupetons devant un archaïque poêle en fonte rond, Alain au moyen d'un briquet allumait une poignée de copeaux. Dans la grande tradition de la montagne, la flambée à son arrivée était toute préparée, le foyer bourré jusqu'à la gueule. A l'un des angles, une provision de rondins et de fagots attendait les voyageurs. Alain plongea le brandon dans l'ouverture et rabattit la plaque.

Le bois pétillait. Patricia s'assit grelottante à

l'extrémité d'un banc, près du feu. Alain avait placé le « baby-relax » au bas du poêle, en l'isolant du sol cimenté à l'aide de deux planches. Nicolas ne s'était pas réveillé. Elle n'apercevait de l'enfant enfoncé dans ses duvets qu'un ovale de frimousse rose émergeant de la cagoule.

Alain prit place à côté de sa femme et l'enlaça. Elle posa la tête sur son épaule. Ils demeurèrent silencieux, aussi tendus l'un que l'autre, écoutant les ronronnements du brasier et la pétarade des bûches. Dans la tiédeur qui se propageait vite Patricia s'alanguissait. Elle murmura :

– On est bien...

Et se blottit un peu plus serré contre la poitrine de son mari. Quelques instants après, elle dit :

– Tu te rappelles notre chalet, dans l'Appenzell? La brave Mme Humbrecht qui voulait toujours...

Il attendit la suite, mais il n'y en eut point. A sa respiration rythmée il se rendit compte qu'elle s'était endormie. Il la souleva dans ses bras avec précaution, l'étendit sur le tas de fagots dans l'angle. Une couche au confort sommaire. Elle rouvrit les paupières, prononça quelques mots qu'il ne comprit pas. Elle était si exténuée qu'elle replongea immédiatement dans l'inconscience.

Il resta un moment à la regarder. Puis il ôta son anorak et, après l'avoir allégé du pistolet, il étala le vêtement fourré sur les cuisses de la dormeuse.

Il revint s'asseoir au bout du banc et posa l'arme sur la table. La plaque du poêle était déjà rouge.

37

MÉNESTROL essuya la buée sur le carreau avec son mouchoir. A travers la vitre ciselée par le gel, il parcourut du regard l'étendue pâle, sur laquelle les roues de l'Audi avaient tracé deux rails ondulants, jusqu'à la barrière des sapins pareils à une ligne de gardes blancs. Rien. L'immobilité et le silence pétrifiés. Il se serait encore trompé : un paquet de neige, peut-être, qui se détachait d'une branche haute et rebondissait.

7 heures 25. L'instant gris précédant le jour. Des nuées s'effilochaient au-dessus des arbres, le ciel avant le spectacle faisait peau nette. Les cimes là-bas devaient déjà être lustrées de rose. Une belle journée qui s'annonçait, constata-t-il, sans amertume.

Il revint vers le centre du refuge. La bougie avait rendu l'âme, mais les rondins continuaient à ronfler dans le poêle chauffé à blanc. Depuis qu'ils étaient là, il n'avait pas cessé d'alimenter le feu. De part et d'autre du foyer, la jeune femme et l'enfant poursuivaient leur sommeil paisible, Patricia comiquement entortillée sur les fagots dans sa fourrure de lady, les genoux affleurant le menton. Il remonta sur les jambes l'anorak qui avait glissé. Il les contempla le cœur serré, plein de remords de les avoir entraînés dans cette pitoyable équipée. Et le plus atroce était encore devant.

Il s'assit à la même place, chevauchant le bout du banc, il reprit la veille, dans le silence feutré que troublaient à peine les craquètements des bûches, les chuintements de résine bouillonnante, l'haleine régulière des dormeurs. Le jour allait venir, et l'épilogue. Il s'était parfois demandé ce que pouvait être la dernière nuit des futurs suppliciés, dans leur cellule. Aujourd'hui il avait la réponse. Lui aussi tout à l'heure il entendrait s'approcher les pas dans la neige, et il saurait que ce serait pour lui. Savourer goutte à goutte cette parcelle encore épargnée d'un sursis qu'il avait voulu, en épuiser la charge d'éternité, oui, oublier Gethsémani! Il était avec ceux qu'il chérissait, tous les trois rassemblés autour du foyer bavard, l'anneau reformé! Et peu importaient la solitude et le froid qui assiégeaient la maison! Tout ce qui comptait était ici, ramassé dans ces quinze mètres carrés d'abri perdu.

Ménestrol tourna la tête. Cette rumeur dehors... Il eut l'impression qu'il l'enregistrait depuis un moment déjà, passivement. Il écouta, un peu hagard. Réalité? ou hallucination?

Il se releva et s'en fut sur la pointe des pieds contrôler au carreau gelé. Il se tordit le cou pour élargir son champ d'observation, ne releva rien. Il n'entendait plus le moindre bruit. Ses nerfs pourtant grésillaient. Incapable de préciser son intuition, il sentait que quelque chose dans l'équilibre du désert blanc avait été modifié.

Il y eut des battements d'ailes, et deux corbeaux s'envolèrent en criant de l'un des sapins bordant à droite le chemin par lequel ils avaient débouché au carrefour. De la poussière argentée volait et ricochait sur les branches. Ménestrol se concentra sur cette zone. Il remarqua deux nouveaux sillons qui zigzaguaient dans la neige depuis la trouée du chemin. Il les suivit de l'œil. Aperçut la tache livide des phares et derrière une masse encastrée entre les arbres. Comprit qu'ils étaient là.

Il décolla de la vitre son visage mouillé de transpiration, vira lentement. A quelques mètres, sa femme continuait de dormir, inconsciente de son agonie. Le cœur de Ménestrol éclatait. Ultimes salves de la révolte. Ultime tentation : faire quelque chose, se défendre, les défendre.

Il s'avança, les yeux fixés sur le pistolet au coin de la table. Et déjà il savait qu'il ne s'en servirait pas : il n'enfreindrait pas le pacte, moins par respect formel d'une parole que par raison. En pensant d'abord à ceux qui lui étaient chers – son dernier geste d'amour. Depuis longtemps il avait compris qu'il était blessé à mort. Il se rappelait la réflexion de l'émissaire de Paris venu le relancer au printemps dans l'Agora d'Athènes :

« Ça fait mal de voir un enfant qui se suicide! »

Oui, dès cette époque, alors que son corps continuait de se livrer à sa pantomime de survie, il savait qu'en toute hypothèse il était fichu. Cette certitude ne l'avait jamais quitté. Elle rendait bien dérisoire le grand branle-bas mené autour de lui pour lui procurer un lieu d'asile : même à l'abri il était mort. Envers et contre tous il avait donc choisi de rentrer, pour revoir Patricia et qu'elle entende de sa bouche comment on avait fait de lui ce gibier sacrifié. Il ne se dissimulait pas que cette nuit le fléau de la balance avait paru hésiter. Avec Patricia il avait rêvé, il avait réellement cru, un très bref instant, qu'ils pouvaient encore à deux infléchir la course inéluctable. Oui, un joli rêve...

Mélancolique, il se dit qu'elle ne comprendrait pas son attitude, elle le jugerait sévèrement sans doute. Il se rappelait ses reproches quelques heures plus tôt :

« Tu n'as pas le droit! »

J'aurais aimé t'expliquer, Patricia! Qu'il ne me restait plus d'autre issue digne et propre, qu'avant d'arrêter ma décision, j'ai tout pris en compte. Je l'ai fait pour toi, pour Nicolas, pour mes parents. Mais tu ne l'aurais jamais admis, j'ai vu ton emportement, tu étais prête à tout, même au pire. J'ai été contraint de te mentir, Patricia, une fois de plus! Pardon d'avoir dû imaginer un aussi médiocre subterfuge en choisissant ce lieu sauvage, comme pour un mauvais coup! Pardon de ce que tu prendras peut-être pour une dernière lâcheté! Pardon, mon amour. Crois-moi, ça n'a pas été facile!

Il empoigna l'arme. La reposa aussitôt. Patricia dormait profondément, il avait beaucoup de chance, il évitait la scène insupportable dont les images l'avaient torturé toute la nuit, l'arrachement barbare, les pleurs et les cris. Mais il ne pouvait pas s'enfuir comme ça, sans un adieu.

Il tâta les poches de son pantalon, n'y trouva rien. Son stylo était agrafé à l'intérieur de l'anorak, il ne voulait pas courir le risque de la réveiller. Il fit le tour du réduit, avisa une éclisse calcinée sur le ciment, au bas du poêle. Il la saisit, repoussa la bordelaise, se courba sur la table, traça ses signes au jugé dans la pénombre, sur toute la largeur du meuble. Six mots :

TOUT EST BIEN. JE T'AIME.

C'était très grossièrement dessiné, mais il était certain qu'elle déchiffrerait le message.

Il jeta le débris de bois, reprit le pistolet. Quelques secondes encore de recueillement où il s'emplit les yeux et le cœur de la déchirante douceur du tableau à ses pieds. Il tourna le dos. Etouffant ses pas, il gagna la porte. Sans quitter du regard le corps tassé sur son lit de fortune, il souleva le loquet, attira à lui le panneau. Le bruit fut imperceptible. Il s'inséra dans la meurtrière, referma avec la même prudence. Il tenait toujours en main le pistolet. De toutes ses forces il le projeta au loin, sous le couvert.

Il s'écarta du refuge. Le froid l'empoigna, lui trancha le souffle. Il se frictionna les côtes et la poitrine, serra les dents, commença à progresser en posant ses pas dans les excavations qui criblaient la neige, au pignon du chalet. Le craquement de la glace sous ses chaussures l'inquiétait, il se laissa glisser, déboula la dénivellation. Il se remit debout. La lumière s'affinait. Il ne s'était pas trompé, la journée serait ensoleillée, la coupole lisse du ciel virait au gris perle. Sur sa gauche, la pointe d'un sapin, atteinte par un rayon invisible, était comme une étoile ruisselante de rose pastel et d'or. Il se rappela que c'était le matin de Noël.

Il crut entendre un bruit du côté de la maison. Il prit peur, repartit, A chacun de ses pas, sa chaussure crevait la pellicule de glace, sa jambe disparaissait happée jusqu'au genou, il se désembourbait, projetait l'autre membre, s'enfonçait à nouveau. Le sang tambourinait contre ses tempes. Et il lui sembla que des cloches maintenant s'étaient mises à tinter autour de lui et l'escortaient, accourues des quatre horizons, la lourde volée des carillons qui chantaient partout la joie de Noël. C'était Noël, se répéta-t-il, et il allait mourir.

Il n'avait plus froid, il sentait à peine son corps, il n'était qu'une mécanique en mouvement, soutenue par une obsession : parvenir au plus tôt au niveau du mufle gris étalé sous les arbres. Les bielles accélérèrent encore la cadence. Il termina le parcours presque en courant.

Il était tout près de la Mercedes. Les essuie-glaces battaient la mesure sur la vitre sale, dessinant deux lucarnes à travers lesquelles il entrevoyait plusieurs visages attentifs. Il fit halte. Deux hommes sortirent de la voiture, symétriquement, deux fonctionnaires anonymes qui semblaient frigorifiés malgré leurs manteaux épais. Ils l'encadrèrent sans brusquerie.

– Voilà Ménestrol, dit l'un d'entre eux d'une voix cordiale, comme s'il s'excusait.

Alain désigna le refuge :

– Ils dorment. Ne les réveillez pas.

Il ne fit pas d'autre commentaire. Il marcha vers la voiture.

Elle se remit sur son séant. Il lui avait semblé qu'un cri traversait son sommeil. Le souffle court, elle regarda autour d'elle, sans comprendre ce qu'elle fichait étendue sur ce tas de bois en robe et manteau de sortie. Le poêle chantonnait dans la pénombre. Tout près. Nicolas dormait au fond de sa nacelle, les joues pareilles à deux pommes vernissées.

Elle aperçut la veste fourrée qui gisait à ses pieds, la considéra avec stupeur. Brutalement la mémoire lui revint et l'angoisse lui broya la poitrine : Alain n'était plus là!

Elle se releva, se précipita jusqu'au carreau

embué et sonda le tapis aveuglant sous la lumière déjà acérée du matin. Tout de suite, elle repéra les marques de pas dans la neige. Elle bondit hors du refuge, poussa un hurlement de bête :

– Alain!

Elle s'élança, roula, se remit d'aplomb.

– Alain! Alain!

L'écho inlassablement lui renvoyait son appel. Elle s'acharna à suivre la trace, insensible au froid qui s'insinuait sous ses vêtements et lui rongeait la peau.

– Alain!

Le pointillé des pas s'interrompait à la limite des sapins. Elle remarqua qu'à cet endroit la neige avait été piétinée et comme labourée. Elle releva des empreintes de pneus, découvrit les deux ornières fraîchement creusées, qui formaient une boucle tronquée en direction du chemin.

Elle sut aussitôt que tout était fini : Alain l'avait quittée pendant qu'elle dormait, elle ne le reverrait jamais plus.

Elle cessa d'appeler et de chercher, revint vers le chalet. Elle marchait sans hâte, d'un pas raide d'automate, elle n'était qu'un bloc de glace qui glissait sur la plaine, cerveau mort. Le soleil poussait une flèche dans une échancrure, des sapins déjà étaient en feu, la neige à droite ressemblait à une mare rouge. Une escouade de freux passa à la lisière du massif, leurs voix rauques résonnaient loin dans l'air de cristal.

Patricia continuait de se traîner. Parfois son soulier filait sur une plaque, elle s'écroulait de tout son long. La neige sous elle était souple comme un linceul et elle ne bougeait pas durant plusieurs secondes, gagnée par une insidieuse volupté. Puis elle se décollait, prenait appui sur ses genoux et ses mains, se redressait, recommençait son trottinement mécanique. Ses chaussures, ses bas, sa robe étaient détrempés, des perles de glace brillaient dans les poils de la fourrure, ses cheveux pendaient sur son front comme des anguilles, qui gouttaient le long de ses joues.

Elle aborda l'éminence au bas du refuge, chancela une fois de plus, termina l'ascension à quatre pattes. Quand elle fut debout, elle eut un vertige. Derrière les vitres opaques de l'Audi garée au pignon de la baraque, dos au carrefour, elle devinait une forme immobile. Une espérance insensée lui gonfla le cœur.

– Alain !

Elle se mit à sautiller d'une crevasse à l'autre, atteignit le flanc droit de la voiture, ses doigts ankylosés pesèrent sur le poussoir.

– Asseyez-vous, madame Ménestrol, dit la voix morne de Benoît.

Elle exhala une sorte de râle, demeura dans la fente de la portière, foudroyée. Benoît était enroulé en boule à la place du conducteur. Sa tête disparaissait presque dans le col relevé du pardessus noir. Coudes au corps, la peau du visage couleur de vieux mastic, il paraissait transi.

– Je n'ai pas voulu vous déranger, dit-il, en tournant le menton vers le refuge, et comme la voiture n'était pas fermée... Entrez, madame Ménestrol, vous allez prendre du mal.

Comme un morceau de bois, elle s'abattit sur le fauteuil, sans voix.

– Ils ont tenu à ce que je les accompagne, dit-il d'un ton d'ennui. Pour vous ramener. Depuis votre départ de Toulon cette nuit, nous sommes derrière vous. Nous avons attendu le jour dans le chemin. C'était dans les conventions.

Elle ne cessait de le dévisager, une lueur de folie dans les pupilles :

– Vous n'êtes pas...

Elle fut incapable de formuler sa singulière question. Mais il avait compris Il agita sa tête funèbre.

– Cela aurait pu se produire, en effet, remarqua-t-il. Quand il est entré chez moi, s'il l'avait voulu... Oui, la vie tient à peu de chose...

Il réfléchit.

– Je crois bien qu'il n'y a jamais vraiment songé.

– Où est Alain ?

Il resta muet. Il astiquait ses phalanges mortes, le regard posé sur les arborescences de givre contre le pare-brise.

– Où est Alain ? Répondez-moi ! Qu'avez-vous fait de mon mari ?

Elle criait à présent, elle se cramponnait à son bras et le secouait :

– Allez-vous me répondre ? Je veux savoir ! Où est-il ? Où est mon mari ?

Il restait stoïque sous la tempête. Il dit simplement :

– Comme vous l'aimiez !

L'emploi du temps passé l'atteignit au cœur. Elle le lâcha, éplucha avec horreur la face terreuse. Il serra les deux pointes du col de pardessus autour de son cou d'oiseau. La loupe sous le nez avait pris une coloration glauque.

– Il avait terminé son parcours. Il a compris qu'il fallait qu'il s'efface.

Il soupira, redit mot pour mot la phrase déjà employée l'avant-veille :

– Il n'a pas tiré le bon numéro.

Il se cambra légèrement et déclara, soudain très officiel :

– Je suis chargé de vous assurer, madame, que l'honneur du lieutenant de vaisseau Alain Ménestrol demeurera intact !

Patricia émit un sanglot, lui jeta, comme une plainte :

– Assassin...

Benoît murmura :

– Non, madame, ne croyez pas ça. Un pauvre bonhomme moi aussi, embringué dans des causes qui le dépassent. De sales causes, de bonnes causes, qui peut le dire ?

Une dernière fois, elle se révolta, elle lui cria sa haine, elle menaça :

– Je vous tuerai ! Je vous tuerai !

Il lui décocha un regard en vrille, constata gravement :

– Je pense que vous en êtes capable.

A ce moment, Patricia perçut la voix de Nicolas. Elle ouvrit la portière. Oui, l'enfant venait de se réveiller et pleurait. Elle sortit de la voiture, se mit à courir vers l'entrée du refuge.

38

Extrait du journal Var-Matin *du 27 décembre*

« Nous avons appris hier après-midi le décès tragique survenu à San Juan de Porto Rico de notre compatriote toulonnais, le lieutenant de vaisseau Alain Ménestrol, embarqué sur le porte-hélicoptères *Jeanne-d'Arc,* qui se trouve actuellement en Amérique centrale dans le cadre de sa campagne d'application annuelle. C'est en milieu de matinée, ce 26 décembre, que le corps de l'officier a été découvert dans une cuve à mélasse désaffectée de la vieille ville. Le cadavre portait les marques de plusieurs balles de fort calibre.

La disparition d'Alain Ménestrol avait été constatée il y a plusieurs jours, au début de l'escale que le navire-école effectuait à San Juan. On ignore encore s'il s'agit d'un crime crapuleux ou d'une nouvelle action terroriste imputable au groupe extrémiste anti-Blancs « Machete », qui s'est déjà manifesté à plusieurs reprises dans l'île depuis quelques mois.

Il va sans dire que cet odieux assassinat mobilise les autorités portoricaines, qui ont promis une enquête diligente et le châtiment exemplaire du ou des coupables.

Pénible coïncidence : à l'heure où était annoncée la mort du lieutenant de vaisseau Ménestrol avaient lieu à Toulon les obsèques d'un de ses proches, le médecin-général de marine Roland Moutier, décédé le 23 décembre dernier dans un accident de la route (notre rubrique nécrologique du 24).

En cette douloureuse circonstance, *Var-Matin* adresse à la veuve et à toute la famille du défunt, unanimement estimée dans la région, ses condoléances attristées. »

27 décembre. – Toulon

– Poupy est très affectée, dit Patricia. A la CREDO, ils ne lui ont guère laissé d'espoir, pour Gilbert.

Mme Ménestrol s'était assise pour lire sa lettre sur l'un des bancs du Jardin d'Acclimatation. Elle leva les yeux par-dessus ses verres en demi-lune :

– Que de misères! On dirait que le sort s'acharne...

– Le sort..., murmura Patricia avec une expression étrange.

Mme Ménestrol observa sa belle-fille. Debout devant elle, les mains sur les poignées de la poussette où Nicolas venait de s'assoupir, Patricia regardait fixement vers la mer. Elle s'était enveloppée d'un long manteau anthracite d'une coupe démodée. Mme Ménestrol ne se rappelait pas l'avoir jamais vue porter ce vêtement, dont les manches « marteau » l'engonçaient et écrasaient ses épaules menues, car Patricia avait beaucoup maigri. Elle n'était pas maquillée, avait négligé de se coiffer.

Sa façon de porter le deuil, songea Mme Ménestrol qui, elle, avait préservé dans sa mise sévère – elle était en noir, de la pointe des trotteurs au fond de la cloche en feutre – une sobre distinction. Elle se replongea dans sa lecture. La lettre, dactylographiée, et dont l'en-tête orné d'un blason suggérait une correspondance officielle, palpitait entre ses doigts gantés, mais le mistral n'était pas en cause, il n'y avait pas un souffle aujourd'hui. Sur la tour du Fort Saint-Louis, devant elles, le drapeau tombait droit contre la hampe, comme s'il était en berne. C'était une de ces matinées grises et douces que Toulon se ménage au cœur de l'hiver. De petits voiliers sillonnaient la Grande Rade. Le long de la plage de la Source, au bas du jardin, des couples étaient allongés sur le sable. On entendait, par-dessus les massifs de tamaris et de troènes, les cris des enfants qui s'ébattaient dans le terrain de jeux.

– Ils m'ont téléphoné ce matin, reprit Patricia, de sa voix sans timbre. Ils se proposaient de nous amener à l'aéroport dans une voiture de la Préfecture maritime.

Mme Ménestrol haussa les paupières :

– Vous irez, Pat? Vous avez accepté?

Patricia ne répondit pas. Elle continuait de regarder un point sur la mer. De sa place, Mme Ménestrol ne distinguait pas ses yeux, mais elle savait qu'ils ne contenaient que du vide : depuis plusieurs jours les pupilles bleu-vert de Patricia s'étaient éteintes. Deux soleils morts.

A nouveau la jeune femme dévidait son récitatif :

– Il y aura du monde, la presse, des personnalités. Ils disent qu'ils veulent faire de la cérémonie un premier hommage de la Marine à l'un de ses enfants. Oui, c'est ce qu'ils ont dit. Ils souhaitent aussi pouvoir m'entretenir, au sujet des obsèques. Père sera là après-demain, pour l'inhumation. Il aurait préféré venir plus tôt, mais cet après-midi il y a une séance extraordinaire aux Communes, un important débat, il n'a pas pu. Il insiste pour que nous repartions avec lui en Angleterre, Nicolas et moi.

Après un court silence, elle ajouta :

– Il a sans doute raison. J'imagine mal ma vie ici désormais.

Mme Ménestrol acheva sa lecture. Elle replia la lettre, ôta ses lunettes, les glissa dans leur étui de tapisserie, qu'elle plaça dans le sac-cabas en cuir glacé. Elle se mit debout, insista, une inflexion inquiète dans la voix :

– Pat, vous irez demain à l'aéroport ?

– Je ne sais pas, dit Patricia. Je leur ai dit que je ne savais pas.

Elle libéra le frein de la poussette, pesa sur les cannes, remonta la promenade, escortée de la vieille dame. Les roues caoutchoutées ronflaient comme des toupies sur le dallage de fausses tommettes. Mme Ménestrol peinait à côté de sa belle-fille, déjà essoufflée.

– Je suis bien consciente, Pat, que ce sera pour vous une épreuve. Mais vous ne pouvez pas vous y dérober.

– Oui, dit sourdement Patricia, une épreuve... Plus que vous ne le croyez.

Elles quittèrent la voie principale du jardin, empruntèrent une allée de terre battue. Sur leur droite s'ouvrait l'aire d'attractions. Patricia ralentit et eut l'air attentive au spectacle des bambins qui sautaient dans les bacs de sable, se rabotaient les fesses sur une glissière, jouaient aux funambules sur des poutres d'équilibre. Assises au milieu des pelouses, des mères surveillaient leurs couvées en tricotant.

– Mammy, fit Patricia, je ne vous ai pas tout dit. Vous ignorez beaucoup de choses.

– A propos de la mort d'Alain?

– Oui, je n'en ai parlé à personne. Mais c'est trop lourd, beaucoup trop lourd. Il y a des moments où j'étouffe, je voudrais partager...

Elles ralliaient lentement l'entrée de la promenade sur la corniche.

– Je ne tiens pas à savoir, dit Mme Ménestrol d'un ton ferme. Pardonnez-moi.

Patricia s'arrêta, fit volte-face.

– Vous avez peur de la vérité?

Mme Ménestrol s'appuya sur une des cannes de la poussette. Son visage trahissait une détresse incommensurable.

– La vérité... Je ne sais pas. D'autres déjà ont essayé, pour leur malheur.

Elle respirait avec difficulté, ses lèvres frémissaient. Tout près, un enfant poussait un long ululement de Peau-Rouge.

– Roland Moutier s'est tué sur une mauvaise route de montagne où il n'avait aucune raison d'être allé se perdre... Oui, Patricia, cette vérité-là qui semble brûler ceux qui l'approchent, oui, j'en ai peur.

Elle posa sa main sur l'avant-bras de la jeune femme.

– Je vous demande pardon, mon enfant. Je suis trop vieille, trop fatiguée. Laissez-moi mes rêves.

Elles repartirent de front en direction du Littoral Frédéric-Mistral.

– Alain a trouvé la mort en cours de campagne, dit Mme Ménestrol. La lettre de l'Amirauté (elle souleva le feuillet qu'elle avait toujours entre les doigts), cette lettre nous dit que nous pouvons être fières. Je ne veux garder de lui que cette image. Celle que vous-même, Patricia, vous transmettrez à Nicolas.

Elle lui entoura affectueusement le bras. Et comme une prière :

– J'aimerais être avec vous demain à l'aéroport pour accueillir mon fils !

39

28 décembre. – Aéroport de Toulon-Hyères

Un Transall se pose et roule sur l'aire d'atterrissage de l'aéroport de Toulon-Hyères. A l'autre bout du terrain, au bas de l'escalier de départ, un rassemblement de personnes au style officiel attend, civils et militaires, tous raides et solennels. Quelques mètres devant, côte à côte, deux silhouettes féminines, qu'on ne voit que de dos. Plus loin encore, un peloton de marins en grande tenue, l'arme au pied. Un peu en retrait à droite une harmonie se prépare. On distingue un drapeau. Des photographes et des cameramen se placent et règlent leurs objectifs. Atmosphère triste d'hiver. Le vent chasse des brins d'herbe au loin sur les pistes.

Le Transall vient de s'immobiliser, la porte à l'avant s'ouvre, dégageant une échelle. Deux officiers descendent. Un gradé aboie un ordre, les mousquetons cliquettent. A l'arrière de l'appareil, la trappe bascule, un cercueil plombé glisse sur la rampe. On le drape d'une étamine tricolore. Des matelots le portent, d'autres l'encadrent, fusil à l'épaule, l'harmonie attaque la Marche de Chopin.

Les journalistes voltigent et opèrent, les officiels saluent, se recueillent.

Lentement, le groupe vient vers les deux femmes, qu'on découvre maintenant de face : Mme Ménestrol et Patricia, dont le visage masqué par la voilette n'est qu'une tache jaunâtre. Elles marchent derrière le cercueil, Mme Ménestrol s'appuyant au bras de sa belle-fille. Cortège. Le drapeau, tenu par un matelot, s'ouvre au vent comme une voile. La procession s'éloigne vers les bâtiments de l'aéroport, s'estompe. Le drapeau emplit en lettres d'or le champ de vision. Dans la houle de ses plis palpitent les mots « HONNEUR ET PATRIE ».

Le présentateur des actualités régionales réapparaît et enchaîne sur le bilan de la dernière opération antidrogue à Sainte-Maxime.

Benoît se détache de la vitrine devant laquelle, sur le trottoir, il a suivi la retransmission en différé de la cérémonie. Il lâche un léger soupir. Fin de la comédie. Une autre pièce va commencer quelque part, dont il ignore encore le thème et le rôle qui lui a été affecté. Il se remet à marcher le long de l'avenue, se mêle à la foule convulsée du samedi soir, il s'en va serré dans son manteau miteux, tout noir, à travers la nuit déchirée de lumières. Une ombre parmi d'autres ombres.

Jean-François Coatmeur

Yesterday

Le président Igor Lauza va être assassiné. La veille de sa mort, il convoque curieusement son ancien camarade d'enfance qu'il n'a pas rencontré depuis des années, le juge d'instruction Melchior, lui-même condamné par une maladie impitoyable...

Un tueur à gages, un commando terroriste... De terribles événements vont déchirer le ciel toujours bleu de cette république lointaine, déclenchant un engrenage inexorable...

Pour le suspense, désormais, voyez Coatmeur; depuis près de vingt ans, cet enseignant à l'écoute du monde élabore une œuvre exemplaire. Les Sirènes de la nuit, La Nuit rouge, La Bavure *lui ont valu des récompenses.* Yesterday *en mériterait aussi : l'assassinat d'un chef d'Etat, un juge d'instruction condamné par la médecine, un tueur dans la nuit moite, et surtout une vraie sympathie pour les êtres font de ce livre un modèle de thriller.*

Michel Grisolia, *L'Express.*

Jean-François Coatmeur

La Nuit rouge

Brest. Le cadavre d'un étudiant marocain de vingt-quatre ans, Djamel Bougataya, a été découvert à l'aplomb de la balustrade du pont du Bouguen.

Suicide, a conclu la police. « Un moment de folie », dit Marie-Marthe, la compagne de Djamel.

Karim, le frère de Djamel, qui revient du Maroc, n'arrive pas à croire à cette thèse. Il décide de mener sa propre enquête. Une jeune aristocrate, Aude, semble vouloir l'aider. Mais est-elle sincère ?

Prenant des risques qui mettront sa vie en danger, sa quête de la vérité va plonger Karim dans un monde dur et cruel, dans l'envers angoissant d'un trop respectable décor, alors que règne sur la ville une atmosphère de violence sourde à vous faire froid dans le dos.

La Nuit rouge : un roman captivant au rythme rapide et au style vigoureux, par Jean-François Coatmeur, l'auteur de *La Bavure,* l'un des rares romanciers français qui puisse être comparé aux grands auteurs américains de thrillers.

Le LIVRE de POCHE

Andrew Vachss

La Sorcière de Brooklyn

Avec Burke, un « privé », ancien taulard et roi de l'arnaque, qui s'est donné comme mission de rendre la vie dangereuse pour les violeurs d'enfants, on plonge dans le monde des bas-fonds new-yorkais.

Burke est à la recherche d'une photo – un cliché unique perdu parmi des milliers de photos pornos d'enfants, un cliché qui hante un petit garçon de six ans, victime de détraqués sexuels. Son enquête l'entraîne dans les sous-sols de Manhattan, les rues obscures des rives de Brooklyn et sous les néons de Times Square, lieux de rendez-vous des voyous, des racoleurs, des *dealers* et des prostituées. Il a, pour l'aider, toute une équipe d'amis, d'étonnants personnages qui, comme lui, ont souvent des problèmes avec la loi. Et il y a aussi, surveillant les progrès de l'enquête, la mystérieuse et dangereuse Strega aux cheveux roux, princesse de la Mafia.

La Sorcière de Brooklyn est un passionnant thriller, un « diamant noir » qui a obtenu le **Grand prix de littérature policière.** Andrew Vachss, auteur également de *Flood,* avocat new-yorkais, est spécialisé dans les affaires de viols d'enfants.

Le LIVRE de POCHE

Warren Adler

La Guerre des Rose

Jonathan et Barbara Rose mènent depuis bientôt vingt ans une vie calme et aisée. Leur petit bonheur tranquille tourne autour de leurs deux enfants et de leur maison, qu'ensemble ils ont rénovée et embellie avec amour.

Tous deux ont la même passion pour les objets en général, les antiquités en particulier, Barbara a sa chatte, Jonathan son chien; elle a sa cuisine, lui son atelier. Le meilleur des mondes possible?

Il y a de ça... En tout cas jusqu'à la première alerte, la première fêlure. Qui devient vite cassure. Alors, un divorce à l'amiable, comme cela se pratique entre gens civilisés? Bien sûr, à condition de se mettre d'accord sur un partage équitable. Et une maison, cela ne se partage guère...

Dès lors, de consultations d'avocats en premières escarmouches, rien ne va plus chez les Rose. Et voilà bientôt la superbe demeure transformée en champ de bataille, sur lequel Barbara et Jonathan vont lutter en tête à tête, et pied à pied. Jusqu'à sombrer dans la barbarie absolue, dans l'horreur totale...

IMPRIMÉ EN FRANCE PAR BRODARD ET TAUPIN
Usine de La Flèche (Sarthe).
LIBRAIRIE GÉNÉRALE FRANÇAISE - 6, rue Pierre-Sarrazin - 75006 Paris.

ISBN : 2 - 253 - 05399 - 6 30/7558/7